구선모 新무협 판타지 소설

호열지도
暴烈之道

호열지도 10
구선모 新무협 판타지 소설

초판 1쇄 찍은 날 § 2004년 11월 15일
초판 1쇄 펴낸 날 § 2004년 11월 25일

지은이 § 구선모
펴낸이 § 서경석

편집장 § 문혜영
편집책임 § 장상수
편집 § 서지현 · 한지윤
마케팅 § 정필 · 강양원 · 이선구 · 홍현경

펴낸곳 § 도서출판 청어람
등록번호 § 제1081-1-89호
등록일자 § 1999. 5. 31
어람번호 § 제2-0465호

주소 § 경기도 부천시 원미구 심곡1동 350-1 남성B/D 3F (우) 420-011
전화 § 032-656-4452   팩스 § 032-656-4453
E-mail § eoram99@chollian.net

ⓒ구선모, 2002

ISBN 89-5831-298-X 04810
ISBN 89-5505-427-0 (SET)

구선모 新무협 판타지 소설

호열지도

號熱之道

10 혈난의 그림자

도서출판

청람

목

차

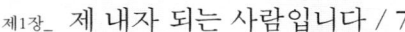

제
1
장

제 내자 되는 사람입니다

제1장 제 내자 되는 사람입니다

"지금은 손님이 오셔서 회의를 하고 있으니 잠시만 기다리시라고 해라. 아니, 중요한 일이 아니면 회의가 끝나는 대로 후원에 가겠다고 전하거라."

"예, 그렇게 하겠습니다, 문주님."

집무실 밖에서 호열의 명을 기다리고 있던 하녀가 안에서 들려온 호열의 목소리에 즉각 반응을 하였는지 어디론가 급하게 뛰어가는 발자국 소리가 들렸다.

"흐음……."

"……."

추 전주와 양 군사는 하녀의 발자국 소리가 들리자 한쪽 이마를 찡그렸지만, 자신들의 정면에 외부인의 이목이 있기에 크게 성을 낼 수가 없어서 호열의 눈치를 살피는 것으로 대신했다.

그러나 호열은 추 전주와 양 군사의 생각이 어떠한지 신경도 쓰지 않고 있었다. 아니, 하녀의 발자국 소리가 쩌렁쩌렁하게 울렸다고 해도 아무런 반응을 보이지 않았을 것이다. 현재 호열에게 중요한 것은 그러한 것이 아니었다.

추 전주와 양 군사는 호열의 표정에 변화가 없다는 것을 확인하고는 자신들이 너무 민감하게 반응했다는 것을 자각했다. 마음이 편안해지자 이마에 자리잡았던 주름살이 원상태로 복귀되었다.

"하하, 죄송합니다. 제 안사람이 왔다고 해서……."

호열은 추 전주와 양 군사가 자신의 눈치를 살피는 것을 알고 있었지만 못 본 체했다. 또한 자신의 얼굴을 바라보고 있는 공손추(恭遜醜)를 향해 멋쩍은 표정을 지어 보인 후, 자신의 아내로 인해 끊겨 버린 이야기를 계속 이어 나가자는 행동을 취했다.

"무슨 말씀을…… 흠, 사실 이렇게 갑자기 찾아온 것은 이미 이야기한 대로 임 문주께 도움을 청하고자 하는 국주님의 뜻을 전하기 위함입니다."

"도움이라……."

호열은 대놓고 자신에게 도움을 청하고자 한다는 공손추의 말에 의문이 가득 담긴 눈으로 정면을 응시했다.

그러나 공손추가 자신을 바라보고 있는 호열의 눈빛에서 느끼는 것은 의문보다는 의심 쪽에 비중이 쏠리고 있었다. 찾고자 할 때는 꼭꼭 숨어 있더니, 갑자기 찾아와서는 도와달라는 말을 너무도 쉽게 꺼내는 것이 아니냐는 호열의 물음이 은근히 배어 있다는 것을 충분히 느낄 수 있었던 것이다.

"크흠, 갑작스럽게 문주께 도움을 청한다고 하니 의문이 드실 것입니다. 솔직히 저도 이렇게 철혈검문에 찾아오게 될 줄은 몰랐으니까요."

"……."

"그러나 이번 일에 문주께서 적극적으로 도와주신다면 국주님께서도 섭섭하지 않는 성의를 보이실 것입니다."

공손추는 찾아온 목적을 이야기한 후 바로 호열의 흥미를 끌 수 있는 미끼를 던졌다. 처음부터 저자세로 나가기보다는 일정한 선에서 상호 도움이 될 만한 타협점을 찾고자 한 것이다.

강호의 물을 오래 먹지는 않았지만 군부와 황궁 생활을 통해 온갖 권모술수(權謀術數)를 경험한 추 전주와 양 군사는 공손추의 말을 들으면서 이와 같은 상황을 파악할 수 있었다. 그러나 문주인 호열이 조용한 자세로 일관하고 있기에 선뜻 나설 수 없었다.

"도와주면 성의를 보이겠다…? 흐음… 귀국의 장로가 무슨 연유로 괴한들에게 쫓기고 있는지 모르겠지만, 그것보다 국주께서 제게 어떤 성의를 보일 것인지가 더 궁금하군요."

'흠… 역시 쉽게 대화에 응하지 않는구나. 먼저 우리가 무엇을 줄 수 있을지 들어본 후 결정하겠다는 말이군.'

공손추는 자신의 두 눈을 똑바로 직시하면서 이야기를 계속하라는 행동을 취하는 호열을 보며 내심 답답한 가슴을 쓸어내려야 했다. 공손추로서는 호열과 회의를 하는 이 시간까지도 아까울 정도로 여유롭지가 못했다. 그러나 이미 어느 정도 예상하고 있었던 사항이었기에 공손추는 미리 생각해 두고 있던 것을 슬슬 꺼내야겠다는 판단을 내렸다.

"문주께서 저희 국주님을 찾으셨던 이유를 알고 있습니다. 국주님께선 능히 그것을 해결해 주실 수 있을 것입니다."

"하하, 이미 저희로서는 얻고자 했었던 것을 얻었는데 국주께서 무엇을 해결해 주신다고 하는지 모르겠습니다."

"글쎄요. 과연 문주께서 원하셨던 대로 무림맹에서 정보가 제대로 들어오는지……."

"흐음……."

교묘하게 말끝을 흐리며 호열의 표정을 살피는 공손추.

호열은 공손추의 의도를 잘 알고 있으면서도 표정 관리를 제대로 할 수가 없었다. 인정하고 싶지 않지만, 공손추의 말은 아픈 곳을 정확히 찌르고 있었기 때문이다.

"……."

"……."

자신의 할 말을 다 한 듯, 공손추는 더 이상 말문을 열지 않고 침묵으로 일관했다. 현재로서는 더 이상 할 말도 없었지만, 자신이 어떠한 행동을 해야 하는지 잘 알고 있었기에 입을 굳게 다물 뿐이었다. 상대가 흥미를 일으킬 만한 미끼를 던졌으니, 공손추에게 남은 것은 앞으로 호열이 어떤 결정을 내릴지 지켜본 후 자신의 행동을 생각하는 것이었다.

호열은 공손추가 던진 미끼에 흥미가 일었다. 솔직히 내심으로는 공손추가 던진 미끼를 원하고 있기도 했다. 그러나 선뜻 제안에 응할 수가 없었다. 아직 상대가 원하는 것이 무엇인지 정확한 파악이 되지 않았기 때문이다.

일각여의 시간이 침묵 속에 지나갔다. 호열과 공손추, 두 사람은 서로 다른 생각을 하면서 상대의 의중을 파악하고자 했지만, 더 이상의 침묵은 시간 낭비란 것을 잘 알고 있었다.

침묵을 깨고 먼저 말문을 연 것은 호열이었다. 이런 상황에서 먼저 말문을 연다는 것이 좋지 않다는 것은 알고 있었지만, 그런 것에 연연하여 아까운 정력을 낭비하기 싫었기 때문이다.

"하하, 적절한 제안이군요. 솔직히 구미가 당기는 것은 부인하지 않겠습니다. 그리고 공 부국주가 제게 이와 같은 제안을 한다는 것은 본 문의 내부 사정을 어느 정도 짐작하고 있다는 것이겠지요."

"흠……."

공손추는 무겁게 깔리는 호열의 저음에 수긍한다는 듯이 고개를 끄덕여 보였다.

사실 어느 정도 현실 감각과 생각이 있는 지낭(智囊)이라면 무림맹에서 한번 걸러진 정보가 철혈검문에 흘러 들어갈 것이란 걸 능히 짐작할 수 있었다. 이러한 것은 호열뿐만 아니라 옆에서 지켜보고 있는 추 전주와 양 군사도 알고 있었다. 다만 그것을 밖으로 표현하지 않았을 뿐이다.

"그러나 저는 아직 공 부국주에게 국주의 의중을 듣지 못했습니다. 큰 미끼를 던졌으니, 그에 따르는 요구 사항도 그에 부합하는 것이겠지요. 이를테면 괴한들에게 쫓긴다는 장로의 안위를 보장하기 위해선 본 문도 어느 정도 피해를 감수해야 한다는……."

"아마도 그럴 것입니다, 상대가 상대이니만큼."

"……?"

호열은 공손추의 의중을 알아볼 겸해서 슬쩍 자신의 생각을 말했다. 그러나 자신의 물음에 아무런 거리낌없이 고개를 끄덕이며 수긍을 하는 공손추의 행동에 순간적으로 '어떤 세력일까?' 하는 의구심이 들기보다는 무시하는 것 같아 기분이 좋지 않았다. 도움을 청하고자 하는 언행으로 비춰지지 않았기 때문이다. 그러나 한편으로는 공손추의 언행으로 장로들을 쫓고 있는 괴한들이 만만치 않은 세력임을 느낄 수 있었다.

"그렇게 말씀하시니 제안은 흥미가 일지만 선뜻 응하기가 곤란하군요. 굳이 본 문이 피해를 감수하면서까지 국주의 도움을 얻고 싶지는 않습니다."

"크흠, 제 언행에 불쾌하셨다면 용서하시지요. 그러나 표면적인 것만 본다면 철혈검문이 그들을 상대함에 있어서 열세(劣勢)인 것만은 사실입니다. 사실 철혈검문이 무한에서 개방을 몰아내고 패혈맹의 기습을 성공적으로 막은 것은 높게 평가하지만, 그렇다고 주력 부대를 막은 것은 아니지 않습니까? 당연히 우리로서는 그렇게 생각할 수밖에 없습니다."

"흐음……."

호열은 내심 울화가 치밀었지만 공손추의 말을 부정할 수는 없었다. 그에 아무런 대꾸도 하지 못하고 굳게 입을 다물며 공손추의 얼굴을 직시했다.

"그렇다면 본 문보다는 무림맹에 도움을 청하는 것이 좋지 않겠습니까? 아니지! 무림맹은 멀리 떨어져 있으니 직접 무당파를 찾아가시는 것이 더욱 도움이 될 것 같은데요."

"그럴 수도 있겠지요. 사실 저 역시 그렇게 생각합니다. 그렇지만 국주님의 의중은 무림맹보다는 철혈검문에 있는 것 같습니다. 아마도 지금 본국의 장로가 무한 근방까지 와 있는 것이 크게 작용했겠지요."

호열의 심리를 자극하려는 공손추의 의도를 모르는 것은 아니었지만, 내심 불만이 쌓이는 것은 어쩔 수 없었다. 그러나 달리 생각해 보면 공손추의 말이 이해되지 않는 것도 아니었다. 무한 근방까지 와 있다면 무당파가 있는 균현(均縣)보다는 철혈검문에 도움을 요청하는 것이 빠를 수밖에 없었기 때문이다.

"흐음… 무슨 말인지 잘 알겠습니다. 양 군사, 과연 이번 일로 인해 본 문이 얻을 수 있는 이득이 얼마나 된다고 생각하는가?"

호열은 공손추의 의중을 어느 정도 이해했다고 생각했는지, 지금까지 조용히 경청하고 있던 양 군사를 바라보며 의중을 물어보았다. 비록 이득이 될지 안 될지 모르는 상황이고 외부인인 공손추가 지켜보고 있었지만, 호열은 그런 것에 개의치 않고 철혈검문의 군사인 양부(楊溥)의 생각을 알고 싶었다.

양 군사는 처음 호열의 호명을 들었을 때 무슨 의도를 가지고 물어보는 것인지 알지 못했으나, 황궁에서의 경험이 헛되지 않았는지 침착함을 유지하며 호열의 물음에 응했다.

"어찌 보면 크다고 할 수 있고, 달리 생각해 보면 그렇지 않다고도 볼 수 있습니다."

"클 수도 있고 그렇지 않을 수도 있다……?"

"그렇습니다. 부주국의 이야기를 들으면서 소인은 가장 중요한 핵심이 빠져 있다는 생각이 들었습니다."

"핵심이 빠져 있다? 핵심이라……. 그렇다면 양 군사가 생각하고 있는 핵심은 무엇인가? 어서 말해 보게."

"아직 공 부국주께선 본 문이 상대해야 하는 곳이 어디인지, 또한 그들이 어느 정도의 인원으로 추적에 나섰는지 등에 관한 자세한 사항들을 말씀하지 않으셨습니다. 소인이 주제 넘는 말을 했다면 용서해 주십시오. 그러나 적을 알지 못하는데 어찌 이득을 먼저 논할 수 있겠습니까."

"하하, 그렇구먼. 맞는 말이지, 맞는 말이야."

호열은 자신의 생각과 일치하는 대답이 양 군사의 입에서 나오자 크게 웃음을 지어 보이며 공손추의 얼굴로 시선을 돌렸다. 자신의 의문이 양 군사의 입을 통해 밖으로 나왔으니, 도움을 요청하는 공손추에게 그 의문을 해결해 달라는 의도였다.

공손추 역시 호열의 시선을 받으며 이와 같은 생각을 읽을 수 있었다. 그에 흡족한 듯 얼굴 가득 미소를 보이며 탁자에 놓여져 있는 찻잔을 가볍게 입에 댔다가 내려놓았다. 자신이 의도했던 대로 이야기가 크게 진척되었다고 판단했기 때문이다. 아직 호열의 입에서 확답을 듣지는 못했지만, 자신들이 상대할 적을 알고 싶다는 것은 이미 제안에 동의한다는 것을 의미하고 있었기 때문이다.

그러나 공손추는 호열의 의도대로 쉽게 말문을 열지는 않았다. 그저 지그시 호열과 시선을 마주칠 뿐이었다. 이에 호열은 아쉽지만 자신이 먼저 말문을 열 수밖에 없다는 것을 깨달았다.

"크으흠, 부국주께선 양 군사의 말을 어떻게 생각하십니까? 지금 그 대답을 들었으면 합니다만. 혹시 귀 장로를 쫓고 있는 괴한들이 마.교. 일지도 모르고, 아니면 무림맹일지도… 그렇지 않습니까?"

호열은 은근히 마교에 힘을 주며 말한 후, 무림맹을 거들먹거렸다. 비록 무림맹에 쫓기는 일은 없겠지만 혹시라도 모르기 때문에 확실하게 하기 위함이었다.

"허허, 어찌 무림맹이겠습니까. 그렇지만 마교 역시 아닙니다."

"무림맹도 아니고 마교도 아니다. 그럼……?"

"혹시 천하제일검가(天下第一劍家)라고 들어보셨습니까?"

"천하제일검가라면…… 혹 산서성(山西省) 태원(太原)에 있는 현원세가(玄遠世家)를 말씀하시는 것입니까?"

호열은 생각지 못한 공손추의 말에 깜짝 놀라 얼굴을 직시하며 바라보자 공손추는 마치 확답이라도 하듯 고개를 끄덕였다.

아무리 봉문을 깨고 주변으로 활발히 세력을 넓히고 있었지만, 산서성에 있는 현원세가가 무림맹의 그늘에 있는 하남성을 지나 호북성 무한까지 문인들을 내려보낸다는 것은 간과할 수 없는 일이었다.

또한 현원세가는 현재까지 무림인들에게 자신들의 행동에 대해서 정확한 설명을 하지 않고 있을 뿐만 아니라, 예전과는 달리 패도적인 성향을 보이면서 주변의 중소문파들을 위협하고 있는 만큼 현원세가를 바라보는 세인들의 시선이 곱지 않았다.

"아니, 현원세가에서 왜 귀국의 장로를 쫓고 있다는 말입니까? 또한 황하까지 건넜다는 것은……?"

"그 일에 대한 것은 지금 말씀드릴 시기가 아닌 것 같습니다. 더구나 이번의 일은 무림의 안위와도 직결될 수 있는 사안인지라 정확한 물증도 없이 심증만 가지고는 이곳에서 논할 수 없는 중대한 사안입니다. 그러나 지금까지의 상황으로 보아 장로가 무사히 귀환하게 되면 저절로 풀릴 것 같으니, 문주께서는 궁금하시더라도 잠시만 기다려 주시지요."

"흐으음……."

'무림의 안위가 걸린 일이라…….'

"하하, 좋습니다. 어차피 서로 도울 일이 있으면 도와야 하는 것이 동도(同道)의 예가 아니겠습니까. 힘 닿는 데까지 최선을 다하겠습니다. 그러나 이번 일에 대한 자세한 사항은 장로가 무사히 귀환하게 되면 꼭 들었으면 합니다."

호열은 이미 서로 이득을 챙기자는 것으로 결론이 난 지금, 더 이상 쓸데없는 대화로 인해 시간과 정력을 낭비하기보다는 현실적인 문제를 해결하는 것이 좋겠다는 생각에 자리에서 일어서서는 공손추를 향해 포권을 했다. 더 이상 방관자적인 입장이 아니라 자신의 일로 받아들이겠다는 의사 표시였다.

'보기와는 달리 호남(豪男)이로군.'

"이렇게 호쾌하게 말씀을 해주시니 감사할 뿐입니다."

공손추는 호열의 갑작스러운 언행에 이채롭다는 듯한 눈빛을 보내면서도 나름대로 호탕한 웃음과 함께 자리에서 일어서며 마주 포권을 했다.

"별말씀을. 추 전주와 양 군사는 바로 준비할 수 있도록 준비를 하게. 아무래도 철저한 준비를 해야 할 것 같구먼."

"그렇게 하겠습니다."

추 전주와 양 군사는 호열의 명을 받은 후 바로 자리에서 일어나서 집무실을 나섰다. 호열과 공손추와의 대화를 옆에서 듣고 있었기에 상황이 좋지 않다는 것을 직감할 수 있었기 때문이다. 어쩌면 급박한 상황이 벌어지고 있을지도 모르는 일이기에 조금이라도 빨리 움직이는 것이 유리하다 판단한 것이다.

후원 끝 동산 정상에 위치해 있는 작은 정자.

호열과 공손추는 추 전주와 양 군사가 밖으로 나간 후 한동안 담소를 나누다가 답답한 실내를 벗어나 상쾌한 공기를 마실 겸 해서 자리를 후원으로 옮겼다. 어차피 앞으로 같은 배를 타기로 한 이상, 서로 간에 허심탄회한 얘기를 진행할 수 있는 자리가 필요했기 때문이다.

무한 역시 북쪽 지방과 같이 눈발이 날리고 매서운 바람이 부는 겨울이었지만, 호열과 공손추 같은 무인들에게는 크게 영향력을 행사하지 못했다. 오히려 머리 속이 복잡하고 힘들 때 차가운 공기가 시원하게 해주고 있었다.

"이렇게 맑은 공기를 쐬니 한결 마음이 가벼워지는 것 같습니다."

"하하, 그렇다니 다행입니다. 하지만 이곳도 내륙인지라 바람이 차가울 때는 매섭습니다."

"그렇겠지요. 하지만 눈발이 날리는 것도 운치가 있지요. 특히 이곳에 앉아서 장강을 내려다보니 오히려 눈이 내렸으면 좋겠다는 생각이 듭니다."

공손추는 정자 밑으로 장강이 훤하게 내려다보이자 호열이 왜 이곳으로 데리고 온 것인지 짐작할 수 있어 절로 고개가 끄덕여졌다.

회담을 하기엔 더없이 적절한 장소였다.

정자에 앉아도 전면에 시야를 가로막을 만한 것이 아무것도 없는지라 아무리 꽉 막힌 사람이라고 해도 절로 호연지기가 일어날 것 같았으며, 당연히 서로 간에 중요한 회담을 나눌 때 마음을 활짝 열고 진지한 대화를 나눌 수 있는 최적의 장소라 할 수 있었다.

호열과 공손추가 정자에 자리한 후 얼마 지나지 않아서 시녀들이 두 손에 김이 모락모락 나는 따뜻한 차를 가지고 왔다.

"문주께선 지금의 정세를 어떻게 생각하시고 계십니까?"

"글쎄요. 저야 워낙 정보가 어두운 편이라 뭐라고 답변을 드리기가 힘들군요. 그러나 그리 나쁜 것만도 아닌 것 같습니다. 옛날 삼국 시대를 연상시키듯 북쪽엔 무림맹이 있고 남쪽엔 패혈맹, 그리고 서쪽엔 마교가 자리를 하고 있으니 힘의 균형이 깨지지 않는 한 큰 전란(戰亂)이 발생하는 일은 없을 것 같습니다."

"그것은 모르는 일이지요. 마교가 동진을 멈춘 것이 힘이 모자라서 그런 것이라 보기도 힘들고 현원세가처럼 위험 요소가 도사리고 있으니 쉽게 장담할 수는 없는 것이 현실입니다."

호열은 공손추의 말에 크게 고개를 끄덕였다.

"그렇기는 합니다. 언젠가는 크게 혈전(血戰)이 벌어지긴 하겠지요. 그러나 백성들의 안위에 위협이 된다고 황제가 판단하면 저번과 같이 황궁에서 대병(大兵)을 동원할 수도 있습니다. 어차피 크게 생각하면 무림의 일도 모두 황제의 영토에서 일어나는 일이니 말입니다."

"흐음… 중원에서 혈전이 벌어진다면 황제가 병사들을 파병하는 일은 쉽지 않을 것입니다. 현재 북쪽에 원나라의 잔존 세력인 타타르 국과 오이라트 국이 버티고 있기 때문입니다. 지금은 비록 서로 반목하고 있어 남하를 하지 않고 있지만 언제 다시 힘을 합치게 될지 모르기 때문입니다."

"흐으음……."

공손추의 예리한 지적에 호열은 수긍을 하지 않을 수 없었다. 아니, 호열은 누구보다 이러한 정황을 잘 알고 있었다. 북쪽을 평정하지 않는 이상 대부분의 병사들이 주둔하고 있는 북쪽 지방에서 군세를 약화시킬 수는 없다는 것을 황제는 잘 알고 있었기 때문이다. 더욱이 무림인들을 위협하기 위해 동원되었던 병사들과 황제가 직접 운남을 평정하기 위해 남방원정을 나섰을 때도 중군도독부(中軍都督府)의 일부 진영을 비롯해서 북쪽의 전군도독부(前軍都督府)와 좌군도독부(左軍都督府)의 병사들만은 제외되었기 때문이다.

"그렇다면 앞으로의 상황은 어떻게 될 것 같습니까?"

"글쎄요. 만약 지금의 황제가 백성들을 걱정하고 나라의 안위를 생각한다면 무림에서 혈전이 일어나기 전에 북쪽을 평정하려고 할 것입니다. 그래야 유사시 백성들을 위해 병력을 동원할 수 있게 되기 때문입니다. 그러나 과연 그것이 가능할는지……."

"그렇지요. 쉽지 않은 일이겠지요."

호열은 공손추의 설명을 들으면서 황제의 생각을 조금이나마 읽을 수 있었다. 왜 자신을 무림에 파견했는지, 왜 북방원정을 계획하고 있는지…….

현재 동창을 비롯해서 오군도독부(五軍都督府)의 전 장군들은 황제의 엄명에 의해 조심스럽게 북방원정을 준비하고 있었다. 비록 호열이 황궁과 멀리 떨어져 있었지만 정기적으로 동창에서 정보를 전달해 주는 밀사를 통해 알게 모르게 전해지는 소식들을 알고 있었다.

"그나저나 중원에서 전쟁이 벌어진다면 무림뿐만 아니라 상가를 비롯해서 많은 곳이 치명적인 피해를 입게 될 텐데, 귀국에선 그에 대한 대책이 있습니까?"

"허허, 어느 정도는 피해를 감수해야겠지요. 또한 그렇기에 여명산장(黎明山莊)이나 만금산장(萬金山莊)과 같은 중원 삼대거상들이 벌써부터 위험한 줄타기를 하고 있는 것이 아니겠습니까."

"그러나 아직 태평산장(太平山莊)은 거취를 정하지 않은 것으로 알고 있습니다."

"태평산장이라……."

'……?'

호열은 자신의 입에서 태평산장이란 말이 튀어나오자 순간적으로 공손추의 표정이 일그러졌다가 원상태로 돌아오는 것을 놓치지 않았다. 마치 왼쪽 얼굴 한쪽에 자리하고 있던 검상(劍傷)이 공손추의 심정을 대변하듯 잔 떨림을 보였다. 하지만 왜 태평산장에 대해 민감한 반응을 보이는지 공손추에게 직접 물어볼 수 없는 상황이라 호열은 조용히 입 다물고 있을 뿐이었다.

그런 호열을 보며 공손추도 자신의 실수를 직감했는지 쉽게 다른 화제로 이야기가 진행되지 않고 수유의 시간이 흘렀다.

"흠…… 아마도 태평산장은 무림의 일에 개입하려고 하지 않을 것입니다."

간만에 찾아온 침묵이 부담이 되었는지 굳게 입을 다물고 있던 공손추가 힘겹게 말문을 열었다.

호열은 공손추가 말문을 다시 열자 조용히 미소를 지으며 다시 진행된 화제에 주목했다.

"왜 그렇게 생각합니까?"

"태평산장의 장주(莊主) 김소찬(金昭燦)은 강호보다는 황실과 연을 맺고 있는 인물입니다."

"황실과요?"

"그렇습니다."

"음……."

'그렇겠지. 하긴……'

호열은 공손추로부터 생각지 못한 말을 듣게 되자 태평산장과 김소찬이란 인물에 대해 호기심이 일었다.

황실과 상가와의 관계.

호열은 공손추로부터 태평산장과 김소찬이란 인물에 관한 이야기를 들으면서 고개를 끄덕여 보였다. 미처 생각하지 못한 말이었지만, 조금만 생각했다면 충분히 짐작할 수 있었던 이야기기도 했다.

상가들이 알게 모르게 고관대작들인 관료들을 비롯해서 황친들과 연을 맺고 있다는 것은 누구나 잘 알고 있는 일이다. 사실 권력을 한 손에 쥐고 있는 관리들과 황금을 틀어쥐고 있는 상인들이 결합하는 것은 어쩔 수 없는 일이었다. 서로 간의 생각만 약간 조정을 하게 되면 양쪽 모두 이득이 될 수 있는 관계였기 때문이다.

호열은 상가의 출신답게 이러한 것을 잘 알고 있었기에 태평산장이 황실과 연을 맺고 있다는 것을 들었음에도 눈살을 찌푸리는 기색 하나 없었다. 아니, 마치 모든 것이 당연하다는 듯이 고개를 끄덕였다.

"그나저나 태평산장이 황실과 직접 연을 맺고 있다는 것은 오늘 처음 듣는 일입니다. 일반 관료들도 아니고 황실과 연을 맺는다는 것은 쉽지 않은 일인데……."

"맞는 말씀입니다. 사실 태평산장은 태조이신 홍무제(洪武帝) 때부터 황실과 연을 맺고 있고 있는 곳입니다."

"태조 때부터요?"

"그렇습니다."

공손추는 호열이 태평산장에 관심을 보이자 화제의 방향을 김소찬이 장주로 있는 태평산장에 맞추었다.

공손추와 김소찬.

태조 때부터 친분이 두터웠던 절친한 죽마고우(竹馬故友)였지만, 지금은 원수가 되어 서로의 가슴에 비수를 들이대야만 하는 사이.

공손찬으로서는 별로 생각하고 싶지 않은 기억이었지만, 혹시나 추후 철혈검문이 태평산장과 관계를 맺게 될 수도 있었기에 미리 언질이라도 주는 것이 나을 것 같았기 때문이다.

"부국주의 이야기를 듣다 보니 태평산장의 장주 김소찬이란 사람이 어떤 인물인지 궁금하군요. 부국주께서 태평산장에 대해 많은 것을 알고 계신 듯한데, 실례가 안 된다면 이야기를 해주실 수 있겠습니까?"

"허허, 당사자가 없는데 어찌 다른 사람이 그 사람의 일에 대해 말을 할 수가 있겠습니까."

"그것은 맞는 말이지만, 여간 궁금한 것이 아니군요. 부국주께 결례가 된다 하더라도 솔직히 듣고 싶군요."

"흐음… 남 얘기를 한다는 것이 좋은 것이 아니고, 특히 그 사람의 좋은 점을 말하는 것이 아니라 여간 조심스러운 것이 아니지만, 문주께서 이토록 듣기를 원하시니 간략하게나마 말씀을 드려야겠군요."

"감사합니다. 그럼 세이경청(洗耳傾聽)하겠습니다."

"세이경청까지야……. 태평산장의 장주인 김소찬은 비록 지금은 상가를 운영하고 있지만 예전엔 태조이신 홍무제의 신임을 받는 충실한 장군이었습니다. 얼마나 신임을 받고 있었느냐 하면, 당시 연왕을 가장 총애하면서도 자신의 사주와 상극이라는 것을 알게 되자 은밀히 암살하라는 태조님의 밀지를 받을 정도였으니까요."

"암살의 밀지? 혹 암살하라는 대상이 지금의 황제?"

"맞습니다. 태조께선 김소찬에게 그 일을 맡긴 후 제위를 손자이신 혜제께 물려주셨습니다. 당연히 자신의 신임을 받고 있는 김소찬이 연왕을 암살할 것임을 믿어 의심치 않았던 태조께선 편안하게 임종을 맞이하실 수 있었습니다."

"흐으음……."

호열은 공손추의 설명을 들으면서 놀라움을 감추지 못하고 있었지만 순간적으로 의문이 일었다. 현 황제를 칭할 때 황제라 하지 않고 연왕이라 하는 것도 그렇고, 무엇보다 태조와 혜제를 말할 때 공경의 자세를 취하는 것이 예사롭게 보이지 않기 때문이다. 그러나 그러한 것을 가지고 흥미로운 비사(秘史)를 들을 수 있는 기회의 맥을 끊고 싶지 않았기에 조용히 이야기를 경청할 뿐이었다.

"그러나 김소찬은 태조님의 신임을 저버리고 연왕의 그늘에 들어가는 것도 모자라 황위 찬탈에 큰 역할을 하였습니다. 태조님이 자신의 자식에게 면사(免死)라는 큰 은혜를 베풀어주었는데도 말입니다."

"호~"

"당연히 현 황제는 자신에게 충성을 다한 김소찬에게 특혜를 주게 되었고, 그렇게 해서 태평산장이 유구한 역사를 지니고 있는 여명산장 및 만금산장과 함께 중원의 삼대거상으로 자리를 잡게 된 것입니다."

"그런 일이 있었군요."

"사실 태평산장과 같이 특이한 곳을 제외한다 하더라도 상가와 관료들의 밀착은 불가분의 관계라 할 수 있겠지요. 특히 저희들처럼 전 지역을 활동 무대로 삼고 있는 표국에서는 지방 관료들과 연을 맺을 수밖에 없고, 또한 그것 때문에 득을 보는 일도 종종 있습니다."

"하하, 그럴 것입니다. 세상에 힘이라고 하는 것이 권력과 황금, 그리고 명예가 아닙니까. 그중에서도 권력과 황금은 떼려야 뗄 수 없는 관계라 할 수 있지요."

"그렇지요. 그리 좋은 일은 아니지만 살아남기 위해서는 어쩔 수 없는 일이지요. 하지만 태평산장의 장주와 같이 자신이 모시고 있던 주군의 신뢰는 저버리면서까지 부귀를 얻으려 하는 것은 결코 용납될 수 없는 일입니다."

"옳으신 말씀입니다. 그것은 결코 용납될 수 없는 일이라 할 수 있지요."

"모든 것에는 법도가 있듯이 상가(商家)에도 상도(商道)라는 것이 있습니다. 아무리 경쟁 관계에 있는 곳에 뒤처진다는 것이 파멸을 불러온다고 해도, 해야 할 것과 하지 말아야 할 것이 있는 것입니다. 비록 살아남기 위해서는 물불을 가릴 수 있는 처지가 아니겠지만, 그렇더라도 지킬 수 있는 것은 지키면서 살아야겠지요."

"흐음……."

'옳은 말이다. 하지만 힘든 일이기도 하지. 무엇보다 나처럼 살아남기 위해 발버둥 치는 상황이라면…….'

호열은 공손추의 마지막 말이 가슴에 와 닿았다. 살아남는다는 것도 중요하지만, 어떻게 살아남느냐도 중요하다는 생각이 들었다. 하지만 그러한 것은 자신의 처지에 따라 다르게 받아들일 수밖에 없다. 자신에게 지켜야만 하는 무엇인가가 있다면 방법보다 결과가 중요할 수도 있을 테니까.

"상공, 무슨 생각을 그리 깊이 하세요?"

"응? 아니, 당신이 여긴 어쩐 일로?"

호열은 상념에 빠져 있다가 갑자기 들려온 청량한 목소리에 정신을 차리고 음성이 들려온 곳으로 고개를 돌렸다.

공손추는 이미 소호 공주가 정자에 접근하기도 전에 기척을 느끼고 있었지만 차분한 발걸음을 통해 외부인이 아니라는 것을 알 수 있었기에 조용히 눈을 감고 있었다. 외부인이 아닌 다음에야 자신이 신경을 쓸 필요가 없다 판단되었기 때문이다. 더구나 주인인 호열이 조용히 명상에 잠겨 있었기에 괜히 분위기를 깨고 싶은 마음도 없었다.

"집무실에 갔더니 중요한 손님이 오셨다고 하여 후원을 산책하고 있었는데, 갑자기 장강이 보고 싶어 이곳으로 오게 되었습니다. 그런데 마침 상공께서 이곳에 계실 줄은……."

"하하, 그렇게 된 것이구려. 아까는 미안했소이다. 중요한 손님과 이야기를 나누던 중이라 그리되었소. 아! 마침 잘되었구려. 이렇게 이곳까지 오게 되었으니 인사를 하시구려. 이쪽은 제 내자 되는 사람입니다. 그리고 이분은 이번에 우리와 연을 맺게 된 만리표국(萬里鏢局)의 부국주가 되시는 분이오."

"아~ 그렇군요. 처음 뵙겠습니다. 철혈검문의 안사람 됩니다."

"이렇게 만나뵙게……."

'헉! 이, 이럴 수가! 어찌……?'

호열의 소개를 받아 소호 공주와 인사를 나누게 된 공손추는 하마터면 자리에 그냥 주저앉을 뻔했다. 오래전, 이미 죽었을 것이라 짐작하고 있던 사람의 얼굴이 눈앞에서 너무나도 고운 자태를 뽐내고 있었기 때문이다.

"응? 왜 그러십니까?'

"제 얼굴에 무슨……?'

"아, 아닙니다. 부인의 고운 자태에 그만, 허허… 제가 큰 결례를 범했습니다."

공손추는 얼른 자신의 감정을 추스른 후 의문스러운 표정으로 자신의 얼굴을 바라보고 있는 호열과 소호 공주를 둘러보며 너털웃음을 지어 보였다.

"하하, 결례는 무슨……."

호열과 소호 공주는 자신들을 바라보며 얼굴 가득 미소를 지어 보이고 있는 공손추의 행동에 같이 웃을 수밖에 없었다. 뭔가 이상한 느낌이 들어 공손추에게 물어보고 싶은 마음이 들었지만, 상황을 얼버무리려 하는 공손추의 행동에 아무런 말도 하지 못한 것이다. 어색하고 난

처한 상황에서 쉽게 벗어날 수 있는 방법은 웃음이 최고라는 옛말이 여실히 증명된 셈이다.

'공주마마께서 살아 계셨다니! 반갑고도 고마운 일이긴 하지만 어찌 황궁에 계시지 않고 철혈검문에 있다는 말인가? 모를 일이로구먼, 정말 모를 일이다. 추후 자세한 상황을 알아보아야겠구나.'

공손추는 예전 황궁에서 보았던 소호 공주의 얼굴을 기억하고 있었다. 오래전 태조인 홍무제의 임종 직전에 부름을 받고 입궁(入宮)하였을 당시 먼발치에서 몇 번 보았던 일이 있었기 때문이다.

호수에 떠 있는 연꽃을 대할 때 얼굴 가득 웃음을 머금던 소호 공주의 미소, 공손추는 십 년 전 당시의 일을 지금까지 잊지 못하고 있었던 것이다.

"문주께선 이처럼 아리따운 분을 내자로 두게 되어서 좋으시겠습니다."

"하하, 이르다 뿐이겠습니까. 제겐 너무나도 소중한 사람입니다."

"아이~ 그런 말씀을 이런 곳에서……. 두 분께서는 하시던 말씀 계속 나누세요. 소녀는 이만 안으로 들어가겠습니다. 그럼 이만. 어서 가자꾸나, 조향아."

"예."

소호 공주는 호열의 닭살 돋는 말에 얼굴이 홍시보다 더 붉게 변하더니 같이 온 조향을 데리고 빠른 걸음으로 정자에서 멀어졌다.

"하하, 죄송합니다. 안사람이 다른 사람들과 어울리는 것을 어려워하는 편이라……."

"아닙니다. 무슨 말씀을……."

공손추는 호열의 포권에 두 손을 흔들어 보이며 괘념치 말라는 말을 하며 얼굴에 미소를 지어 보였다. 그러나 두 눈에서는 호열과 이미 사라져 보이지 않고 있는 소호 공주의 뒷모습을 쫓고 있었다.

'다행이구나. 그동안 폐하께서 상심이 크셨는데…… 어쩌면 공주께서 살아 계시다는 것은 좋은 징조라 할 수 있다.'

공손추는 소호 공주의 활짝 웃는 모습에서 행복이라는 감정을 어렵지 않게 읽을 수 있었다. 하지만 정난지변(靖難之變)을 겪은 후 소호 공주가 얼마나 많은 고난의 세월을 참고 살아왔는지 짐작하지 못하는 것은 아니었다. 아니, 너무나도 잘 알고 있었다. 자신 역시 인고의 세월을 보냈었기 때문이다.

그렇지만 소호 공주가 살아 있다는 것과 얼굴에서 미소가 사라지지 않은 것만으로도, 공손추로서는 다소나마 심적인 위안은 가질 수 있었다. 당시 소호 공주를 미처 구출하지 못했던 죄책감에서 조금이나마 벗어날 수 있었던 것이다.

떨리는 말에 체질검을 한다?

◆ 제2장 달리는 말에 채찍질을 한다?

은인자중(隱忍自重).

한곳에 몸을 숨긴 후 냉철한 눈으로 사물을 살피는 눈동자.

무엇이 두려운지 이리저리 두 눈동자를 굴리며 사방을 살피는 데 여념이 없는 듯, 나무 위에 몸을 숨긴 사람은 쉽게 땅으로 내려오지 않고 있었다.

'제길, 내가 이 무슨 꼴이란 말인가. 중원천지에 두려울 것이 없던 내가 이런 처지에 놓이게 될 줄이야…….'

만성금도(萬成金盜) 천추옹(天秋擁).

그동안 얼마나 많은 위협을 받았는지 의복은 개방의 식솔이라 보아도 무방할 정도로 넝마가 되어 있었으며, 의복 이곳저곳 길게 찢겨진 곳에서는 검상(劍傷)으로 인해 붉은 핏자국이 선명하게 드러나 있었다.

'조금만 더 가면 바로 무한인데, 이곳에 발이 묶여 있다니……'

무한까지 오는 동안 천추옹은 목숨을 위협받는 위기를 수없이 넘겨야만 했다. 어느 정도 따돌렸다고 생각되면 언제 앞질렀는지 현원세가의 무사들이 길목을 가로막고 있어 천추옹은 현원세가의 천라지망(天羅地網)을 벗어나기 위해 전력을 다할 수밖에 없었다.

제대로 잠을 자지 못한 것이 나흘이 넘었다. 무공을 익힌 무인으로서 나흘 동안 잠을 이루지 못한다는 것이 크게 부담되는 것은 아니었지만, 심적인 불안감과 현원세가와의 접전으로 인해 하나둘씩 늘어나는 검상으로 인한 체력 소모와 신체의 고통은 적지 않은 피로를 주고 있었다.

원래 천추옹은 신양(信陽)에서 몸을 숨겼어야 했는데, 생각보다 일찍 따라온 현원세가의 추적으로 인해 접선도 하지 못하고 무한으로 도망쳐야만 했다. 무한에 있는 황학루(黃鶴樓)까지만 가면 현원세가의 끈질긴 추적으로부터 벗어날 수 있는 길이 있었기 때문이다. 그러나 무한 시내까지 진입하기도 전에 또다시 현원세가의 천라지망에 발목이 잡힌 것이다.

한밤중이라 야생 동물의 울음소리라도 들려야 정상이건만, 숲을 가득 메우고 있는 살기(殺氣)의 삼엄함으로 인해 사방은 조용하다 못해 고요하기까지 했다. 어쩌다 한 번씩 들리는 것은 누군가에 의해 생을 마감하는 맹수의 처절한 울부짖음뿐이었다.

'이번엔 어디로 가야 할지 모르겠구나. 도저히 빠져나갈 틈을 찾을 수 없으니, 이거 참……'

자신의 전 내공을 기울여 천리지청술(千里地聽術)을 시전하고 있는 천추옹은 백 장 밖에서 벌레가 기어가는 소리도 능히 들을 수 있었다. 그러나 그 어디에도 현원세가의 문인들이 움직이는 소리를 들을 수가 없었다. 분명 숲에 몸을 은닉한 상태로 자신을 기다리고 있건만, 천추옹의 예리한 청각에 걸리는 소음이라고는 바람결에 이리저리 움직이는 낙엽 소리가 전부였다.

'오늘은 이곳에서 숨죽이고 있는 것이 좋겠구나. 아무래도 오늘은 예감이 좋지 않다. 최소한 내일 중으로 누군가가 오겠지.'

생각을 정리한 천추옹은 오랜만에 피로를 풀 수 있는 시간을 가질 수 있었다. 그렇지만 주변 경계를 게을리 할 수는 없는 상황이었기에, 아쉽지만 잠시 운기조식(運氣調息)을 하는 것으로 그쳐야만 했다. 하지만 잠시나마 여유의 시간을 가질 수 있는 것만으로도 천추옹으로서는 호강이라 할 수 있었다. 현재 천추옹을 추적하고 있는 곳이 바로 현원세가였으므로…….

＊　　　　＊　　　　＊

날이 밝았다. 간밤에 갑작스럽게 내린 눈으로 인해 세상은 온통 하얀 설원(雪原)으로 변해 있었다. 올해 들어 무한에 처음으로 내린 눈이라서 그런지 새벽길을 여는 상인들은 귀찮은 표정보다 반갑다는 표정을 지어 보였다.

그러나…….

'큰일이로군. 차라리 간밤에 움직이는 것이 좋았을 것을…….'

천추옹은 눈앞에 펼쳐진 눈밭을 보며 어이가 없다는 듯이 고개를 흔들었다. 다행히 간밤엔 바위틈 밑에 생겨난 동굴에서 몸을 추스를 수 있었기에 눈발을 피할 수 있었지만, 아침엔 당시 움직이지 않고 은인자중하고 있었던 것이 좋지 않았다는 것을 온몸으로 체험하고 있었다.

'지금 움직였다가는 일각도 되지 않아 금방 추적자들에게 발각될 것이 분명한데…….'

천추옹은 지금 무리를 하면서라도 움직여야 하는지, 아니면 구원자들이 올 때까지 동굴에 숨어 있어야 하는지 고민하지 않을 수 없었다. 아직 동굴 밖으로 한 걸음도 움직이지 않은 상태라 현원세가에서 주의 깊게 관찰하지 않는다면 몇 번을 지나다녀도 모를 정도였기 때문이다. 그러나 천추옹으로서는 결정을 내려야만 했다. 어느 정도 안전하다 생각되는 동굴에 머물면서 적이 철수할 때를 기다릴 것인지, 아니면 위험하더라도 동굴 밖으로 나간 후 적의 눈을 피해 무한으로 숨을 것인지…….

그러나 천추옹은 괜한 모험을 하면서까지 무한으로 가고 싶은 생각이 없었다. 현재로서는 동굴에 있는 것이 가장 안전하다는 것을 잘 알고 있었기 때문이다.

'휴~ 어쩔 수 없겠구나. 당분간 이곳에 몸을 숨기는 수밖에. 더구나 현원세가로서는 이곳이 적지나 다름없으니 오랜 시일 동안 머물지 못할 수도…….'

*   *   *

무한으로 통하는 길목.

비록 간밤에 내린 눈으로 인해 움직이는 데 어려움이 있고 무한과 연결된 길이 이것 하나뿐은 아니지만, 산이 험하고 통행하는 사람도 그리 많지 않아서 그런지 다른 길에 비해 그리 크지 않은 관계로 현원세가로서는 수색을 하는 데 별 어려움이 없었다.

"아직 문인들로부터 연락이 없느냐?"

"예, 간밤에 내린 눈으로 인해 수색에 어려움을 겪고 있습니다. 그러나 그동안의 상황으로 보아 우리의 천라지망을 벗어나지 못한 것이 확실하니 조만간 흔적을 찾았다는 보고가 올 것입니다."

"그래야지. 하지만 이곳은 무림맹의 그늘이라 오래 머무를 수는 없으니 최대한 빨리 찾을 수 있도록 자네가 각별히 신경을 써야 할 것이네."

"잘 알고 있습니다. 그렇지 않아도 추호개(秋狐丐)에게 신속하게 처리하도록 명해놓았습니다. 그러니 염려하시지 마십시오."

"만약 이번 일이 잘못되기라도 한다면 자네와 내가 생각하는 것보다 세가에 미치는 영향이 클 것이네. 자칫 세가의 멸문을 가져올 수 있다는 총관님의 말씀이 있었네."

"예? 멸문이라니요?"

"만성금도 천추옹이 무엇을 지니고 있는지 모르지만, 총관께서 무슨 일이 있더라도 회수(回收)하라는 명을 직접 내리셨네."

"그렇다면 천추옹이 지니고 있는 것이 앞으로 세가가 추진하는 일에 심각한 영향을 줄 수도 있다는……?"

"……"

광풍월검(狂風月劍) 곽현지(郭玄楮)는 부단주(部團主)인 호리검(虎悧

劍) 조영우(趙嶺褕)의 말에 고개를 끄덕였다. 더 이상 말을 하지 않아도 상황의 심각성을 조영우에게 상기시켜 준 것이다.

부단주 조영우는 지위로 보면 곽현지의 아래였다. 그러나 연배로 보면 조영우가 곽현지보다 다섯 살 위였다. 어찌 보면 껄끄러운 관계라 할 수 있지만, 곽현지와 조영우는 세가에서 둘도 없는 관계라 할 수 있었다. 조영우의 호리(虎悧)라는 별호에 리(悧)가 붙은 것이 허명(虛名)이 아니듯, 모든 면에서 단주인 곽현지를 세심하게 살피고 보좌해 주었기 때문이다. 당연히 곽현지로서는 자신을 위해 성심을 다하는 조영우의 충심을 여간 고맙게 느끼지 않을 수 없었다. 그때였다.

휘~ 척!

"보고드립니다."

"응? 보고라니? 천추옹의 행방을 찾은 것이냐?"

조영우는 빠르게 다가오고 있는 수하의 신형을 보고서 천추옹을 찾았거나 흔적이라도 발견했을 것이라 짐작하였다.

"아닙니다. 실은 소 조장께서 급하게 보고하란 것이 있어서 왔습니다."

"소 조장이라면… 지금 남쪽을 경계하고 있을 텐데 무슨……?"

곽현지와 조영우는 수하의 말에 깜짝 놀랐다. 혹시라도 천추옹이 천라지망을 벗어나 무한으로 들어간 것이 아닌가 하는 우려 때문이었다. 만약 천추옹이 무한으로 입성했다면 곽현지로서도 더 이상 추적이 불가능했기 때문이다.

"예, 보고에 의하면 현재 남쪽으로부터 일단의 무리가 다가오고 있다고 합니다. 그들의 복장으로 살펴본 바에 따르면 무림맹은 아닌 것 같다고 합니다.”

“단주님, 아직 천추옹이 이곳을 벗어나지 못한 것이 확실한 것 같습니다. 그렇지 않다면 이곳에 병력을 보내는 일은 없었을 것입니다.”

“그런가 보구먼. 그래, 그럼 어디라고 하더냐. 혹 패혈맹은 아니더냐?”

곽현지는 조영우의 말에 동의를 했지만, 그렇다고 마냥 편안하게 기다리고만 있을 수는 없었다. 일반 상인들이나 평민들이 올라오고 있는 것이라면 모르겠지만, 급하게 보고할 정도면 상황이 좋지 않다는 생각이 들었기 때문이다.

“아닙니다. 아무래도 이번에 새로 개파(開派)를 한 철혈검문이 아닐가 합니다.”

‘철혈검문? 그들이 갑자기 왜? 혹시……?’

수하의 말에 곽현지는 지금까지 천추옹을 추적하면서 미심쩍었던 일들이 생각났다. 굳이 무림맹의 도움을 받을 수 있는 상황에서도 남쪽으로 방향을 돌렸던 것도 그렇고, 신양에서 누군가와 접촉을 가지려다 급하게 도망쳤던 일이 생각난 것이다.

“조 부단주는 이 일을 어떻게 생각하는가?”

“단주께서 무슨 생각을 하시고 계신지 알겠습니다. 하지만 제 생각으로는 우리가 찾고 있는 곳은 아닌 것 같습니다.”

“어째서?”

“철혈검문은 신생 문파입니다. 아무리 그들이 패혈맹의 침입을 격퇴시켰다고 해도, 그들에게 천추옹과 같은 인물을 밑으로 끌어들이기에는 부족한 점이 많습니다. 아마 연관이 있다고 해도 직접적으로 관련이 있지는 않을 것입니다."

"음… 그렇다면 천추옹을 구하기 위해 자신들은 뒤로 빠지고 전면에 철혈검문을 내세웠다는 것인가?"

"아마도……."

"……."

조영우의 생각이 일리가 있다 판단한 곽현지는 앞으로 어떻게 해야 할지 생각하지 않을 수 없었다. 무한까지 추격한 마당에 아무런 소득도 없이 물러갈 수는 없었지만, 그렇다고 해도 무림맹과 손을 잡고 있는 철혈검문과 분쟁이 발생한다는 것은 그리 좋은 일만은 아니었기 때문이다. 하지만 곽현지로서는 결단을 내릴 수밖에 없었다.

"너는 지금 즉시 소 조장에게 가서 철혈검문이 산으로 진입하지 못하도록 저지하라고 일러라. 그리고 되도록 우리의 정체가 노출되지 않는 선에서 시간을 끌도록 하라 일러라."

"예, 그렇게 전하겠습니다. 그럼 소인은 이만."

"부단주가 수고 좀 해주어야 할 것 같네. 부단주는 지금 즉시 견 조장에게 가서 천추옹을 찾는 데 총력을 기울이라 하게. 추호개와 수하들을 좀 더 다그치란 말이네. 그동안 나는 부총관(部總管)께서 머물러 있는 곳으로 가서 상황을 설명한 후 철혈검문이 어떻게 나오는지 상황을 살펴야 할 것 같네."

"그렇게 하겠습니다."

곽현지의 명을 받은 조영우는 초유의 시간도 머뭇거리지 않고 산중으로 신형을 날렸다.

멀리 시야에서 사라지는 조영우의 신형을 한동안 바라보고 있던 곽현지는 오랜만에 자신의 애검(愛劍)을 쓰다듬다가 무엇을 생각했는지 검병(劍柄)을 쓰다듬던 손에 힘껏 힘을 쥐고서는 하늘로 신형을 날렸다.

＊　　　＊　　　＊

산자락을 중심으로 일정한 간격을 형성하며 움직이는 인영(人影)들.

모두 백 명이 넘었는데, 곽현지의 명에 의해 천추옹이 숨어 있는 곳을 수색하는 데 총력을 기울이고 있는 기랑추월단(驥狼追狘團)의 제일조였다.

기랑추월단은 모두 이백 명으로 구성되어 있는데, 일조는 반검일혈(半劍一血) 견초루(見椒屢)가 이끌며 천추옹의 행방을 수색하고 있었으며, 이조는 적성광도(赤星光刀) 소주두(梳紬頭)가 무한으로 통하는 길목을 철통같이 방비하고 있었다.

이따금씩 동굴 밖으로 조심스럽게 고개를 내밀고 상황을 주시하던 천추옹으로서는 너무나도 철통같은 기랑추월단의 방비에 절로 한숨만 나올 뿐이었다.

'제길, 아무리 살펴보아도 내가 이곳에 있다는 것을 전할 수 있는 방법이 없는 것 같구나. 이거, 어떻게 한다? 휴~'

천추옹으로서는 동굴 밖으로 나서기 위해선 큰 결심을 해야만 했다. 그러나 상황이 여의치 않은 관계로 동굴 입구에 쌓여 있는 눈에 미세한 구멍을 내서는 자라처럼 밖의 상황을 주시할 뿐이었다.

'지금쯤이면 본 회에서도 움직임이 있을 텐데…….'

천추옹은 자신이 기다리는 곳에서 아무런 소식도 없다는 것이 여간 서운하지 않았다. 하지만 그것은 어쩔 수 없는 상황이란 것을 잘 알고 있기에 아쉬운 마음을 뒤로하고는 천천히 뒤쪽으로 움직였다. 혹시라도 자신의 부주의로 인해 부스럭거리는 소음이라도 날까 봐 최대한 조심하면서 동굴 안으로 더욱 몸을 숨긴 것이다.

하늘에서도 천하의 대도(大盜)인 천추옹을 빨리 받고 싶지 않았는지, 은신하고 있는 동굴은 좀처럼 발견되지 않고 있었다. 안에서는 밖이 보이지만, 밖에서는 근처를 지나간다고 해도 소복이 쌓인 눈으로 인해 전혀 보이지 않았다. 그러나 아무리 지형적인 도움을 받고 있다고 해도 시간이 지나면서 조금씩 추적의 범위가 좁혀지고 있었다.

천추옹도 이와 같은 상황은 능히 짐작하고 있었다. 하지만 현재로서는 스스로의 능력으로 당면한 위기를 모면한다는 것은 어려운 일이란 것을 잘 알고 있었다.

"흔적은 발견했는가?"

"추호개 궁지표(宮識慓)가 조금 전에 흔적을 발견했습니다."

"그래? 그럼 현재 천추옹의 행방은?"

"그것은 아직……. 하지만 진행 상황으로 보아서는 한 시진 안에 행방을 알 수 있을 것 같습니다."

"한 시진이라……."

조영우는 견초루 조장의 설명에 고개를 끄덕여 보였지만 아쉬운 마음을 드러내지 않을 수 없었다. 돌아가는 상황이 그리 좋지 않다는 것을 잘 알고 있었기 때문이다.

견초루는 조영우의 표정에서 심상치 않은 조짐을 읽을 수 있었다.

평소 조영우의 성품을 잘 알고 있던 견초루였기에 조영우의 이마에 주름이 잡히는 것을 놓치지 않았던 것이다.

"무슨 일이라도 있는 것입니까?"

"아무래도 천추옹을 구해가기 위한 움직임이 있는 것 같네. 현재 소주두 조장이 남쪽 무한으로 통하는 길목에서 대치 상황 중에 있네."

"흐음, 그럼 시간이 많지 않군요. 제가 추호개와 단원들을 다그쳐서라도 반 시진 안에 행방을 찾을 수 있도록 해보겠습니다."

"그렇게 해주게. 그리고… 예감이지만 아마 천추옹의 향방을 찾는다 하더라도 한 번의 격전은 치르게 될 것 같네. 그러니 단원들에게 수색과 함께 전투 준비도 하라고 명하게."

"그렇게 하겠습니다."

'흐음… 부단주님의 예감은 항상 적중하곤 했는데, 그렇다면 곤란한 일이 아닐 수 없구나.'

견초루는 조영우를 향해 깊게 읍을 해 보인 후 단원들이 수색하고 있는 곳으로 신형을 날렸다. 더 이상 지체할 시간이 없다는 것을 잘 알고 있었기에 손수 수색에 앞장을 서기 위함이었다.

조영우는 일일이 말하지 않아도 알아서 행동으로 옮기고 있는 견초루를 보면서 절로 안심이 되는 자신을 발견할 수 있었다.

'이제 보니 견 조장도 생각이 깊은 사람이었구먼. 잘된 일이 아닐 수 없구나. 그나저나 앞으로 단주께서 세가에서 입지를 굳건히 하려면 좀 더 저런 인재가 곁에 있어야 할 것인데……'

조영우는 단원들을 인솔하며 직접 수색을 진두지휘하고 있는 견초루를 한차례 더 주시하다가 자신도 단원들이 있는 곳으로 신형을 날렸다. 한 사람이라도 더 빨리 움직여 주는 것이 효율적이란 것을 알고 있었기 때문이다. 그렇기에 단원들의 반은 견초루가 이끌고 나머지 반은 조영우가 지휘하며 막바지 수색에 총력을 기울였다.

*　　　*　　　*

"바로 저곳입니다. 현재 숲 밖으로 모습을 드러내고 있지는 않지만, 꽤 많은 수가 은신해 있는 것 같습니다."

"어느 정도 되는 것 같은가?"

"자세히는 알 수 없으나, 대략 백 명 정도가 아닐까 합니다."

"백여 명이라……."

안형기(安亨基)는 외전의 총책임자라는 중책을 맡은 이후 처음으로 수하들을 직접 통솔하여 전투에 임하게 되자 두려움 반 설레임 반인 심정이었다. 아무리 총관인 호혈검(虎血劍) 추진엽(秋晉燁)만큼이나 철담(鐵膽)을 지니고 있다 하더라도 다른 사람의 목숨이 자신의 의지에 달려 있다는 것은 그리 좋은 일만은 아니었기 때문이다.

"도 당주는 어떻게 생각하는가?"

"무엇을 말씀하시는 것입니까?"

"우선은 도 당주가 나보다 강호 경험이 풍부하니 이 상황에서 저들이 어떤 생각을 하고 있을지 묻는 것이고, 두 번째는 저들이 과연 우리를 상대함에 있어서 어떻게 움직일 것인지 묻는 것이네."

"글쎄요. 제가 보기엔 우리를 경계하고 있는 것 같지만 크게 신경 쓰고 있는 모습은 아닌 것 같습니다."

숲을 응시하고 있던 귀도사인(鬼刀死印) 도형곡(韜洞髷)은 안 전주의 갑작스러운 물음에도 전혀 당황하는 기색이 없었다.

"그런가? 역시 그렇군. 나도 그렇게 보았네. 저들이 보기엔 우리 철혈검문은 보잘것없는 신생 문파쯤으로 보이겠지. 아무리 우리가 패혈맹의 맹공을 물리쳤다고 해도 말이야."

"아마도……."

"하지만 그것은 조금 있으면 달라질 것이네. 그렇지 않은가?"

"흠, 그렇겠지요."

도 당주는 안 전주의 말에 동의를 하면서도, 언뜻 듣기에 무엇인가 다른 의도가 숨어 있는 것처럼 들렸다. 그에 진의를 파악하고자 했지만, 좀처럼 안 전주의 심중이 어떠한지 파악할 수가 없었다. 오랜 강호 생활을 통해 습득한 경험과 눈치도 소용이 없었던 것이다.

안 전주는 도 당주가 자신을 바라보는 눈빛이 무엇을 뜻하는지 알 수 있었다. 비록 강호의 경험은 미천할지라도, 군관으로 있으면서 상관과 조정의 고관 대신들 틈에서 생활하면서 권모술수 속에서 어떻게 해야 살아남을 수 있는지 몸으로 터득한 실력은 녹록치 않았다.

"그렇게 이상한 눈빛을 할 것 없네."

"흠, 아닙니다. 저는 다만……."

"하하, 그냥 해본 말이니 신경 쓰지 말게."

"……."

'무공은 어떠한지 모르겠지만 심기는 여간 깊은 것이 아니구먼. 흠.'

도 당주는 안 전주의 말에 고개를 숙여 보이면서도 내심 불편한 심기가 사그라들지 않았다. 툭 던진 말처럼 들리지 않았기 때문이다.

"조금 있으면 조 검주께서 철혈당(鐵血堂)을 이끌고 오겠지만, 그것보다 오늘은 우리 외전의 실력이 어떠한지 외부에 공개되는 날이네. 아니지, 도 당주가 이끌고 있는 패진당(覇震堂)이 그동안의 훈련을 통해서 어떻게 변했는지 문주님을 비롯해서 다른 당들에게도 알리는 계기가 되어야 할 것이네. 나는 도 당주를 비롯한 패진당 문인들의 실력을 믿고 있네. 무슨 말인지 알겠는가?"

"글쎄요. 무슨 말씀인지 잘 알겠지만, 상대는 한때 천하제일검가라 불렸던 현원세가의 정예들이라 쉽게 말씀드릴 수가 없습니다. 비록 예전 성세만큼은 못 된다 하더라도 북쪽에서 들려오는 소문에 의하면 봉문을 깨고 세력을 확장하고 있다고 합니다."

"도 당주답지 않게 무슨 그런 말을 하는가. 도 당주의 입에서 그런 말이 나오다니, 어째 오늘은 평소의 도 당주답지 않구먼."

"안 전주께서 저를 높이 평가해 주시는 것은 좋지만, 솔직히 지금까지 현원세가하고 손을 섞어본 적이 없기에 조심하지 않을 수 없습니다. 잘 아시지 않습니까. 저 혼자라면 모르겠지만, 저는 한 번도 수하들을 거느리고 전투에 임해본 적이 없습니다. 일 대 일의 비무나 전투라면 모르겠지만, 수하들의 목숨을……."

"무슨 말인지 잘 알겠네. 그러나 도 당주도 이제는 엄연히 이천의 수하를 거느리는 철혈검문 패진당의 당주네. 무엇이 두려운가? 승패를 떠나서 전투에 임하게 되면 우선 자신부터 추스르고 수하들을 대하면 되는 것이네. 지휘자가 그런 마음가짐으로 어떻게 전투에 임하겠는가. 그렇지 않은가?"

안 전주는 도 당주가 무슨 말을 하고자 하는지 쉽게 파악할 수 있었다. 모든 무인들이 그렇지는 않겠지만, 도 당주처럼 평소 강호를 혼자서 주유하던 낭인 무사들의 공통점이 바로 수하들을 진두지휘하며 전투에 임해본 경험이 전무하다는 것이었다.

이러한 것은 구파일방이나 오대세가와 같이 오랜 전통과 수많은 문인들을 거느리고 있지 않은 문파에서도 마찬가지였다. 바로 이러한 것이 군병을 다스리는 군관들과 무인들의 차이점이라 할 수 있었다.

"흐으음……."

도 당주는 안 전주의 말에 침음을 삼킬 수밖에 없었다. 너무도 당연한 말에 더 이상 반박할 말이 없었던 것이다.

"도 당주, 아마도 이번의 전투가 자네에게는 좋은 경험이 될 것이네. 그리고 내가 도 당주에게 이런 말을 하게 될 줄 몰랐지만, 개인적으로 하는 말이니 지금 하는 말에 너무 괘념치 말고 들어주게."

"……?"

"아마도 도 당주는 무공이 고강하니 내 보잘것없는 실력을 능히 짐작할 수 있을 것이네. 솔직히 내가 보기에도 도 당주와 내가 겨루게 된다면 이백 초도 되지 않아서 손에서 검을 놓아야만 할 것이네. 그렇지 않은가?"

"……."

도 당주는 갑자기 안 전주가 무인으로서 쉽게 말할 수 없는 민감한 부분을 직접적으로 언급하자 순간적으로 고개를 들 수가 없었다. 도저히 강호에 적을 두고 있는 무인으로서 쉽게 입에 담을 수 없는 말이었기 때문이다.

무인으로서 드러내고 싶지 않은 최소한의 자존심.

안 전주는 도 당주가 생각하기에 도저히 강호인이라 할 수 없을 정도로 자신의 무공에 관해 이야기를 하고 있었던 것이다. 너무나 아무렇지 않은 얼굴로.

"그러나 말이네, 도 당주와 나를 비교해 볼 때 개인적인 능력은 현격히 차이가 나겠지만, 우리 모두 혼자의 힘만으로 다수를 상대하지는 못하네. 그것은 아마 도 당주 역시 알고 있을 것이네."

"그렇겠… 그렇습니다."

"하하, 이제야 도 당주와 말이 통하는 것 같구먼."

"……."

"도 당주, 이제부터는 도 당주도 수하들을 통솔하는 능력을 길러야만 할 것이네. 도 당주와 같은 출중한 무인이 수하들의 신임까지 더불어 받는다면 본 문에 더할 수 없는 홍복(洪福)이 아니겠는가."

"무슨 말씀인지 알겠습니다."

도 당주는 안 전주가 하는 말의 진의를 대략적으로나마 파악할 수 있었다. 아니, 가슴 한구석에 깊게 파고들어 왔다. 어쩌다가 철혈검문의 당주가 되었지만, 지금은 그런 것이 중요한 것이 아니라 앞으로 현 원세가와 있을 전투에 온 정신을 집중해야만 한다는 것을 너무도 잘 알고 있었기 때문이다. 이천 명에 달하는 목숨이 자신의 실수 한 번에 몰살을 당할 수 있으므로.

"자, 그럼 도 당주는 수하들과 함께 전투 대형으로 포진을 하도록 하게. 곧 조 검주께서 철혈당을 대동하고 오시면 바로 숲으로 진격을 할 것이네."

"그렇게 하겠습니다."

도 당주는 안 전주의 명에 따라 부당주인 목기일(睦紀一)과 함께 수하들을 통솔하며 숲을 에워싸는 식으로 넓게 포진을 하였다.

태양이 본격적으로 활동을 시작하자, 햇빛을 받은 숲은 마치 하늘에서 내린 은빛 꽃가루가 수북이 쌓인 것처럼 반짝이는 것이 아름다움의 극치를 보여주고 있었다. 나뭇가지 하나하나에 하얀 꽃송이들이 매달려 있는가 하면, 인간의 손재주로는 도저히 빚어낼 수 없는 자연의 조각들이 조화를 이루며 천지를 메우고 있었다.

"무한도 태원(太原)의 오대산(五台山)만큼이나 아름답습니다."

"하하, 어디 오대산에 비하겠습니까. 하지만 북쪽에 비해 중원이 아름다운 곳이긴 합니다. 비옥하기도 하지요."

"그러니 하루라도 빨리 찾아야겠지요."

"맞는 말입니다, 부총관."

부총관 현필환수(玄筆幻手) 범친두(凡親頭)는 마치 과거를 회상하는 듯이 두 눈을 지그시 감으며 한동안 움직일 줄을 몰랐다. 마치 사방에서 불어오는 바람의 소리를 듣는 것처럼, 그런 그의 전신에서는 감히 범접할 수 없는 기도가 흘러나왔다. 하지만 시간이 다소 흐르고 난 후 전신에서 흐르던 기운도 사라지고 나자 범 부총관이 천천히 굳게 감겨 있던 눈을 떴다.

"아직 곽 단주로부터 연락이 없었습니까?"

"워낙 만성금도가 신출귀몰한 위인인지라 찾는 데 시간이 다소 걸리는가 봅니다."

"그거참······."

'시간이 그리 많지 않은데··· 우리가 조금만 더 이곳에서 머뭇거리기라도 하면 무림맹의 눈에 띄는 것은 불을 보듯 뻔한 것을······.'

범 부총관은 상황이 어렵다는 것을 잘 알고 있으면서도 정신없이 수색 작업에 몰두하고 있는 곽 단주를 더욱 재촉할 수밖에 없었다. 아무리 현원세가의 위세가 하늘을 찌를 듯하다고 해도 전 무림의 연합체인 무림맹과 패혈맹을 자극하는 일은 되도록 삼가는 것이 현재로서는 최선의 방법이었기 때문이다.

"누군가가 접근해 오고 있습니다."

범 부총관의 말대로 초유의 시간도 지나지 않아 두 명의 문인이 바람을 가르며 빠르게 다가왔다.

"부전주님께 보고드립니다."

"그래, 무슨 일이냐."

천승뇌검전(天乘雷劍殿)의 부전주 천수도(千手刀) 답천훈(畓天暈)은 수하가 깊게 허리를 숙이며 예를 다하자 한발 앞으로 나섰다.

"곽 단주로부터 연락이 왔습니다."

"그래?"

"연락? 그럼 찾았단 말이냐?"

"저··· 그것은 아닌 것 같습니다."

범 부총관의 따가운 시선을 받자, 싸늘한 바람이 불고 있는 겨울임에도 불구하고 보고를 하기 위해 시립해 있던 무사의 이마에 식은땀이 흘렀다.

"무슨 일인지 보고해 봐라."

"소인은 기랑추월단 조 부단주님의 명을 받고 온 심득인(沈得寅)이라 합니다."

"……."

"현재 무한으로 통하는 산기슭 근처로 일단의 무리가 접근한 후 진을 형성하고 있는데, 살펴본 바로는 요즘 무한에 자리를 잡은 철혈검문인 것 같다 합니다."

"철혈검문?"

"그래서?"

"예, 그래서 곽 단주는 아무래도 부총관님과 부전주께서 친히 오셨으면 하십니다."

"흐음……."

"……."

보고를 전해 들은 범 부총관과 답 부전주는 서로의 얼굴을 바라보며 깊은 고뇌에 빠질 수밖에 없었다. 가장 우려하던 일이 발생했기 때문이다.

"부총관께서는 어떻게 했으면 좋겠습니까?"

"비록 상황이 좋지 않기는 하지만, 어쩔 수 없이 우리가 가야 할 것 같습니다. 우선은 가서 상황을 살펴봐야 앞으로 어떻게 해야 할지 결정할 수 있을 것 같군요."

"아무래도 그렇겠지요. 알겠습니다. 그럼 수하들에게 준비를 하도록 지시하겠습니다."

"예, 그렇게 해주십시오."

답 부전주가 범 부총관의 말에 따라 수하들을 향해 전투 준비와 함께 이동하도록 지시를 하고 있을 때, 범 부총관은 보고를 하기 위해 온 심득인을 향해 시선을 주고 있었다.

"현재 상황이 어떠한지 알고 있느냐?"

"소인도 자세한 상황은 알지 못하옵니다. 다만……."

"다만?"

"조 부단주님의 말씀으로 보건대, 철혈검문에서 많은 인원이 온 것 같습니다."

"흠… 알겠다. 지금 당장 곽 단주가 있는 곳으로 갈 것이니 너는 먼저 곽 단주에게 가서 행여 내가 도착하기 전에 섣부른 움직임을 자제할 것을 명했다 일러라."

"알겠습니다. 그럼 소인은 이만."

'일이 꼬이는 것 같구나. 휴~'

범 부총관은 멀리 사라지는 심득인의 그림자를 뒤로한 후, 수하들에게 지시를 하느라 여념이 없는 답 부전주의 곁으로 다가갔다.

*   *   *

나무들이 울창하게 자리잡고 있는 숲을 벗어나면 시원스레 다듬어진 듯한 넓은 벌판이 나오는데, 신선한 공기를 마시며 친밀한 사람들과 이야기를 나누며 즐기는 것은 상상만으로도 상쾌한 일이 아닐 수 없다.

하지만 현재 벌판과 숲 속에 자리잡고 있는 일단의 무리에겐 이런 상상조차도 허망한 일일 뿐이었다. 언제 수중의 병장기를 들고 천지가 떠나갈 듯 고함을 지르며 뛰어나가야 할지 모르는 불안한 상황에 직면해 있었기 때문이다.

벌써 대치를 하기 시작한 지 반 시진이 다 되어가고 있었다. 그러나 양쪽 모두 이렇다 할 행동을 취하지 않고 있었기에 싸늘한 적막감이 감돌고 있었다. 마치 서로의 가슴을 향해 화살을 겨누고 있지만, 아직 화살을 잡고 있는 시위에서 손가락을 놓지 않고 있는 형국과 같았다. 그러나 누군가 손가락을 먼저 놓기라도 한다면, 그 상황은 걷잡을 수 없이 일파만파(一波萬波)로 번질 것은 자명한 일이었다.

"어서 오십시오, 범 부총관님, 답 부전주님. 그렇지 않아도 기다리고 있었습니다."

"그래, 아직 별다른 움직임은 없었는가?"

"예, 넓게 숲을 에워싸고는 있지만 지금까지 특별한 움직임을 보이고 있지는 않습니다. 조만간 행동을 하겠지만, 현재로서는 저들이 언제 행동을 개시할지 짐작할 수 없는 상황입니다."

"그렇겠지. 아무래도 우리가 먼저 움직일 수는 없는 상황이니까. 그건 그렇고, 부전주께서는 저들이 별다른 움직임을 보이지 않고 있으니 우선은 수하들을 뒤쪽에 배치하시지요."

"알겠습니다, 그렇게 하지요."

범 부총관은 답 부전주가 수하들을 적절한 위치에 배치시키기 위해 움직이기 시작하자 다시 곽 단주를 향해 고개를 돌렸다.

"곽 단주, 현재 저들의 동태를 점검하고 있는가?"

"예, 그렇지 않아도 수하들을 시켜 상황을 주시하도록 했습니다."

"그럼 현재 저들의 인원과 배치 형태, 그리고……."

삑! 삐이이익— 삐익—

"응?"

"이런!"

"곽 단주, 무슨 일인가?"

곽 단주의 표정이 갑자기 변하자 상황이 좋지 않게 진행되고 있음을 직감한 범 부총관은 곽 단주에게 설명을 요구했다.

"아무래도 저들에게 지원대가 온 것 같습니다."

"지원대?"

"예… 저들이 지금까지 움직임을 보이지 않고 있었던 것이, 아마도 지원대를 기다리기 위함이었던 것 같습니다."

"그렇다면……?"

"현재 저들의 수는 대략 이천 명 정도 되는 것 같은데, 이번에 또 얼마나 왔는지는……."

"허, 이거 참……."

곽 단주의 보고를 들은 범 부총관은 헛웃음밖에 나오지 않았다. 현재 무한까지 이끌고 온 수하들의 총 수는 기랑추월단 이백 명과 천승뇌검전 소속 오백 명이 고작이었기 때문이다. 당시 이와 같은 상황에 직면하게 되리라고는 아무도 생각하지 못한 상태였고, 또한 되도록 소리 소문 없이 신속한 일처리를 위해 최소한의 인원만을 대동하고 움직였던 것인데, 지금은 오히려 모두 데리고 오지 않은 것이 후회가 되었다.

하지만 지금에 와서 그것은 바람일 뿐이었다. 어떻게 하든 현 위기를 타개하는 것이 중요한 과제였기에, 범 부총관은 자신의 머리를 쥐어짜서라도 임무를 완수할 수 있는 전략을 구상해야만 했다. 그러나 범 부총관의 전략에는 자신과 함께 온 모든 사람들의 안위보다 우선시하는 것이 있었다.

"현재로서는 다른 방도가 없는 것 같다. 곽 단주는 현재 수색 중에 있는 수하들에게 일러 최대한 빨리 천추웅의 행방을 찾는 데 주력하도록 하라. 나와 답 부전주를 비롯해 이곳에 있는 모든 사람들은 숲에 은신해 적이 쉽게 들어오지 못하도록 할 것이다. 비록 적들의 실력이 어느 정도인지 가늠할 수 없지만, 우리들이 숲을 벗어나지 않는다면 저들도 쉽게 근접할 수는 없을 것이다. 하지만 시간은 그리 오래 벌어줄 수는 없을 것이다. 알겠느냐?"

"최선을 다하겠습니다."

"그래, 그럼 어서 움직이도록!"

범 부총관의 엄명을 받은 곽 단주는 자신이 취할 수 있는 최대한의 예를 보인 후 수하들이 기다리고 있는 곳으로 신형을 날렸다. 상황이 긴박한지라 자신이 발휘할 수 있는 최고의 신법을 구사한 것이다.

'그동안 많은 수련을 했나 보구면, 내 예상보다 한 단계 더 성장한 것을 보면. 역시 젊다는 것은 좋은 것인가?'

눈 깜빡할 사이에 시야에서 사라져 버린 곽 단주의 신형을 보면서 범 부총관은 대견한 듯 고개를 끄덕여 보았다.

"하하, 조 검주께서 이제야 도착하는구면."

"그러게 말입니다."

"이제 행동을 시작해도 될 듯싶습니다."

"옳은 말이네. 그렇게 해야지. 목 부당주도 어서 도 당주를 도와 출전할 준비를 하게."

"알겠습니다."

'휴~ 이제야 조금 안심할 수 있겠구먼. 현원세가에서 먼저 선공(先攻)을 하지 않아 다행이지, 만약 조 검주와 철혈당이 오기 전에 공격을 당했다면 큰 피해를 입었을 것이다. 정말 다행이다.'

안형기 전주는 내심 가슴을 쓸어 내리면서 졸였던 마음을 가다듬었다. 비록 얼마 되지 않은 시간이었지만, 안 전주에게는 마치 몇 시진이 하루보다 더 길게 느껴졌던 것이다.

"어서 오시지요."

"오래 기다리게 해서 죄송합니다. 바로 오려고 했었는데, 문위당(門衛堂)의 양부(楊溥) 군사(軍師)께서 현원세가를 상대함에 있어서 세세하게 전술을 설명해 주시는 바람에 생각보다 늦게 도착하게 되었습니다."

"오~ 그렇습니까? 그렇다면 늦게 도착해서 제 속을 애타게 만든 것은 고이 접어야겠습니다. 정말 다행입니다. 하하하~"

"그렇게 말씀해 주시니 감사합니다."

"무슨 말씀을. 자자, 이리로 오시지요."

"예."

조 검주는 안 전주의 안내를 받으며 좌석이 마련되어 있는 탁자로 향했다. 바로 치고 받는 전투가 벌어지지 않았기에 안 전주가 미리 수하들을 시켜 마련한 자리였다.

"그래, 양 군사께선 어떤 방안을 내셨습니까?"

"예, 양 군사께선 우리가 밤에 움직이게 되면 자칫 적의 공세에 말려

들 수가 있으니, 해가 지기 전에 적을 퇴각하게 만들어야 한다고 했습니다."

"응? 아니, 오히려 장기전으로 가던가 밤에 치는 것이 좋지 않습니까?"

"사실 저도 그렇게 반문을 했었는데, 양 군사께선 달리는 말에 채찍질을 한다라는 말씀을 하셨습니다."

"달리는 말에 채찍질을 한다?"

"예. 전투에 임하게 되면 우선 상대방의 기선을 제압하는 것이 중요합니다. 거기에다 승세를 타게 되면, 적보다 다소 전력이 떨어진다고 해도 거뜬히 우세를 점할 수 있게 됩니다. 아마도 양 군사께서는 누가 먼저 기세를 잡느냐가 이번 전투의 승패가 달려 있다고 보신 것 같습니다."

"그렇겠지요. 아마도 객관적으로 적의 무위가 우리들보다 한 수 위라 보기 때문에 그렇게 결론을 내리신 것 같습니다."

"……"

안 전주는 조 검주의 설명에 고개를 끄덕였다. 정확한 지적이었기 때문이다. 비록 지금까지 현원세가와 직접적으로 검을 겨룬 일이 없었지만, 누가 생각해도 철혈검문이 밀리는 것은 당연한 일이었다. 결성된 지 채 일 년도 되지 않은 신생 문파가 아무리 잘 나간다고 해도 유구한 역사와 전란 중에도 쓰러지지 않고 버틴 현원세가에는 몇 수 아래인 것은 인정하지 않을 수 없었던 것이다.

"조금 있으면 해가 중천에 이를 텐데, 그렇다면 시간이 많은 것이 아니군요."

"그렇습니다. 우선 저와 철혈당에서 선공을 가해 길을 열면 안 전주께서 패진당의 문인들을 이끌고 저희들의 배후를 막아주셔야 할 것입니다."

"알겠습니다. 그럼 시간도 없으니 바로 시작하지요."

"예, 그럼 무운(武運)을 빌겠습니다."

"조 검주께서도 무운이 함께하시길 바랍니다."

"예, 그럼 저는 이만."

조 검주는 안 전주를 향해 포권을 해 보인 후 자신을 기다리고 있는 철혈당을 향해 천천히 걸음을 옮겼다.

"모두 전투 준비를 하도록 하라. 이제 철혈당의 위엄을 만천하에 알릴 때가 왔다."

"옛! 이미 모두들 준비를 마쳤습니다."

"그렇습니다. 검주께선 명만 내려주십시오!"

조 검주가 철혈당의 앞에 서며 차분한 목소리로 말하자, 제일 앞에 자리잡고 있던 조대호(曹岱豪) 당주와 이건호(李健豪) 부당주가 깊숙이 허리를 숙였다.

"조 당주와 이 부당주는 문주님과 양 군사의 명을 차질없이 수행하도록 하라. 나는 상황을 살피며 문주님의 명을 수행하도록 하겠다."

"알겠습니다."

"철혈당의 문인들은 모두 전투 태세를 갖추도록 하라!"

"예! 알겠습니다!"

"명 받듭니다!"

조 당주와 이 부당주의 명이 하달되자 뒤에 시립해 있던 팔십 명의 철혈당 문인은 우렁찬 목소리로 답한 후, 보무도 당당하게 숲을 향해 전진하기 시작했다. 하지만 이렇다 할 신법을 사용하는 것도 아니었고, 적의 눈을 피하며 행보를 하는 것도 아니었다.

철혈당의 문인들은 숲에서 자신들의 행동을 주시하든 말든 한 발 한 발 당당한 걸음으로 천천히 전진해 갔다.

"모두 삼열(三列) 횡(橫)으로 서도록 하라!"

"예!"

조 당주의 명에 의해 숲으로 전진하던 철혈당 문인들은 마치 준비라도 하고 있었다는 듯이 신속하게 움직이며 삼열횡대(三列橫隊)로 늘어섰다.

숲을 주시하고 있던 철혈당 문인들은 생각보다 차분한 움직임을 보이고 있었다. 그동안 많은 고난도 있었고 고통도 있었으며 공격을 받았지만, 그것보다 먼저 상대를 공격하는 것은 이번이 처음 있는 일이라 모두들 심장이 떨리고 손에서 땀이 나는 것이 당연하건만 실상은 그렇지 않아 보였다. 그저 담담한 표정으로 조 당주와 이 부당주의 명을 차분하게 기다릴 뿐이었다.

제 3 장

포신구화(抱薪救火)

제3장 **포신구화**(抱薪救火)

사람의 인생을 편가름 식으로 살 수는 없지만, 우리는 때때로 그러한 상황에 직면하게 된다. 아니, 직면하기 싫어 피해보고자 갖은 노력을 다해도 어쩔 수 없는 상황에 그리되는 것이다. 당연히 현실 생활은 예측할 수 없는 상황의 연속인 것이고, 때로 피하고자 하던 상황에 직면하게 되면 현실 속에서 어떻게 해야 옳은가를 미리 대처해야만 살아남을 수 있는 것이다.

현필환수 범친두.

현원세가의 모든 대소사를 책임지고 있는 내승전(內乘殿)의 부총관으로서 범친두는 실로 예사 인물이 아니었다. 총관인 추월검(追月劍) 곽성율(郭星燏)을 보필하는 것에 만족하지 않고, 병법서(兵法書)와 전 지역의 지리서(地理書)를 통달하고 있으면서 자신의 입지를 조금씩 튼

튼하게 올려놓은 인물이었다.

"적들이 공격할 기미를 보이고 있습니다. 어떻게 하면 좋겠습니까, 부총관."

"답 부전주께서는 우선 수하들을 큰 나무 뒤에 은신하도록 하는 것이 좋겠습니다."

"나무 뒤에 은신을 하란 말입니까? 저와 수하들 모두?"

"예. 저들은 분명 뛰어난 자들을 전면에 내세워 숲으로 치고 들어오려 할 것입니다. 拜자칫 위험한 듯 보이는 전술이지만, 저들로서는 길을 만들어서 숲 전반에 걸쳐 있는 우리를 양쪽으로 분리시키려 할 것이 분명합니다. 또한 우리가 만약 저들의 전술에 밀려 양쪽으로 분산이 된다면 실로 큰 위험에 처하게 될 것이니 신중해야 할 것입니다."

"허, 이거 참…… 부총관께서 하는 말씀은 잘 알겠지만, 그렇다고 해도 왜 나무 뒤에 숨어야 하는지 모르겠습니다."

답 부전주는 범 부총관의 추가적인 설명을 듣고 싶었다. 아무리 수적으로 불리하다 해도, 대현원세가 지도층의 한 사람으로서 나무 뒤에 몸을 숨긴다는 것은 실로 부끄러운 일이 아닐 수 없었기 때문이다. 확실하거나 절실한 명분(命分)이 없는 한 답 부전주로서는 자신의 입으로 수하들에게 범 부총관의 지시를 전할 수가 없었다. 지금까지 수하들에게 어떠한 일이 있어도 적으로부터 등을 돌리지 말라 이르고 또 이르며 주지시킨 장본인이 바로 답 부전주였으므로.

"현재 우리는 저들에 비해 수적으로 불리한 입장입니다. 또한 정식으로 저들의 실력을 경험하거나 직접 보지 않은 관계로 무턱대고 정공(正攻)으로 갈 수도 없는 상황이며, 자칫 우리의 임무를 망각한 채 무모한 접전으로 큰 피해를 입게 된다면 앞으로 우리 현원세가는 강호에서 큰 타격을 받을 수밖에 없을 것입니다. 그리고! 우리가 적들보다 지형적으로 유리한 입장에 있는데 굳이 적을 이롭게 할 필요가 어디 있겠습니까. 그렇지 않습니까, 답 부전주?"

범 부총관은 최대한 정중한 목소리로 답 부전주의 질문에 답했다. 하지만 아무리 속으로 감추려고 해도 목소리 중간중간 짜증이 섞여 들어가는 것은 어찌하지 못했다. 위급한 가운데 헛되이 시간을 낭비하는 것 같아 심적으로 부담이 되었기 때문이다.

"흠… 알겠습니다. 그럼 부총관의 명에 따르도록 하겠습니다. 그러니 아까 제가 한 말이 심기를 상하게 했다고 해도 크게 나무라지 마십시오. 지금까지 수하들을 수련시키면서 단 한 번도 적에게 등을 돌리라는 말을 한 일이 없었기에 마음이 상해서 드렸던 말입니다."

"아닙니다. 왜 제가 답 부전주의 심정을 모르겠습니까. 저도 생각지 못한 일로 인해 심기가 어지러운 관계로 큰 결례를 하게 되었습니다. 죄송합니다."

답 부전주의 사과에 범 부총관의 마음도 풀렸는지, 깊게 포권을 하면서 순간적으로 짜증을 부렸던 자신을 용서해 달라 청했다. 이에 답 부전주도 마주 포권을 하며 한 발짝 뒤로 물러났다.

"자, 그럼 저는 적들이 공격하기 전에 수하들에게 부총관의 지시를 전하도록 하겠습니다."

"감사합니다. 그리고… 무슨 일이 있어도 수하들이 뿔뿔이 흩어지는 일은 없어야 합니다. 저보다 잘 아시겠지만, 이번의 승패는 우리가 적들의 공세에 얼마만큼 뭉치면서 대응하느냐에 달려 있습니다."

"하하, 무슨 말씀인지 잘 알겠습니다. 그럼 부총관께선 곽 단주와 함께 전면에서 기랑추월단을 지휘하십시오. 저는 적들이 이곳에서 더 이상 전진하지 못하도록 발목을 묶어놓겠습니다."

"예, 그렇게 하도록 하지요. 그럼 무운을 빌겠습니다."

"부총관께서도……."

*　　　*　　　*

"공격!"

쐐아아아ㅡ

팍! 파파파팍!

"크억……!"

"큭!"

"헉! 뭐, 뭐야?"

"이, 이건……?"

화살.

얼마나 많은 공력이 실려 있었는지, 나무에 화살촉뿐만 아니라 대까지 깊숙이 박혀 있는 화살은 박혀서도 힘이 남아 있는지 잔 떨림을 보이고 있었다.

범 부총관과 답 부전주는 나무에 깊숙이 박혀 있는 화살을 보자 놀라지 않을 수 없었다. 철혈당의 화살 공격은 범 부총관을 비롯해서 아무도 예상하지 못한 일이었기 때문이다.

'화살이라니……!'

범 부총관은 화살을 보면서 혀를 내두를 수밖에 없었다. 예상을 완전히 빗나간 공격, 충격 그 자체였다.

강호에 발을 담그고 있는 무인이라면 암기나 단도는 모르겠지만, 활을 사용하는 것 자체는 극히 드문 일이었기 때문이다. 서로의 무위를 상대함에 있어서 나름대로 꺼리는 면도 없지 않았지만, 활을 사용함에 있어서 많은 제약을 받고 있었기 때문이다.

비록 강호에 궁(弓)을 독문무공으로 사용하는 무인이 없는 것은 아니었지만, 극히 드문 경우였을 뿐만 아니라 나중에 가서는 검가나 도를 겸하고 있었기에 궁술만을 전문으로 사용하는 무인은 없었다.

'관병들이나 쓰는 짓거리를 하다니, 철혈검문은 무림의 한 문파로서 자존심도 없다는 말인가?

곽 단주는 픽! 픽! 하며 나무에 깊숙이 박히는 화살들의 소리를 들으면서 내심 무인으로서 자존심이 상하는 것을 느꼈다. 또한 철혈검문에 대해 적지 않은 반감을 가지게 되었다. 무인으로서 대외적으로 화살을 사용한다는 것은 일종의 수치로 비춰졌기 때문이다.

"적의 날리는 화살에 공력이 실려 있으니 행여 받아칠 생각 하지 말고 별도의 명이 떨어질 때까지 모두 나무 뒤로 몸을 은신하도록 하라!"

"옛!"

"명심하겠습니다!"

곽 단주의 명이 떨어지자 나무 뒤에 은신해 있던 기량추월단 문인들은 더욱더 나무 뒤로 몸을 은신하며 상관의 다음 명이 떨어지기를 기다렸다.

철혈당의 화살 공격은 멈출 듯하면서도 이각이 흐르는 동안 이어졌다. 처음엔 멋모르고 화살에 몸이 뚫리는 자들이 적지 않았으나, 시간이 점점 흐르면서 화살들은 사람이 아닌 나무에만 박힐 뿐이었다. 마치 나무의 한 가지마냥 깊숙이.

"적이 눈앞에 있다. 모두 나를 따르도록!"

"와—"

화살이 더 이상 적의 심장을 파고들지 못하자 조 당주는 이 부당주와 함께 철혈당 문인들을 이끌고 숲 속으로 신형을 날렸다. 적에게 먹혀들지 않는 공격에 시간과 공력을 낭비하는 것보다는, 위험하지만 적의 진영에 뛰어들어 공격하는 것이 더욱 실용적이란 판단이 들었기 때문이다. 또한 이러한 일련의 과정도 어차피 양 군사가 짜놓은 전술의 수순(隨順)이기도 했다.

철혈당의 문인들이 숲 속으로 신형을 날리기 시작하자, 이 순간을 기다리고 있던 안 전주가 옆에 서 있던 도 당주에게 다가갔다.

"도 당주, 이제 우리도 공격을 해야 할 것 같구먼."

"알겠습니다."

도 당주는 위엄있는 걸음으로 수하들 앞으로 나서며 자신의 애병(愛兵)인 귀도(鬼刀)를 힘차게 뽑아 들고는 큰 목소리로 사자후를 터뜨렸다.

"자, 이제 우리들이 움직일 차례가 왔다! 우리가 원해서 철혈검문에 입문을 했듯이, 우리가 원하는 것을 얻기 위해서는 이 전투에서 승리를 해야만 한다. 모두 최선을 다하도록! 가자!"

"와~!"

"우리들은 반드시 승리할 것이다! 나를 따르라!"

도 당주의 마지막 말은 그의 신형이 숲을 가로지르고 있을 때 문인들의 귀에 들렸다. 얼마나 빠르게 움직였는지, 옆에 있던 안 전주와 다른 문인들의 시야엔 도 당주의 뒷모습만이 보일 뿐이었다.

　"저… 이런! 전원 공격……!"

　안 전주는 도 당주 혼자 훌쩍 신형을 날리며 전장으로 향하자 한차례 머쓱한 표정을 지어 보인 후, 자신과 마찬가지로 아직 움직이지 않고 있는 수하들을 향해 목청을 높였다.

　"공격하라!"

　"죽어라! 창룡십팔검(蒼龍十八劍)!"

　철혈당의 문인들이 숲 속으로 쇄도하기 시작하자, 이런 상황을 기다리고 있던 곽 단주가 나무에서 뛰어내리며 수하들을 향해 공격 명령을 내렸다. 이에 나무 뒤에 은신해 있던 기량추월단의 문인들이 일제히 나무 밑으로 몸을 날리며 자신들의 성명절기를 시전하기 시작했다.

　쉬이이익~ 픽! 퍼퍼픽!

　"끄아아아―"

　"컥! 크으윽…….."

　이 부당주가 이끌던 철혈당의 문인들이 일제히 나무에서 떨어져 내리고 있는 기량추월단의 문인들을 향해 화살을 날렸다. 대부분 빠르게 신형을 날렸기에 화살이 몸에 박히는 무인들의 수는 적었지만, 현원세가로서는 적지 않은 부담이 되었다.

　"인정사정 볼 것 없다. 모두 도륙(屠戮)을 내도록!"

　"죽여라!"

　수하들의 어이없는 죽음을 목격한 곽 단주의 눈에선 피눈물이 흘렀다. 자신을 믿고 따르던 수하들의 죽음은 잔잔하던 곽 단주의 심정에 파문을 일으키기에 부족함이 없었던 것이다.

창! 창창창창!

"컥!"

"끄으으으……."

"철혈단성(鐵血斷星)! 철혈무변(鐵血無變)……!"

"끄아아아—"

"커어억……!"

조 당주의 검이 공간을 가를 때마다 앞을 가로막던 기랑추월단의 문인들이 가슴을 쥐어짜는 고통스러운 비명을 토하며 쓰러져 갔다.

"막아라! 단 한 놈도 이곳을 지나가게 할 수 없다. 받아라! 광풍한월검(狂風寒月劍)!"

"컥……!"

철혈검문의 최강 세력인 철혈당과 유구한 세월 동안 현원세가의 교육을 받은 기랑추월단의 격전은 상상을 불허할 지경이었다. 초반엔 어느 쪽이 우세라 말할 수 없을 정도로 치열한 혈전이 벌어진 것이다.

하지만 수유의 시간이 경과되기도 전에 기랑추월단의 문인들이 쓰러지는 숫자가 점차적으로 많아지기 시작했다. 아무리 현원세가의 엄한 수련을 받았다고 해도, 기랑추월단은 전투를 목적으로 결성된 세력이 아니었기 때문에 그들의 한계를 벗어난 전투에선 뒤로 밀릴 수밖에 없었던 것이다. 그러나 철혈당이 크게 우위를 점하고 있는 것도 아니었다. 다만 개개인의 실력 차이가 나지 않기 때문에 큰 틈만 보이지 않으면 상대보다 큰 피해를 입지 않고 있을 뿐이었다.

'안 되겠다. 계속 이런 상태로 방치하다가는 기량추월단이란 이름이 이곳에 묻히게 될 것이다. 후퇴를 해야 한다. 후퇴를……'

곽 단주는 정신없이 검을 휘두르면서도 눈앞에서 쓰러져 가는 수하들의 모습을 똑똑히 볼 수 있었다. 가뜩이나 적들은 수를 헤아릴 수 없을 정도로 계속해서 몰려들고 있었기 때문에 도저히 승리를 논할 수 없다는 판단이 들었다. 그에 곽 단주는 빠르게 주변을 살피건서 범 부총관의 모습을 찾아보았다. 조속하게 후퇴를 명해야 했기 때문이다. 비록 기량추월단의 지휘자가 자신이었지만, 현재 기량추월단을 지휘하고 있는 총책임자는 부총관인 범친두였기 때문이다.

'이런! 범 부총관이 저 정도로 밀리다니.'

곽 단주의 시야에 들어온 범 부총관의 몰골은 말이 아니었다. 차마 걸치고 있는 옷이 의복이라 불릴 수도 없을 정도로 넝마가 된 지 오래였으며, 온몸에서는 크고 작은 검상이 보였다.

범 부총관과 세 명의 기량추월단 문인들을 궁지로 밀어붙이고 있는 고수는 바로 조 검주였다. 대현원세가의 부총관과 세 명의 군인을 단신으로 상대하고 있으면서도 한 치의 흔들림도 없이 사지(死地)로 몰아가고 있는 것이다.

곽 단주는 자신의 눈을 의심하지 않을 수 없었다. 아무리 세가의 잔일을 도맡아하고 있는 내승전의 부총관이라고 해도 그의 무공은 세가에서도 꽤 알아주고 있었기 때문이다. 그러나 마냥 지켜보고만 있을 수 없었기에, 곽 단주는 검병을 잡고 있는 손에 힘을 주면서 있는 힘껏 조 검주를 향해 신형을 날렸다.

"멈추어라! 하얏……!"

"헛!"

쾅!

"크윽……."

곽 단주는 목구멍을 타고 올라오는 비릿한 핏물을 입 밖으로 내뱉은 후, 자신의 공격이 상대에게 얼마나 큰 충격을 주었는지 확인하지도 못한 채 한쪽에 비틀거리고 있는 범 부총관의 신형을 부축한 후 빠르게 뒤로 몸을 날렸다. 평상시라면 자신의 몸 상태를 생각할 때 상대 역시 충격을 받았을 것이라 짐작할 수 있겠지만, 곽 단주는 안일한 생각과 헛된 시간 낭비로 인해 죽음의 고비에서 벗어날 수 있는 기회를 놓치고 싶지 않았기에 최선을 다해서 숲 속으로 신형을 날린 것이다.

"퇴각하라! 담 부전주께서 계시는 곳까지 진형을 갖추면서 퇴각하도록 하라!"

"퇴각하라!"

"퇴각……!"

곽 단주의 명이 떨어지자 기랑추월단의 무닌들은 마치 기다리기라도 할 것처럼 썰물이 빠져나가듯 순식간에 모습을 감추기 시작했다. 워낙 모두들 추적에 능했기에 나무들로 빽빽한 곳에서 철혈당 문인들의 신법으로 따라간다는 것은 무리였다.

"적이 후퇴하려고 한다. 모두 적을 섬멸하도록 하라!"

후미에서 문인들을 진두지휘하던 안 전주는 기랑추월단의 문인들이 후퇴를 시작하자 목청을 높이며 철혈당과 패진당의 문인들을 다그쳤다.

승세(勝勢).

안 전주는 현원세가가 후퇴하는 모습에서 양 군사의 말대로 승세를 탔다는 생각이 들었다. 그에 양 군사의 말대로 '달리는 말에 채찍질을 한다' 는 말처럼, 승세를 탔을 때 그것을 유리하게 이용해야 한다는 판단을 하게 되었다. 또한 여세(餘勢)를 어떻게 몰고 갈 것인지에 대해서도 생각하지 않을 수 없었다.

"어떻습니까? 이 정도면 양 군사의 말대로 승세를 탄 것이 아니겠습니까?"

언제 다가왔는지, 안 전주는 자신의 검극을 지면으로 내린 상태로 후퇴하는 적을 바라보고 있는 조 검주의 곁에 와 있었다.

"아직은 아니라고 봅니다. 지금 적이 후퇴를 하고 있는 것은 우리가 두려워서라기보다는 후미에 지원 세력이 버티고 있다는 생각 때문일 것입니다."

"그것은 맞는 말입니다. 하지만 그렇다고 해도 문인들의 표정을 살펴보시지요. 천하제일검가라는 현원세가의 주 세력을 자신들의 힘으로 물리쳤다는 것이 믿겨지지 않는다는 표정이 아닙니까? 아마도 이번 전투에서 우리는 우리가 생각했던 것보다 큰 것을 얻게 되지 않을까 생각됩니다."

"……"

조 검주는 안 전주의 말을 한동안 음미하더니 고개를 끄덕여 보였다. 자신이 생각하기에도 문인들에겐 힘든 혈전이었지만 적지 않은 자신감을 얻을 수 있었던 값진 승리인 것만은 부인할 수 없었기 때문이다.

"하지만 지금 후퇴하는 적을 뒤쫓다가는 큰 낭패를 당할 스도 있습니다. 그러니 우리도 새롭게 전열을 가다듬는 것이 어떨지요."

"하하, 그렇게 하겠습니다. 옳으신 지적입니다."

조 검주의 의중을 읽은 안 전주는 망설임없이 적을 뒤쫓는 데 열중하고 있는 문인들을 향해 신형을 날렸다.

*   *   *

이따금씩 살을 저미는 듯한 싸늘한 바람이 온몸을 파고들었지만, 천추옹은 동굴에서 단 한 발자국도 벗어나려 하지 않았다. 현 상황에서 안전한 안식처인 동굴을 벗어난다는 것은 호랑이 입으로 머리를 들이미는 것과 같다는 것을 잘 알고 있었기 때문이다.

하지만 갑자기 고요하기만 하던 숲 속에 고성(高聲)이 오가고 병장기가 부딪치는 소음이 가득하자 호기심이 일었다. 아니, 호기심보다는 일종의 기대와 함께 기다림에 의한 자연스러운 행동이었다. 자신이 기다리고 있던 곳에서 지원 세력이 도착한 것이 아닌가 하는.

'제길, 도대체 궁금해서 참을 수가 있나. 어찌한다?'

한동안 동굴 밖으로 나갈 것인가 말 것인가를 고민하던 천추옹은 조금 더 기다려 보기로 했다. 어차피 지원 세력이 왔든 오지 않았든, 현재로서는 자신이 나가 봤자 아무런 도움이 되지 않는다 판단을 내린 것이다.

*   *   *

"아직까지 천추옹을 찾지 못했단 말인가?"

"예, 도대체 어디에 숨어 있는지 알 수가 없습니다. 분명 이 산 어딘가에 숨어 있는 것은 분명한데, 아무리 찾아보아도 그 흔적을 찾을 수가 없습니다."

"자네는 기랑추월단 내에서도 추적엔 자타가 인정하는 사람이 아닌가! 그런데 흔적조차 찾을 수 없다는 것이 말이나 된다고 지금 내 앞에서 지껄이고 있단 말인가!"

"죄, 죄송합니다."

추호개 궁지표는 기랑추월단의 제일조장인 반검일혈 견초루의 호통에 차마 고개를 들 수가 없었다. 그러나 자신이 살아남으려면 무슨 핑계를 대서라도 위기를 벗어나야만 했다.

"하지만 간밤에 내린 눈으로 그나마 있던 흔적조차 지워진 지 오래되었습니다."

"이……."

"그, 그러나 소인의 생각으로는 아마도 천추옹이 우리가 찾지 못한 근처의 동굴에 은신해 있지 않은가 합니다. 시간을 조금만 더 주시면……."

"시간?"

"예, 발자국이 더 이상 발견되지 않는 것으로 보아서는 분명 이 근처에 있을 것입니다. 그러니……."

"그것은 한 시진 전에도 한 말이 아니냐! 그런데 지금 똑같은 말을 하면서 나보고 시간을 달라니!"

"하, 하오나 시간을 조금만 더 주시면……."

"얼마나 더 시간을 달라는 말이냐! 가뜩이나 지금 철혈검문인가 뭔 가가 이곳으로 빠르게 몰려들고 있단 말이다! 더구나 지금 남쪽에선 철혈검문을 막기 위해 혈전이 벌어지고 있는데, 시간을 더 달라니!"

"……."

궁여지책(窮餘之策)으로 말한 것이었지만, 가만히 생각해 보니 궁지 표는 자신이 말한 것에 일말의 가능성이 있다는 생각이 들었다. 하지 만 견 조장의 호통에 아무런 말도 할 수가 없었다. 더 이상 지껄이다가 는 그나마 보존할 수 있게 된 목숨마저 위태로울지 모른다는 위기감이 들었기 때문이다.

"더 이상 이곳에서 지체할 시간이 없다. 어서 다른 곳으로 이동하면 서 찾아보도록 해라."

"아, 알겠습니다. 그럼 소인은 이만……."

'분명 이 근처에 있을 것 같은데…….'

추호개 궁지표는 견 조장의 눈치를 살피면서도 쉽게 자리를 뜰 생각 을 하지 못했다. 그러나 이미 자신의 명줄을 쥐고 있는 상관의 명이 떨 어졌기에, 더 이상 머뭇거릴 수만은 없는 일이었다. 지금 이 시간에도 조금이나마 시간을 벌어주기 위해 많은 문인들이 목숨을 희생하고 있 을 것이 자명하기에.

기랑추월단이 자리를 옮긴 곳은 천추옹이 은신하고 있던 동굴에서 불과 오십 장밖에 떨어지지 않은 곳이었다.

천추옹으로서는 천운(天運)이 따랐는지, 자신이 어렵게 내린 결정으 로 인해 귀중한 목숨을 보존할 수 있었다. 만약 호기심을 참지 못하고 동굴 밖으로 고개라도 내밀었다면, 사방에서 기척을 곤두세우고 있던 수많은 눈들에 의해 발견됐을 것이었기 때문이다. 하지만 천추옹으로서는 원기를 회복하기 위해 운기조식을 하느라 정신이 없었기에 그러한 것은 신경도 쓰지 못했다.

*   *   *

범 부총관을 부축하고 답 부전주가 이끌고 있는 천승뇌검전의 세력권 안으로 들어온 곽 단주는 수하들의 안위를 챙기느라 정신이 없었다. 하지만 수하들의 피해 정도를 어느 정도 짐작하고 있었기에 착잡한 마음 중에서도 흔들림없는 행동을 보이고 있었다.

"소 조장, 피해 상황은 어떠한가?"

"예, 현재 파악된 것으론 이번의 전투에서 육십 명 정도가 목숨을 잃은 것 같습니다. 그중에는 아직 이곳까지 이르지 못한 이들도 있겠지만, 현재 이곳까지 온 인원은 겨우 사십 명이 안 됩니다."

"사십 명도 안 된다…… 휴~"

곽 단주는 소 조장의 보고를 들으면서 한숨이 절로 나오는 것을 어찌할 수 없었다. 하지만 마냥 한숨만 쉬고 있을 수는 없었기에 정신을 가다듬고 소 조장에게 수하들의 상세(傷勢)를 챙기도록 지시를 한 후 범 부총관의 곁으로 걸음을 옮겼다.

"어떠하십니까? 몸은 움직일 만하십니까?"

"그럭저럭 적절하게 응급조치를 취한 것 같구먼. 곽 단주가 애를 많이 썼네."

"아닙니다. 응당 해야 할 일을 했을 뿐입니다."

"여하튼 고맙구먼. 그건 그렇고, 이번에 피해가 꽤 컸을 것 같은데?"

범 부총관은 수하의 부축을 받으며 자리에서 일어나며 곽 단주를 향해 조심스럽게 물었다. 어찌 보면 자신의 판단 착오로 인해 벌어진 일이었기에 곽 단주에게 미안한 감이 많았던 것이다.

"피해가 컸지만 그리 어려운 상황은 아닙니다. 아직 일조가 버티고 있기에 철혈검문에서 본격적으로 쳐들어오면 당분간 상대할 수는 있습니다."

"아닐세. 저들의 기세를 쉽게 막을 수는 없을 것이네. 곽 단주도 직접 두 눈으로 보아서 알겠지만, 저들 중 선두에 섰던 자들의 무위는 가히 세가의 주축이라 할 수 있는 천룡기검단(天龍起劍團)에 버금갈 정도였네. 우리로서는 저들을 상대한다는 것 자체가 어려운 일일 것이네."

"그렇지 않습니다. 이곳은 저와 기랑추월단 전원이 죽음을 각오하고 지킬 것입니다. 또한 답 부전주께서도 계시고 천승뇌검전의 오백 문인도 있습니다. 그런데 어찌 부총관께서는 그런 말씀을 하십니까?"

"허허, 자네도 보지 않았는가? 나를 이 지경으로 몰고 갔던 자는 내가 최선을 다했지만 옷깃 한 번 건들어보지 못했네. 거기다 철혈검문의 문인들을 살펴보니 나와 손을 겨루어도 쉽게 승기(勝機)를 장담할 수 없을 정도의 실력을 가진 자들도 몇 명 보였네. 지금 답 부전주가 내 옆에 있어 이런 말을 하긴 미안하지만, 아무리 답 부전주의 무공이 출중하다고 해도 그들을 상대함에 있어서는 목숨조차 장담할 수 없다는 것이 내 생각이네."

"흐으음……."

"……."

범 부총관의 비관 섞인 말에 듣고 있던 곽 단주와 담 부전주의 얼굴을 착잡함을 담으면서 서서히 굳어갔다. 범 부총관의 설명을 들으면서 어느 정도 범 부총관의 생각을 읽을 수 있었기 때문이다.

"그렇다면……?"

"어쩔 수 없겠지. 만약 저들의 공격을 한 시진만 늦출 수 있다면, 그리고 그 안에 천추옹의 행방을 찾을 수만 있다면 우리들의 목적을 달성할 수 있겠지만, 만약 그렇지 않다면 우린 이곳에서 허망한 죽음을 맞이하게 될 것이네."

"아……."

"흠……."

"그러나 지금까지의 상황으로 짐작하건대 천추옹의 행방을 찾는다는 것은 쉽지 않은 일이란 생각이 드는구면."

"그러나 아무리 우리들의 목숨을 희생하는 한이 있더라도 천추옹을 그냥 살려 보낼 수는 없는 일 아닙니까?"

"맞는 말이네. 나도 곽 단주의 의견에 동의를 합니다. 부총관께서는 어찌 생각하십니까?"

"실은 나도 그것 때문에 지금 고민을 하고 있습니다. 현재로서는 임무를 완수하는 것 자체가 불가능해 보이고, 또한 이곳에서 시간을 허비하다가는 수하들의 전멸을 감수해야만 하니……."

"휴~"

"……."

곽 단주와 담 부전주는 범 부총관의 마지막 여운 섞인 말에 고개를 끄덕일 수밖에 없었다. 자신들로서도 이 위기를 타파할 뾰족한 방법이 없었기 때문이다.

"곽 단주와 답 부전주도 생각나는 것이 있으면 서슴없이 말해 주었으면 하네. 어떠한가? 아니, 어찌했으면 좋겠는가?"

"제가 먼저 말씀드리겠습니다. 제 생각으론, 우선 천추옹의 행방을 찾는 데 투입되었던 기랑추월단의 나머지 수하들은 지금과 같이 그 일에 매달릴 수 있도록 하는 것이 좋을 것 같습니다. 그리고 우리는 최대한 저들의 공세를 버틸 수 있는 한 시간을 벌어주고 있다가, 추후 퇴각 여부를 결정하는 것이 좋을 것 같습니다."

"흐으음. 그것도 좋은 생각이네. 그럼 답 부전주께서는?"

"사실 저도 곽 단주와 같은 생각입니다. 만약 지금 이 상태로 물러난다면 세간(世間)에선 우리 현원세가를 우습게 여길 것입니다. 그리고… 두 사람에게 직접 이런 말을 하기는 뭐하지만, 이번 철혈검문과의 전투에서 이 상태로 꼬리를 내리고 물러난다면 세가 내에서 우리들의 입지 역시 크게 위축될 수밖에 없습니다. 아무리 임무도 중요하지만 더 큰 것을 생각해 볼 때 아직은 물러날 시기가 아닌 것 같습니다."

"허허, 그렇겠지요. 그것은 답 부전주께서 잘 지적해 주신 것 같습니다."

"……."

곽 단주는 답 부전주의 의견 중 마음에 들지 않는 부분이 있었지만 그냥 모르는 척 넘어갈 수밖에 없었다. 가뜩이나 위기에 직면해 있는 가운데 쓸데없는 것에 신경 쓰고 싶지 않았기 때문이다. 그러나 한편으로는 고개를 끄덕여지지 않는 것 또한 아니었다. 비록 지금까지 크게 신경 쓰고 있지는 않았지만, 기랑추월단의 단주 직을 맡게 되면서 자신 역시 세가 내에서 자신의 입지가 생각보다 크지 않다는 것을 실감하고 있었기 때문이다. 그런데 이번 일로 그 입지마저 흔들릴 수 있다는 생각을 하게 되자 그리 유쾌한 기분은 아니었다.

"그럼 결정이 됐다고 보아도 무방하겠군요."

"그렇습니다. 그럼 이제…….."

"부전주님, 적들의 공격이 시작됐습니다!"

"뭐라?"

답 부전주는 산기슭 아래에서 벌 떼처럼 몰려드는 수많은 인영들을 볼 수가 있었다.

선두에서 재빠르게 신형을 움직이고 있는 인영들의 손어선 화살들이 쏟아졌으며, 산등선에서 자리잡고 있던 자신의 수하들은 그것을 피하기 위해 이리저리 신형을 움직였다. 하지만 자신을 향해 쇄도하는 화살을 정면에서 쳐내기 위해 검을 휘두르다가 가슴이 관통당하는 문인들도 몇몇 눈에 띄었다.

일방적인 살육.

아무리 죽음에 초월하다고 해도, 사방에서 죽음을 맞이하고 있는 동료들의 모습을 보면서 주춤거릴 수밖에 없었다.

"이, 이런……!"

답 부전주는 수하들이 자신의 명도 없었는데 조금씩 뒷걸음치고 있는 것을 볼 수가 있었다. 이에 격분한 나머지 더 이상 두고 볼 수 없어 범 부총관에게 한마디 말도 하지 않고 전장으로 신형을 날렸다.

"이놈들……! 멈추지 못하겠느냐……!"

쾅! 콰르르르, 쾅……!

답 부전주는 격분한 나머지 전장에 내려서자마자 삼십 장 앞까지 다가온 철혈당과 패진당 문인들을 향해 자신의 성명절기인 천수도강(千手刀罡)을 시전했다. 가히 전력을 다해서 그런지 천(千) 개의 손에 의해 도(刀)가 격렬하게 움직이고, 그 도에 의해 도강(刀罡)이 메워지는 듯한 착각이 들었다.

"차앗! 철혈무극(鐵血無極)!"

"철혈진천(鐵血震天)!"

가장 선두에 서서 쇄도하던 조 당주와 이 부당주는 갑작스럽게 자신들을 향해 쇄도하는 도강을 막기 위해 공력을 최대한으로 끌어올리며 철혈제왕검(鐵血帝王劍)을 시전했다.

콰쾅! 콰아아앙!

"헛!"

"으음……."

"욱! 으……."

이 대 일의 격돌.

답 부전주는 혼신의 힘을 다해서 자신의 최고 성명절기를 펼쳤건만, 자신을 상대했던 두 명의 젊은 무인에 의해 믿었던 공세가 막히자 어이가 없었다. 자신으로서는 최선을 다한 공격이었기 때문이다.

그러나 답 부전주는 뒤로 두 걸음 물러나 있는 적에게 재차 공격을 강행할 수가 없었다. 처음 상대를 향해 뛰어들 때와는 달리, 단 한 번의 격돌로 인해 내상을 입은 것이다. 아무리 산전수전 다 겪은 답 부전주라고 해도, 너무 놀라 심장이 내려앉는 것 같은 당황스러운 기분을 느끼지 않을 수 없었다. 단 한 수의 격돌로 자신을 상대했던 젊은 무인들의 실력을 가늠할 수 있었기 때문이다.

'실로 놀라운 일이 아닐 수 없구나. 저들 한 명 한 명이 모두 나와 비슷한 실력을 겸비하고 있다니……'

답 부전주의 고개가 절로 좌우로 흔들렸다 도저히 있을 수 없는 일이란 생각이 들었기 때문이다. 그러나 현실은 냉혹하게도 답 부전주의 생각과 바람을 여지없이 뒤흔들고 있었으니…….

"당신이 이들의 지휘자인 것 같군. 그럼 이번에 내 공격을 받아보도록! 하얏!"

"헛! 천수도래(千手刀來)!"

쾅! 쾅쾅쾅쾅……!

"헉! 이, 이런……!"

"크으음……."

조 당주는 철혈제왕검의 일초식인 철혈단성을 시작으로 연속해서 사초식인 철혈무극까지 시전했다. 조금 전에 철혈무극을 시전한 조 당주로서는 두 번 연속해서 철혈제왕검의 최고 초식인 철혈무극을 시전한다는 것이 무리가 있었지만, 자신의 온 정신을 집중해서 검을 휘두르자 다소 무리가 따랐지만 완벽한 검식을 시전할 수 있었다.

최절정에 이르는 내공을 소유한 고수여야 가능한 일이었지만, 철혈제왕검은 첫 초식부터 마지막 초식까지 연속해서 펼치게 되면 한 초식씩 시전하는 것보다 위력이 급강해진다. 현재 철혈검문에선, 아니, 철혈당에선 조 당주와 이 부당주가 시전할 수 있었다. 그리고 이에 가장 근접해 있는 문인이 바로 섭천오(葉闡俉)와 표연궁(表燕穹), 그리고 중군도독부(中軍都督府) 좌도독(左都督) 구복(丘福)의 셋째 아들인 구왕웅(丘旺雄)

이었다.

"이, 이런 일이……."

답 부전주는 목구멍까지 치솟아오른 붉은 핏덩어리를 시원스럽게 밖으로 내뱉은 후, 자신의 손에 들려져 있는 애도(愛刀)를 바라보았다. 하지만 이미 도는 차마 도라 부를 수 없을 정도로 처참하게 짓이겨져 있었다.

"자, 그럼 이젠 내 검을 받아보아라! 하앗!"

"헛! 이, 이런! 모두 퇴각하라! 퇴각!"

답 부전주는 자신의 손에 들려 있던 애도에 마지막 공력까지 쏟아 부은 후 자신을 향해 쇄도하는 이 부당주를 향해 자신이 알고 있는 최강의 초식을 펼쳤다. 지금까지 단 한 번도 시전하지 않았던 초식이었기에 달리 입 밖으로 초식명을 말하지도 않았다. 아니, 말할 여유도 없었다. 그저 수하들이 조금 더 멀리 후퇴할 수 있는 시간을 벌어주고자 할 뿐이었다.

수하들의 목숨을 조금이나마 살려보고자 하는 답 부전주의 마음이 애도에 전달이 되었는지, 순간적으로 반 토막이 난 도에서 푸른 섬광이 일었다.

쾅! 쾅……!

"크억! 크으으으……."

"헉! 크으음……."

"머, 멈춰라! 어딜 가느냐! 이, 이런……."

이 부당주가 가슴을 부여잡고 서 있던 자리에 그대로 굳어지듯 쓰러지자, 이 모습을 보고 있던 표연궁이 휘청가리며 달아나는 답 부전주를 향해 신형을 날렸으나 이미 늦은 후였다.

"괜찮은가? 이런, 영준과 춘남은 어서 부당주를 안전한 곳에 옮기도록 하라! 아니다. 상세가 위중하니 지금 당장 본 문으로 옮기도록 하라!"

"옛!"

"알겠습니다."

소영준(邵盈雋)과 허춘남(許瑃男)은 조 당주의 호령이 떨어짐과 동시에 정신을 잃어버린 이 부당주를 부축하며 안 전주가 머물러 있는 후미 쪽으로 빠르게 신형을 날렸다. 그러나 이 부당주의 가슴에선 응급조치로 지혈을 했음에도 불구하고 의복을 흠뻑 적실 정도로 피가 흘러내리고 있었다.

'흠… 저자의 마지막 초식은 가히 파괴적이었다. 나였더라도 그자의 도를 완벽하게 막지 못했을 것이다. 그나저나 이 부당주의 안위가 걱정이로구나.'

조 당주는 영준과 춘남의 부축을 받으며 옮겨지고 있는 이 부당주의 뒷모습을 보면서 씁쓸함을 달래야만 했다. 아직 갈 길이 멀그도 험하다는 것을 새삼 실감할 수 있었기 때문이다. 자신과 실력이 비슷한 이 부당주가 정신을 잃어버릴 정도로 위중한 상처를 입었다는 것은, 다시 말해 자신 역시 그와 똑같은 처지에 놓일 수밖에 없다는 것을 반증하고 있었기 때문이다.

"조 당주, 무슨 생각을 그리 깊게 하십니까?"

"아… 섭천오, 자네였군."

"무슨 생각을 하냐니까 딴소리는."

"그냥, 아직 무인으로서 갈 길이 먼 것 같아서……."

"하하, 난 또 뭐라고. 그거야 조 검주님을 보아도 충분히 알 수 있는 것을 새삼스럽게."

"그, 그렇군."

섭천오의 장난스러운 말에 조 당주는 지금까지 자신의 지척에 배움이 있었다는 것을 깨달을 수 있었다. 그동안 자신도 모르게 자신만의 세상에 갇혀 있던 조 당주였는데, 섭천오의 말 한마디로 인해 순간적으로 질기게도 넘을 수 없었던 장막이 시원스럽게 걷히며 밖으로 한 걸음 나서게 되는 계기가 되었다.

"그렇게 서 있지 말고 어서 갑시다. 지금 전진을 계속하지 않으면 아마도 안 전주께서 당주를 보는 시선이 곱지 않을 것 같은데……."

"알겠네. 지금 가겠네."

*　　　*　　　*

무한대전(武漢大戰).

향후 강호에서 그 유례를 찾아볼 수 없는 가장 치열한 혈전(血戰)의 서막을 지칭하는 말이었지만, 작게는 현원세가와 철혈검문의 첫 접전을 가리키는 말이었다. 바로 현원세가가 본격적으로 강호에 혈검(血劍)을 들이대는 시점이었으며, 이 혈전으로 인해 무림맹과 패혈맹, 그리고 마교가 강호에서 본격적인 활동을 재개하게 되는 계기가 되었다. 얼마나 치열한 전투가 이어졌는지, 한때 강호의 화자(話者)들에 의해 끝없이 이어질 것 같은 혈전을 가리켜 무한대전(武漢大戰)을 무한대전(無限

大戰)이란 말로 바꾸어 이야기할 정도였다. 비록 옛 기억을 되새기며 세인들의 즐거움을 주기 위한 의도도 다분히 섞여 있었지만, 화자들은 자신들의 이야기를 강호무인들이 들으면서 추후 무인들 스스로 반성했으면 하는 바람이 담겨 있었다.

그러나…….

강호가 피를 토대로 일어서는 곳인 이상, 화자들의 바람은 그냥 바람일 뿐이었다.

철혈검문과 한차례 검을 섞은 답 부전주는 자신의 애도가 산산이 부서지는 아픔을 맛보아야만 했다. 그러나 그것만으로 끝난 것이 아니었다. 애도가 부서진 만큼 답 부전주의 자존심 역시 평생 치유될 수 없을 정도로 구겨진 것이다.

"내 평생 이런 치욕을 당할 줄 몰랐습니다. 앞으로 어떻게 고개를 들고 다닐 수 있겠습니까."

"휴~ 그렇지 않습니다. 이것은 우리가 철혈검문의 실력을 너무 몰랐기 때문입니다. 그 누가 있어 철혈검문에 그와 같은 젊은 고수들이 있을 줄 알았겠습니까."

"아무리 그렇다고 해도, 이것은 아닙니다. 아닙니다……."

"……."

범 부총관은 자신의 상세보다도 우선 답 부전주의 상심을 회복시켜 주는 것이 급선무임을 알았다. 하지만 당장 무슨 말로 위로를 할 것인지에 대해 떠오르는 말이 없었다. 그저 현재로서는 답 부전주의 넋두리를 들어줄 수밖에 없었다. 그러나 지금은 한가하게 답 부전주의 넋

두리를 들어주고 있을 상황이 아니었다. 시간이 지날수록 땅바닥에 쓰러지고 있는 것은 자신들의 문인들이었고, 그렇기에 한시라도 빨리 흩어졌던 전열을 가다듬고 철혈검문의 파상적인 공세를 막아야만 했다.

범 부총관은 결단을 내려야만 했다. 전투를 지휘할 수 있는 사람, 멍한 시선으로 전장을 바라보고 있는 답 부전주를 향해 사자후를 터뜨렸다.

"답 부전주, 이곳에서 주저앉을 겁니까! 현재 이곳을 진두지휘할 수 있는 사람은 답 부전주밖에 없습니다. 그런데 어찌 이리도 심약한 모습을 수하들 앞에서 보인단 말입니까! 그동안 수하들에게 무어라 말했었습니까! 아직 우린 패전한 것이 아닙니다."

"……."

"부전주! 정녕 단 한 번의 용트림도 해보지 않고 이대로 수하들을 허망하게 죽음으로 몰고 가실 생각입니까? 그러합니까!"

"아~"

'맞는 말이다. 내 자존심 때문에 수하들마저 죽음으로 내몰 수는 없는 일이 아닌가. 오늘의 치욕은 언제든지 돌려줄 수 있다. 하지만 수하들은…….'

"답 부전주, 그러니……."

쾅!

"답……?"

"알겠습니다. 어찌 수하들을 희생시킬 수 있겠습니까! 그렇게는 못하지요!"

"……."

"저는 이곳에서 죽어도 좋으니 수하들을 살릴 수 있는 방안을 말씀해 주시지요. 무슨 일이 있어도 이곳에서 수하들이 허망하게 죽는 것을 볼 수는 없습니다!"

"하하, 이제야 답 부전주답습니다."

쩽그렁.

"아닙니다. 이곳엔 예전의 저는 없습니다. 오늘 이후 저는 명예보다 승패에 치중할 것입니다. 승패를 생각하지 않는 무인은 허명(虛名)만 남는다는 것을 알았습니다. 오늘 이후 더 이상의 패배는 없을 것입니다."

답 부전주는 앉아 있던 자리에서 일어서며 볼품없이 휘고 찌그러진 자신의 애도를 땅바닥에 내동댕이쳤다. 자신의 구겨진 자존심과 명예를 애도와 함께 내던진 것이었다.

"옳은 말입니다. 명예도 중요하지만 승패를 떠나서는 그 빛을 잃어버리게 되지요."

"그러니 우둔한 저에게 수하들을 살릴 수 있는 방안을 마련해 주시지요."

"좋습니다. 하지만 이대로 그냥 돌아갈 수는 없는 노릇이지요. 우리가 당했던 것에는 미치지 못할지도 모르겠지만, 철혈검문도 오늘 쉽게 승리를 취해 돌아가지는 못하게 만들어야 하지 않겠습니까?"

"그것이 가능하겠습니까? 워낙 우리 쪽의 예봉(銳鋒)이 꺾인 상태인데……."

"가능합니다. 해가 지기 시작하면 우리에게도 오늘의 복수를 할 수 있는 길이 있습니다."

"밤이라…… 그렇군요. 우리에겐 아직 기량추월단이 있으니……."

"예, 그렇지요."

범 부총관은 현재 수색 중에 있는 기량추월단 제일조의 실력을 너무나도 잘 알고 있었다. 평소엔 추적을 전문으로 하고 있었지만, 예전에 이미 보이지 않는 암살단(暗殺團)이라 불릴 정도로 그 실력이 녹록치 않았었다는 것을…….

"컥……!"

"크윽……."

어둠이 내려앉으면서 숲은 적막이 짙게 깔리기 시작했다. 철혈검문으로서는 처음 기세 싸움과 두 번의 승리로 인해 계속해서 밀어붙이면 승기를 쉽게 취할 수 있을 것이라 판단을 내리고 있었는데, 시간이 지나면서 안 전주의 생각보다 현원세가의 저항이 거세졌던 것이다. 또한 주변을 쉽게 구분할 수 없는 밤에 되자 현원세가의 저항은 몰라보게 치밀하고 은밀해졌다.

쉬이이— 척!

"이런!"

"제길! 또 당하다니."

"전주님, 아무래도 이대로는 안 되겠습니다."

"나도 같은 생각이네. 이 상태로 가다가는 새벽이 오기 전에 큰 피해를 입을 것이네."

안 전주는 조 당주의 말에 고개를 끄덕이며 수긍을 했다. 아무리 좋게 생각을 해보려고 해도 일방적으로 당하고 있다는 판단이 들었던 것이다.

"그럼······?"

"도 당주, 지금 당장 문인들을 중앙으로 불러모으게. 현 시점에서는 정면 승부밖에는 없는 듯하네."

"그리하겠습니다. 그럼 저는 이만!"

안 전주의 명을 받은 도 당주는 초유의 시간조차 지체하는 것이 아까웠는지 포권조차 제대로 취하지 못하고 어둠 속으로 신형을 날렸다.

"자, 우리도 그만 가세나."

"예, 전주님."

안 전주와 조 당주가 사라진 후 일 다경이 흐르자 어둠 속에서 다섯 명의 인영이 모습을 드러냈다. 현재 안 전주를 고민의 구렁텅이로 밀어 넣고 있는 기랑추월단의 단주 곽현지와 제일조장 견초루였다.

"단주님, 저들이 다시 문인들을 정비하려고 하는 것 같은데 어찌하시겠습니까?"

"그렇게 하도록 가만히 놔둘 수 있겠는가. 이제야 우리 기랑추월단이 본격적으로 움직일 참인데."

"하하, 여부가 있겠습니까. 그럼 준비를 하도록 하겠습니다."

"그렇게 하게. 아무래도 지금부터 재미있는 싸움이 될 듯싶구먼. 나는 조금 더 저들의 행보를 점검한 후 합류하도록 하겠네. 자네 먼저 가도록 하게."

"알겠습니다. 너희 둘은 단주님을 곁에서 보필하고, 심득인은 나를 따라오도록 해라."

"옛!"

뒤에 시립해 있던 수하들에게 지시한 후 견 조장은 심득인을 대동하고 기랑추월단의 문인들이 은신해 있는 곳을 향해 거침없이 신형을 날렸다.

"전주님, 철혈당의 문인들은 큰 피해를 입지 않았으나 패진당이 입은 피해가 상당한 듯합니다."

"나도 지금 도 당주의 보고를 통해 알고 있네. 하지만 저들이 어둠을 틈타 암습을 하고 있으니 뾰족한 방도가 없구먼."

"그러나 이대로 날이 밝아질 때까지 기다릴 수가 없습니다. 아직 축시(丑時)도 되지 않았는데 피해가 이 정도라면 더 이상 시간을 지체하다가는 문인들의 피해가 극심해질 것이 분명합니다."

"조 당주의 말이 옳은 것 같습니다. 어둠을 틈타 암습(暗襲)을 한 후, 바로 사라져 버리기에 당하고 있는 것은 우리들뿐입니다. 차라리 은신할 수 없는 숲 밖으로 후퇴를 하던가, 아니면 일제히 돌진을 하는 것이 좋을 듯싶습니다."

"알겠네. 조 검주께선 무슨 의견이 없으신지……."

"지금으로서는 강공(强攻)이 좋을지 어떻지 사실 저도 잘 모르겠습니다. 그러나 분명한 것은, 오늘 적을 섬멸시키던가 물러서게 하지 못하면 내일 전투에 다시 임한다 하더라도 패전(敗戰)할 것이 분명하다는 것입니다."

"흐으음……."

안 전주는 조 당주와 도 당주, 그리고 조 검주의 이야기를 들으면서 고심하지 않을 수 없었다. 전진이냐 후퇴냐를 결정하는 간단한 문제가 아니라, 조 검주의 의견처럼 그 다음의 일을 생각하지 않으면 안 되는 상황이었기 때문이다.

'정말 고민이로구나. 현 시점으로 보자면 후퇴를 하는 것이 옳을 수 있으나, 만약 오늘 이곳에서 물러간다면 조 검주의 말처럼 니일의 전투에서 패할 것은 분명한 일일 것이다. 또한 만성금도인가 하는 자의 생사 역시 불분명해질 것이 아닌가. 휴~ 그렇다고 어디에 있는지조차 모를 적을 향해 돌진을 한다는 것은 섶을 지고 불구덩이로 뛰어드는 형국이니⋯⋯.'

안 전주는 포신구화(抱薪救火)를 우려하고 있었다. 그러나 언제 또다시 적의 암습이 있을지 알 수 없기에 행보를 결정하는 것은 빠르면 빠를수록 좋다는 것을 잘 알고 있었다.

"좋네. 어차피 이번 전투의 승패는 우리가 이 밤을 어떻게 보내느냐에 달려 있다 할 것이네. 비록 이대로 우리가 숲 밖으로 물러간다면 당장엔 많은 문인들의 생명을 건질 수 있을 것이나 내일의 승리를 장담할 수 없을 것이네. 그에 나는 오히려 위험 부담이 크다 할지라도 저들을 공격하는 것이 좋을 것 같네."

"하지만 저들이 어디에 은신해 있는지 모르지 않습니까?'

"그렇습니다. 도 당주께서 하신 말씀처럼, 적이 어디에 있는지도 파악이 안 된 상태에서 무리한 공격을 감행한다는 것은 부신구화(負薪救火)의 우(愚)를 자초하는 것이 아닌가 합니다."

"좋은 지적이네. 그러나 내가 생각해 볼 때 적이 바라는 것은 우리가 숲 밖으로 물러나는 것 같다는 판단이 들었네. 우리와 정면 승부를 원하고 있지 않다는 것이지. 그것은 다시 말해 우리가 정던 돌파를 하려 한다면 지금까지와는 다른 양상이 전개될 수도 있다는 말이 아니겠는가?"

"그, 흐음······."

조 당주는 안 전주의 설명이 그리 나쁘지 않다는 것을 알 수 있었다. 하지만 그에 따르는 위험 수위 또한 적지 않다는 것을 간과하고 있지 않은가 하는 생각이 들었다. 그에 조금이나마 반박을 하고 싶었지만, 어둠 속에 가려져 있는 안 전주의 굳은 표정을 보고서는 차마 음성이 입 밖으로 나오지 않았다. 안 전주의 고뇌 속에 문인들의 희생에 대한 안타까움을 엿볼 수 있었기 때문이다.

"크흠, 그럼 결론은 이미 나온 것이군요."

"······."

"조 당주, 그리고 도 당주, 미안하네."

"하하, 전주께서 어려운 결단을 내렸는데 어찌 그것을 모르겠습니까. 그리고 전주께선 지휘자로서 막중한 책무를 다했다고 생각합니다. 그러니 너무 심려치 마시고, 지금부터는 우리 패진당이 얼마나 잘 싸우는지 지켜보시지요."

"도 당주도 이젠 지휘자가 다 되었구먼."

안 전주는 자신의 심정을 헤아려 주려고 애쓰는 도 당주의 마음에 고마움이 들었다. 그에 다소나마 무거웠던 마음을 풀 수 있었다.

"자, 조 당주는 내 뒤를 따라오게. 이번엔 우리 패진당이 선두에 서겠네."

"선두를 말입니까?"

"그렇네. 위험하긴 하지만 오히려 그렇게 하는 것이 좋을 듯싶구먼."

"좋은 생각이네. 패진당이 전면에서 저돌적으로 돌진을 하면 필히 적은 후퇴를 하던가 양쪽으로 갈라져 은신을 할 것이네. 그 틈을 타서 후미에 있던 조 검주와 철혈당의 문인들이 그들을 주살(誅殺)하는 것이 좋을 듯하구먼. 어떻습니까, 조 검주?"

"충분히 가능성있는 의견입니다."

"좋습니다. 그럼 도 당주께서 하신 말씀처럼 그렇게 하겠습니다. 하지만 너무 앞서서 나아가지 않도록 해주십시오. 혹시라도 패진당의 진열이 흩어지기라도 한다면 저희들로서도 적아(敵我)를 구분하기 힘들기 때문입니다."

"알겠네. 그럼 그렇게 알고 일 다경 안에 전열을 정비한 후 별다른 신호 없이 바로 돌진하도록 하겠네."

"그렇게 하십시오. 저도 그렇게 알고 준비를 하도록 하겠습니다."

"자, 이제 행보를 정했으니 최선을 다해보도록 하세. 도 당주, 그리고 조 당주, 부디 내일은 승리를 자축할 수 있기를 바라네."

"여부가 있겠습니까!"

도 당주는 안 전주의 말에 크게 웃음을 지어 보인 후, 부 당주인 목기일(睦紀一)과 함께 흩어져 있는 전열을 정비하기 위해 바쁘게 움직이기 시작했다. 그렇게 일 다경이 조금 넘게 흐른 후 도 당주의 말처럼 별다른 신호 없이 크게 함성을 지르며 적이 숨어 있을지 모를 곳을 향해 신형을 날렸다.

"전진!"

"와아아아~"

"죽여라……!"

숨이 막힐 것 같은 정적이 흐르던 숲은 한순간에 천지가 진동하는 듯한 사람들의 고음(高音)으로 요동쳤다. 검과 검이 부딪치는 쇠 소리에 추운 겨울임에도 불구하고 먹이를 찾아 헤매던 야생 동물들이 놀라 이리저리 허우적거리며 뛰어다녔고, 새하얗던 눈밭은 사람들이 흘린 핏물에 범벅이 되어버렸다.

초반엔 패진당의 공격을 받으면서도 침착하게 움직였던 기량추월단이었는데, 조 검주와 철혈당이 중간중간 가세를 하면서 순식간에 전열이 흩어지게 되었다. 하지만 이미 이와 같은 최악의 상황을 대비하고 있었기에 일곱 명에서 열 명씩 조를 이루며 미리 약속해 두었던 장소로 이동을 했다. 그러나 상황은 그리 쉽게 기량추월단의 행보를 가만히 놔두지 않았다. 그동안 암습으로 입은 피해를 보상이라도 하듯, 패진당과 철혈당 문인들의 눈에 걸리면 끝까지 추적을 해서 살상을 하고 있었기 때문이다.

하지만 워낙 주변의 지형지물을 이용하는 데 뛰어난 기량추월단의 앞을 가로막기란 철혈당의 문인들로서도 버거운 일이었다. 거의 뒷덜미를 잡았다고 생각하면 순식간에 시야에서 사라져 버리기 일쑤였기 때문이다.

산등선 위에 임시로 마련된 진영(陣營)엔 큰 나무 탁자를 중심으로 두 명의 인영이 자리를 잡고 있었다. 두 사람이 의자에 앉은 자세로 시야를 조금 아래로 향하자, 어둠 속에서도 날카로운 병장기가 움직이는 모습을 어렵지 않게 볼 수 있었다. 비록 백 장이 넘는 거리였지만 두 사람의 공력이 워낙 심오했기에 언뜻 사람의 그림자가 움직이는 것까지 볼 수 있을 정도였다.

"이제는 결단을 내려야 할 시기인 것 같습니다."

"그렇군요. 저들이 저토록 빨리 공격을 감행할 줄은 예상하지 못했었는데, 실로 철혈검문을 다시 생각해 보지 않을 수 없을 것 같습니다."

"예, 저도 부총관과 같은 생각입니다. 신생 문파라고는 볼 수 없을 정도로 잘 훈련된 문파입니다. 더구나 문인들의 실력도 상당한 것이, 추후 세가의 발목을 잡지나 않을까 걱정이 됩니다."

"맞는 말입니다. 사실 나도 저들의 실력을 두 눈으로 확인하지 못했다면 믿지 않았을 것입니다. 그러나 이제는 저들의 실력을 어느 정도 파악할 수 있으니 경계를 늦추지 말아야겠지요. 그나저나 천추옹의 일을 마무리 짓지 못했다는 것이 여간 마음에 걸리는 것이 아닙니다. 분명 오늘 이후 무림맹과 패혈맹의 예봉이 세가에 집중될 것인데……."

"흠, 그렇겠지요……."

답 부전주는 범 부총관이 우려하고 있는 것이 무엇인지 잘 알고 있었기에 마음이 썩 좋지 않았다. 수하들의 피해도 피해였지만, 무엇보다 가장 중요한 임무를 실패했기 때문이다.

"자, 이미 그 일은 우리의 손을 떠났으니 더 이상 심력을 낭비할 필요가 있겠습니까. 세상에 비밀이 어디 있겠습니까. 더구나 얼마 지나지 않아 그 일은 세상에 알려질 일인데 말입니다."

"……."

"비록 생각보다 큰 성과를 거두지는 못했지만, 이제 우리가 물러날 때가 되었으니 수하들에게 후퇴를 명하시지요. 이젠 더 이상의 불필요한 충돌은 수하들의 목숨을 헛되이할 뿐입니다."

"알겠습니다. 그럼 퇴각을 명하도록 하겠습니다."

범 부총관과의 이야기가 끝난 후 답 부전주는 뒤에 시립해 있던 수하에게 퇴각 신호를 울리도록 했다.

한차례 긴 휘파람 소리가 숲 속에 울려 퍼진 후 패진당 및 철혈당과 교전 중이던 현원세가의 무인들이 썰물 빠지듯 뒤로 후퇴를 하기 시작했다.

패진당과 철혈당의 문인들은 자신들의 시야에서 멀어져 가는 현원세가의 무인들을 바라보면서 자신들이 승리를 했다는 것을 실감할 수 있었다. 그에 어느 정도 떨렸던 가슴을 가다듬은 문인들은 자신의 주변을 둘러보며 부상자를 찾아 안전한 곳으로 옮겼으며, 더러 살아 있는 적이 발견되면 가차없이 그들의 가슴에 자신의 병장기를 깊게 꽂아 넣었다.

비록 비인간적인 행위였지만, 그 모습을 바라보고 있는 조 당주와 도 당주는 문인들의 행동을 저지할 수 없었다. 자신들이 승리를 하지 못했다면 현원세가에서 그렇게 했을 것이 자명했기에……

제4장

심검(心劍)의 경지, 무형검(無形劍)의 경지

제4장 심검(心劍)의 경지, 무형검(無形劍)의 경지

현원세가와 철혈검문이 무한에서 벌였던 혈전은 일주일이 지나지 않아 강호 전역에 퍼졌다. 얼마나 치열한 접전을 벌였는지, 양쪽을 모두 합해서 당시 수습된 시신만도 천삼백오십여 구에 이를 정도였다.

하지만 무엇보다 세인들의 관심을 끌었던 것은 산서성(山西省) 태원(太原)에 있어야 할 현원세가가 무엇 때문에 멀리 떨어진 무한에 와서 철혈검문과 혈전을 벌였냐는 것이었다. 그러나 세인들은 얼마 지나지 않아서 이유를 알 수 있었다. 무림맹과 패혈맹에 의해 강호에 알려졌기 때문이다.

현원세가와 마교와의 동맹.

이 소식을 접한 강호인들은 큰 충격에 휩싸일 수밖에 없었다. 아무리 현원세가가 한때 원나라의 비호를 받으며 충성을 맹세했었다 하더

라도, 그것은 어디까지나 살아남기 위한 자구책일 뿐이라 생각하는 이
들이 적지 않았었다. 비록 잘못된 선택을 했다는 이유로 봉문을 하게
되었지만, 많은 사람들은 천하제일검가로서 현원세가가 다시 당당하게
일어서기를 기다리고 있었기 때문이다.

　하지만 현원세가는 다시 세인들의 기대를 저버렸다. 그것도 마교라
는, 도저히 일반 강호인들이 용납할 수 없는 극단의 방법으로…….

　무림맹과 패혈맹은 현원세가의 극단적인 선택에 크게 격분했다. 이
에 두 맹에서는 서로 사신을 교환하며 앞으로의 행보를 논의할 수밖에
없었다. 무림맹과 패혈맹 모두 마교와 현원세가라는 큰 적과 직면하게
되었기 때문이다.

　그러나 이와 더불어 세인들의 관심을 한 몸에 받는 곳이 있었으니,
바로 철혈검문과 철혈당이었다. 비록 팔백 명에 이르는 문인이 희생당
하는 막대한 피해를 입기는 했지만, 현원세가의 주축이라 할 수 있는
천승뇌검전 및 기랑추월단과 철혈당이 대등하게 겨루어 승리를 했다는
것은 실로 세인들을 놀라게 하기 충분했다. 가히 새로운 천하제일검가
가 탄생한 것이 아니냐 하는 공론(公論)이 일어날 정도였다. 그만큼 세
인들의 머리 속엔 욱일승천(旭日昇天)하던 현원세가에 대한 기억이 남
아 있었던 것이다.

　"이번 일로 인해 우리는 큰 피해도 보았고, 또한 많은 것을 얻을 수
있었네. 하지만 내가 생각해 볼 때 잃은 것보다 얻은 것이 많다는 생각
이 들더구먼. 추 전주와 양 군사는 어떻게 생각하는가?"

　"문주님 말씀 그대로입니다. 하지만 이번 일로 인해 패진당이 큰 피
해를 본 것은 간과할 수 없는 일입니다. 더구나 철혈당에서도 스무 명

의 문인이 사망하거나 부상을 당해 황궁으로 수송이 되었는데, 이것은 우리들로서는 큰 피해가 아닐 수 없습니다."

"그렇습니다, 문주님. 철혈당의 손실이 발생했다는 것은 절정고수가 부족한 우리로서는 큰 피해라 할 수 있습니다. 이 문제를 해결하기 위해서는 빠른 시일 안에 다른 당에 속한 문인들의 실력을 끌어올려야 할 것입니다."

"그렇겠지. 하지만 그 일이 어디 쉬운 일인가. 그리고 앞으로 그 일은 나보다 추 전주가 신경을 써야 할 일이 아닌가. 그렇지 않은가, 추 전주?"

"무슨 말씀인지 알겠습니다."

"그래, 그건 그렇고…… 이번 일로 인해 무림맹과 패혈맹에서 협의가 이루어지고 있다 들었는데, 혹시 그에 관한 정보를 얻은 것이 있는가, 양 군사?"

호열은 갑자기 생각이 난 듯, 한쪽에 서 있던 양 군사를 향해 고개를 돌렸다.

"아직 들어온 정보는 없으나, 지형적인 여건과 상황들을 종합해 볼 때 아마도 무림맹이 현원세가를 견제하는 동안 패혈맹이 다교의 동진을 저지하게 되지 않을까 합니다."

"그렇게 되겠지. 현원세가가 위치한 곳이 산서성이라 패혈맹이 견제를 할 수는 없을 테니까."

"그것도 그렇지만, 무림맹으로서도 패혈맹의 무사들이 자신들의 영역을 지나가도록 할 수 없다는 것이 옳을 것입니다. 그렇기 때문에 조금 전에 말씀드렸던 것이 두 곳에서 취할 수 있는 최선의 방법일 것입니다."

"알았네. 하지만 양 군사는 앞으로도 무림맹과 패혈맹의 일을 예의 주시하도록 하게. 그들의 움직임을 먼저 알고 있어야 앞으로 우리들의 행보도 쉽게 결정할 수 있을 것이니 말이네."

"명을 받들겠습니다."

"그럼 오늘의 회의는 이것으로 끝마치도록 하고, 나는 후원으로 갈 것이니 추 전주는 진검당(震劍堂)의 당주를 부르도록 하게."

"호 당주를 말씀입니까?"

추 전주는 회의를 마친다는 호열의 말에 고개를 숙여 문주에 대한 예를 취하려 하다가 갑작스러운 호열의 명령에 혹시나 자신이 잘못 들은 것이 아닌가 해서 되물어 보았다.

"그렇네. 아마 강호에서 활동할 당시 별호가 광풍섬도(狂風纖刀)라 했지? 문중의 일로 그와 논의할 일이 있으니 조속히 올 수 있도록 추 전주가 신경을 써주게."

"그렇게 하겠습니다. 그럼 소인들은 이만 물러가겠습니다."

추 전주는 문중의 일로 논의할 것이 있다는 호열의 말에 의문이 들었지만, 그것을 밖으로 표출하지는 않았다. 문중의 대소사를 모두 책임지고 있는 추 전주였지만, 호열의 개인적인 일까지 세세하게 파악해야만 한다는 생각이 얼마나 어리석은 일인지 잘 알고 있었기 때문이다.

호열은 추 전주와 양 군사가 집무실 밖으로 나가자 바로 자리에서 일어나 후원으로 향했다.

후원엔 여느 날과 마찬가지로 조 검주가 규화와 조향을 지도하고 있었다. 삼 주 전에 벌어졌던 현원세가와의 혈전 이후 조 검주는 줄곧 후원에 머무르면서 자신의 검로(劍路)를 점검함과 동시에 규화와 조향의 맹훈련에 여념이 없었던 것이다.

"어서 오십시오, 주군."

"문주님을 뵙습니다."

"그래, 열심히들 하는구나. 너희들은 하던 연무(鍊武)를 계속하고, 조 검주는 잠시 나 좀 보세나."

호열은 규화와 조향의 인사를 받은 후, 조 검주와 함께 정자로 갔다.

"무슨 일이 있으십니까?"

"다른 일 때문에 조 검주를 부른 것이 아니라, 조금 있으면 진검당의 호 당주가 이곳으로 올 것이네."

"호 당주라면……?"

"왜 있지 않은가. 저번에 규화에게 비도술(飛刀術)을 가르쳐 주었던."

"아~ 알고 있습니다. 아직 직접 대면한 일은 없었지만, 이따금씩 문 내에서 지나친 적이 몇 번 있었습니다."

"그렇다면 얼굴은 잘 알겠구먼."

"예, 그런데 무슨 연유로 호 당주를 이곳으로 부르신 것인지……."

호열의 의중을 좀처럼 파악할 수 없는 조 검주는 의아한 눈으로 호열의 표정을 살펴보았다.

"별다른 일은 아니네. 다만 앞으로 조 검주가 담당하던 일을 호 당주에게 넘겨볼까 생각 중이네. 어떠한가? 그래도 되겠는가?"

"옛? 제가 담당하던 일을 넘기… 혹, 규화와 조향에 관한 것입니까, 주군?"

조 검주는 처음 호열의 말을 이해할 수 없어 의아한 눈으로 바라보았으나, 순간적으로 떠오르는 것이 있어 되물어 보지 않을 수 없었다.

"하하, 맞네. 앞으로 규화와 조향의 연무를 호 당주에게 일임할 생각이네. 너무 서운해하지 말게. 어차피 자네는 두 아이 모두 정식으로 받아들인 것이 아니지 않은가. 그러니 이 참에 규화에 관한 일도 마무리지을 겸 해서 내가 불렀네."

"무슨 말씀이신지 알겠습니다. 소인은 주군의 뜻에 따르겠습니다."

조 검주는 호열의 의중이 어디에 있는지 짐작이 가는지라 더 이상 다른 말을 할 수가 없었다. 또한 근래의 혈전 이후 아직 자신의 성취가 만족할 만한 단계에 이르지 못했다는 것을 직접 경험할 수 있었기에, 조 검주로서는 마치 자신의 마음을 미리 알고 얘기를 하는 것 같은 호열의 호의가 반갑고 고마웠다.

"이제 오는 것 같군."

호열은 정자를 향해 다가오는 기운을 느낄 수 있었다. 그리 빠른 움직임은 아니었지만, 호열의 말이 끝나자마자 멀리 신법을 구사하며 다가오는 호 당주의 모습이 보였다.

"찾으셨습니까, 문주님."

"하하, 잘 왔네. 그렇지 않아도 호 당주와 환담을 나눌 기회가 없을까 했었는데, 마침 오늘 그런 자리를 마련하게 되어 추 전주를 통해 오도록 한 것이네. 자, 어서 이리로 올라오도록 하게."

"감사합니다."

호 당주는 호열의 환대에 깊게 포권을 취해 보인 후 천천히 정자 안에 마련되어 있는 좌석에 앉았다.

"인사드립니다. 진검당의 당주로 있는 호대령(琥大鈴)이라 합니다."

"문 내에서 몇 번 얼굴을 대면한 일은 있었지만, 이렇게 뵙게 되는 것은 처음인 것 같습니다. 조재현(趙齋峴)이라 합니다."

"조 검주님의 위명은 문인들을 통해 익히 들어 알고 있었습니다. 앞으로 잘 부탁드리겠습니다."

"무슨 말씀을. 어찌 강호에서 위명이 쟁쟁한 호 당주만 하겠습니까. 저도 광풍섬도란 위명이 허명이 아니란 것을 잘 알고 있습니다."

"아닙니다. 이곳에 와서 보니 제가 그동안 허명을 쌓고 있었다는 것을 깨닫게 되었는데, 어찌 그런 말씀을 하십니까. 당치도 않습니다."

"하하, 인사는 그쯤으로 하고 차나 한잔씩 마시면서 서로 환담을 나누도록 하게. 조금 있으면 하녀들이 차를 가지고 올 것이니 잠시만 기다리게."

"예, 주군."

"알겠습니다, 문주님."

호열은 조 검주와 호 당주의 인사가 자신이 끼어들어 중단시키지 않으면 끝나지 않을 것 같아 보이자 얼른 화제를 다른 곳으로 돌렸다.

얼마 지나지 않아 두 명의 하녀가 따끈한 김이 모락모락 나는 차를 가지고 왔다. 호열은 조 검주와 호 당주에게 하녀가 내려놓은 차를 마시도록 권하면서 자신 역시 두 손으로 찻잔을 받치면서 조심스럽게 한 모금씩 마셨다.

"흠, 사실 난 이런 어색한 자리는 딱 질색이네. 그래서 내 단도직입적으로 물어볼 것이니 호 당주는 자신의 생각을 허심탄회하게 말해 주게."

'역시 그 일 때문에 부른 것이로군. 흠……'

"무슨 말씀을 하시려고 하는지 대충은 짐작하고 있습니다. 말씀하십시오."

호 당주는 이미 후원으로 오면서 왜 호열이 자신을 따로 불렀는지 능히 짐작할 수 있었다. 호 당주의 머리가 멍청이가 아닌 이상 얼마 전 규화와 있었던 일을 떠올릴 수밖에 없었기 때문이다.

"그럼 내 호 당주의 성품을 믿고 말을 하겠네. 호 당주, 사실 얼마 전에 규화로부터 호 당주에 관한 일을 듣게 되었네."

"……"

"아마 내가 누구를 말하는지 잘 알 것이라 보네. 워낙 독특한 체질이 아니던가, 그렇지 않은가?"

"맞습니다."

"사실 그 아이는 내가 예전에 잠시 금릉에 머물렀을 당시 내자 되는 사람의 안전을 위해 데리고 온 아이라네. 금릉에 황궁이 있어서 그런지 환관들을 쉽게 볼 수 있었지. 규화도 그들 중 하나였고."

"예……"

호 당주는 호열의 설명에 고개를 끄덕였다. 충분히 있을 수 있는 일이었기 때문이다. 아직 황궁이 있는 금릉엔 직접 가보지 않아 모르겠지만, 언젠가 금릉을 지나쳤던 옛 친우를 통해 금릉에 남자도 아니고 여자도 아닌 환관들이 많이 돌아다닌다는 얘기를 들었던 기억이 있었다. 또한 내자의 안전을 위해 환관인 규화를 받아들였다는 말에도 공감이 갔다. 환관은 남자라 불릴 수 없는, 일종의 중성인(中性人)이라 할 수 있기에 안심하고 자신의 안사람을 옆에서 보호하도록 할 수 있다는 판단이 들었던 것이다.

"사실 규화의 나이가 내년엔 스물하나가 되네. 한창 혈기가 왕성한 나이라고 할 수 있겠지. 하지만 자네도 알겠지만 무공을 익히기엔 많은 제약이 따르는 체질… 하하, 이거 참. 여하튼 규화에게 훌륭한 비도술을 몇 수 가르쳐 주었다는 것을 알게 되었네."

"별로 대단한 것은 아니었습니다. 괘념치 마십시오."

"하하하, 대단한 것이 아니긴. 흠… 그래서 말인데…… 호 당주가 이 참에 규화를 한번 가르쳐 봄이 어떠한가?"

"예? 그 무슨 말씀이신지……?"

호 당주는 호열이 자신의 과오를 추궁하기 위해 부른 줄 알고 있었는데, 갑자기 생각지도 못한 엉뚱한 말에 당황한 기색을 비추었다. 그에 옆에 조용히 앉아 있던 조 검주의 얼굴을 바라보았으나, 어찌 된 일인지 조 검주는 이따금씩 자신의 앞에 놓여져 있는 차를 마실 뿐 일언반구도 없었다.

"하하, 당황하는 것도 무리가 아니지. 또한 가르친다는 것은 제자를 받는다는 것인데, 제자를 받음에 있어서 누구의 강요나 요청에 의한 것이 되어서도 아니 되고 말이네."

"……."

"사실 규화가 호 당주의 제자가 되었으면 좋겠지만, 나도 그것이 어렵다는 것을 잘 알고 있네. 내가 바라는 것은 호 당주가 약간의 진전을 규화에게 가르쳐 주었으면 하는 것뿐이네. 하하. 호 당주에게는 이런 말조차 어쩌면 불쾌하게 들릴지 모르겠지만, 그럼에도 내가 이렇게 호 당주를 불러 이런 얘기를 하는 것은 얼마 전에 규화가 연마하는 무공을 보고 체질적으로 맞다는 판단이 들었기 때문이네."

"……."

"사실 여기 있는 조 검주도 내 부탁을 받고 그동안 규화를 가르치고 있었지만 큰 성과를 거두지 못하고 있었네. 모두 규화의 체질 때문이지."

"……."

호 당주는 호열의 설명을 들으면서 침묵으로 일관하고 있는 조 검주의 얼굴을 바라보았다. 무슨 생각을 하고 있는지 파악할 수 없었지만, 호 당주는 이번 기회에 자신이 철혈검문에 들어오게 되었던 목적을 이루게 될지도 모른다는 판단이 순간적으로 떠올랐다.

"어떠한가? 내 부탁을 들어주겠는가?"

"사실 문주님께서 하신 말씀을 들어드린다는 것은 그리 어려운 일도 아닙니다. 소인 역시 지금까지 제대로 된 스승 밑에서 배운 적도 없었고, 또한 제자를 받아들이고 가르침에 있어서 나름대로 거창한 기준을 정하고 살지도 않았기 때문입니다."

"오~ 그런가? 그럼 잘되었구만. 잘되……."

"그러나!"

"응? 그, 그러나라니?"

호열은 호 당주의 얘기를 들으면서 생각보다 일이 순조롭게 돌아간다는 판단이 들었다. 그러나 갑자기 호 당주의 입에서 그러나라는 말이 나오자 웃는 얼굴로 조 검주를 바라보고 있던 얼굴이 호 당주에게로 향하는 것은 어쩔 수 없었다.

"문주님껜 죄송한 일이지만, 소인도 나름대로 인생을 살아가는 철칙이 있습니다."

"철칙이라… 그래, 그것이 무엇인가?"

"예, 바로 강자를 찾아다닌다는 것입니다. 소인의 인생은 강자와 겨루면서 만들어진 것이라 해도 과언이 아닙니다. 지금까지 그렇게 살아왔고, 또한 앞으로도 이러한 소신엔 변함이 없습니다. 아마도 더 이상 강자를 찾으러 다니지 않게 될 때가 온다면, 삼성이마와 같은 선대의 고인들을 만났을 때나 그에 버금가는 고수와 조우(遭遇)를 했을 때가 아닐는지…….."

"하하, 삼성이마와 버금가는 고수라… 내가 아직 세상을 그리 오래 살지 않아서 모르겠지만, 삼성이마라 하면 현재 세상을 뒤흔들고 있는 곳들의 선조들이 아닌가. 그런데 과연 현세에 그런 고수들과 비견될 만한 인물이 있을까? 또한 있다고 해도 호 당주가 그 고수를 상대할 수 있을지 모르겠구먼."

호열은 호 당주의 이야기를 들으면서 얼굴에 미소를 지어 보였다. 무인이라면 당연히 한 번쯤은 호 당주와 같은 포부를 지닐 수 있다는 생각에서였다. 그러나 다른 한편으로 생각해 보면 자신의 부탁을 정중하게 돌려서 거부한 것이었다. 이에 호열은 호 당주의 생각이 어리석은 것이 아닌가 하는 자신의 의중을 비꼬는 듯한 어조를 흘리며 말했다.

호 당주는 호열의 말을 들으며 호열이 자신의 말에 무슨 생각을 하고 있는지 충분히 짐작할 수 있었다. 그러나 호 당주는 자신의 신념에 대한 확신이 있었기에 차분한 얼굴로 묵묵히 들었다.

"아직 만나지 못했지만, 지금 만나게 된다면 상대할 수조차 없겠지요. 그래서 소인은 소인이 살아 있을 때 그와 같은 만남을 기다리며 강자를 찾아다니고 있는 중입니다."

"하하, 무슨 말인지 대충은 알겠네. 그러나 만약 호 당주가 평소 그와 같은 생각을 지니고 있었다면 우리 철혈검문으로 들어올 것이 아니라 삼성이마의 신화가 나왔던 곳으로 찾아갔어야 옳았던 것 같은데. 아마도 호 당주가 찾는 고수는 삼성이마의 후손에서 나올 확률이 많지 않겠는가?"

"문주님 말씀대로 그렇게 하는 것이 옳았을 수도 있을 것입니다. 그러나 소인은 소인이 찾는 고수가 꼭 그들에게서 나온다고 생각하지 않습니다. 또한 그것을 몇 년 전에 소인의 몸으로 체험을 했고요."

"응? 체험을 했다?"

호열은 난데없이 튀어나온 호 당주의 말에 귀가 솔깃했다. 호기심이 일기엔 충분한 말이기도 했지만, 막상 호 당주의 이야기를 들으면서 그것이 과연 누구였는지 궁금했다.

"예. 아마 소인의 예상이 틀리지 않는다면, 향후 십 년 정도쯤엔 소인이 예상하고 있는 인물이 천하제일검이 되어 있지 않을까 합니다."

호 당주는 호열의 물음에 자신의 신념과 의지를 담듯이 '예'라는 말에 힘을 주며 대답을 했다.

"하하, 호 당주의 말을 들으니 누구였는지 궁금하구먼. 과연 호 당주가 이리 확신하는 사람이 누구인가? 내게 말해 줄 수 있는가?"

"지금은 별로 신비에 싸여 있는 사람도 아닙니다. 아마 문주님께서도 소문을 들어보셨을지 모르겠지만, 지금 북경에 자리를 잡고 있는 장백검과 장문인의 사제 유운검선(流雲劍仙) 정운영(鄭雲嶺) 대협입니다."

"뭐? 유운검선 정운영? 지금 정운영이라 했는가?"

"예, 아마 문주님께서도 들어보셨나 봅니다."

"운영이라, 운영… 하하하……."

"……?"

호열은 호 당주의 입에서 운영이란 이름이 거론될 줄은 생각조차 하지 못하고 있었다. 그에 자신이 혹시나 잘못 듣지 않았나 하고 재차 확인을 했지만, 호 당주의 표정엔 아무런 변화가 없었다. 자신이 말한 것에 대한 당당함이 얼굴 가득 담겨 있을 뿐이었다. 이에 호열은 기쁜 나머지 웃음이 절로 나왔다.

호 당주는 자신의 이야기를 들은 후 호열이 웃음을 멈추지 못하자, 처음엔 왜 웃을까 하는 의문이 들었지만 나중엔 무슨 생각이 들었는지 절로 얼굴이 붉어지는 자신을 느낄 수 있었다. 일종의 모멸감 같은, 딱히 뭐라고 표현하지 못할 기분이 들었던 것이다.

"왜 그리 웃으시는지 모르겠습니다. 소인이 문주님께서 웃으실 만한 말씀을 드렸는지요."

"아~ 하하, 미안하이. 내 잠시 다른 생각이 떠올라서 나도 모르게 웃음이 나왔구먼."

"크흐음……."

호 당주는 호열이 자신의 말에 돌려서 얼버무리려 한다는 생각이 들었다. 하지만 더 이상 뭐라고 추궁할 수 없어 크게 헛기침을 한 후 조용히 침묵을 지켰다.

"하하, 이거 참… 호 당주가 무슨 생각을 하고 있는지 알지만, 분명

한 것은 난 그런 생각을 가지고 웃었던 것이 아니네. 사실 호 당주의 입에서 운영에 대한 얘기가 나올 줄을 몰랐었는데, 생각지도 못한 시점에서 나온지라 그리된 것이니 이해해 주게나."

"운영… 혹시 문주님께서 말씀하는 사람이 제가 조금 전에 말했던 유운검선 정 대협을 지칭하는 것입니까?"

"그러하네. 운영은 사실 하나밖에 없는 내 의동생이기도 하네."

"의동생이요?"

"그런데 그 누가 호 당주의 입에서 의동생에 관한 소식을 듣게 될 줄 알았겠는가. 그것도 향후 십 년 후면 천하제일검이 될지도 모른다는 말을. 그러니 기쁘고 반가운 마음에 참지 못하고 절로 웃음이 나온 것이라네. 하하하!"

"흐음… 정말 뜻밖입니다. 유운검선이 문주님의 의동생이었다니……."

호 당주는 호열의 말이 뜻밖이었다는 표정을 지어 보였다. 정말 생각지도 못한 말이었기 때문이다. 그러나 호열의 표정으로 보아 거짓처럼 보이지는 않았다.

"그나저나 조금 전에 호 당주의 얘기로는 운영과 직접 겨루어본 것처럼 얘기를 했었는데, 혹 겨루어본 것인가?"

"그렇습니다. 오 년 전에 있었던 군웅대회에서 정 대협과 손속을 겨룬 일이 있었습니다. 당시 제가 크게 패했었지요."

"그런 일이 있었구먼. 여하튼 그건 그렇고…… 그럼 호 당주가 이곳에 온 것도 누군가와 겨루었으면 해서 들어왔다는 말인데, 혹시 나와 겨루어보기 위해서 들어온 것인가?"

"……."

　호 당주는 너무나도 직설적으로 물어보는 호열의 말에 아무런 말도
하지 못했다. 쉽게 대답할 상황이 아니란 판단이 들었기 때문이다.

　"그런 표정 지을 것 없네. 그냥 편안하게 얘기를 해보게. 어차피 이
곳에 볼일이 없다면 호 당주가 남아 있을 사람도 아니지 않은가. 그렇
지 않은가?"

　"…처음엔 그런 생각을 가지고 있었던 것이 사실입니다. 그러나 근
래엔 조 검주와 겨루어보는 것도 생각했던 적이 있었습니다. 하지만
막상 문주님과 대면을 하고 나니 그런 생각을 접을 수밖에 없다는 것
을 느꼈습니다. 강자가 눈앞에 있는데 굳이 돌아서 갈 필요가 없으니
까요."

　"하하, 알았네. 하지만 나와 겨루려면 내기를 해야 할 텐데, 그래도
나와 겨루겠는가?"

　"내기가 하심은… 혹 규화에 관한……?"

　"그렇네. 어떠한가? 만약 나와 겨루게 될 경우 호 당주가 지면 앞으
로 일정한 기간 동안 규화의 곁에 있어야 함은 물론, 내가 만족할 만한
수준까지 실력을 끌어올려야 할 것이네. 그렇게 하겠는가? 내가 보기
엔 호 당주에게 상당히 불리한 요구일 수도 있는데."

　"……."

　호 당주는 호열의 설명에 고뇌를 하지 않을 수 없었다. 항상 강자를
상대하기 전에 느끼는 것이지만, 호 당주는 비무(比武)에서 자신이 이
길 수 있는 확률을 삼 할도 되지 않는다고 생각했다. 그럼에도 강자는
찾아다니고 비무를 요구하는 것은, 그럼으로 인해 자신의 존재를 상대

에게 알릴 수 있다고 생각해 왔기 때문이다.

　그러나 지금의 상황은 호 당주로서는 처음 겪는 일이었다. 분명 자신이 비무를 원했던 당사자가 눈앞에 있었지만, 그 당사자는 자신과의 비무를 전제로 평생 걸릴지도 모를 요구를 늘어놓고 있었기 때문이다.

　"아마도 결정하기 어려울 것이네. 그러나 나와 비무를 하려 한다면 내 요구 사항을 받아들여야만 할 것이네."

　"정히 그렇다면 문주님의 요구 조건을 받아들이겠습니다. 어차피 문주님과 같은 강자와 비무를 하기 위해서는 패혈맹이나 현원세가, 아니면 마교를 찾아 나설 수밖에 없는 일이니까요."

　"하하, 호 당주가 그리 결심하였다면 내 준비를 하겠네. 조 검주는 지금 당장 호 당주와 비무를 할 수 있는 자리를 마련하도록 하게. 그리고 무슨 일이 있어도 후원 주변에 문인들이나 다른 사람들이 접근하지 못하도록 하게. 내 내자도 말이네. 알겠는가?"

　"그리하도록 하겠습니다."

　조 검주는 호열의 명을 받은 후 바로 정자로 내려가서 규화와 조향에게 주변 정리를 하도록 시켰다. 그리고 난 후 후원 주변을 자신이 직접 돌아본 후 일 다경이 지나서야 정자 앞에 모습을 보였다.

　"주군, 주변엔 경계를 시키도록 했습니다. 그리고… 지금 소인이 집무실로 가서 애검을 가지고 오도록 하겠습니다."

　"아니네, 다른 것으로 하지. 자, 준비가 다 된 것 같으니 호 당주도 나와 함께 내려 가세나."

　"예, 알겠습니다."

　호열은 조 검주의 보고를 받은 후 아쉽다는 듯이 마지막 남아 있던 한 모금의 차를 마신 후 자리를 털고 일어서며 정자 밖으로 내려왔다.

조 검주와 규화, 그리고 조향은 호열이 정자 밖으로 내려서자 깊숙이 허리를 숙이며 한쪽으로 자리를 비켜주었다. 호열과 호 당주가 비무를 할 수 있도록 자리를 비켜준 것이다.

그러나 규화와 조향은 갑자기 벌어지게 될 비무에 모든 관심이 집중되어 있었다. 처음으로 문주인 호열의 무공을 견식하게 되었기 때문이다. 비록 내색하고 있지 않았지만, 이러한 것은 조 검주 역시 마찬가지였다.

"규화야, 네 검은 좀 빌려야겠구나."

"옛? 아~ 여기 있습니다, 문주님."

"그래, 고맙구나."

호열은 규화에게 검을 넘겨받은 후 비무를 하기 위해 마련된 공지로 걸음을 옮겼다. 호열이 규화의 검을 들고 자세를 잡았을 때, 이미 호 당주는 비무를 하기 위해 온 정신을 가다듬고 최상의 상태를 유지하고 있었다. 언제든지 자신의 무공을 발휘할 수 있는 자세가 되어 있었던 것이다.

"오늘 생각지도 못하게 호 당주와 비무를 하게 되었지만, 호 당주의 체면과 꿋꿋한 소신에 보답하는 차원에서 나름대로 최선을 다할 것이네. 그러니 호 당주도 자신이 내게 보여주고 싶은 것이 있다면 아끼지 말고 최선을 다해주게."

"알겠습니다."

스르르릉~

"좋네. 그럼 시작하지."

"허엇! 흐으음……."

호열은 검집에서 검을 천천히 뽑아 든 후 검극을 지면에 향하도록 내려놓으며 호 당주를 바라보았다.

호 당주는 호열이 검을 뽑자 기다리기라도 한 듯이 허리춤에 있는 단도(短刀)를 향해 손을 가져가며 기합을 넣었다. 상대가 상대이니만큼 스스로를 향해 주의를 주고자 한 것이다.

호열의 자세는 마치 고요한 가운데 움직임이 있다는 것을 보여주기라도 하듯 처음과 마찬가지로 고요하기 그지없었다. 처음의 자세 그대로 검극이 지면을 향한 상태에서 한 치의 움직임도 보이지 않고 있었던 것이다.

호 당주는 처음 호열의 자세에서 나름대로 빈틈을 찾고자 하였다. 그러나 빈틈을 발견해도 쉽게 다가설 수가 없었다. 생각보다 너무도 많은 빈틈들, 여유가 많은 것인지 아니면 다른 의도에서 그러한 것인지 빈틈이 너무 많아서 일부러 자신을 유도하기 위한 자세를 취했단 생각이 들 정도였던 것이다.

'들어올 테면 들어와 보란 것인가? 아니면 우선 내 움직임을 보려고 그러는 것인가? 어찌 되었든 이렇게 서 있을 수만은 없겠지. 좋다. 우선 내가 먼저 움직여 주지!'

"하앗! 받아라!"

쐬에에에엑~

챙! 채에엥……!

숨 막힐 듯한 적막을 깨고 먼저 움직인 것은 호 당주였다. 수중에 들고 있던 단도들을 힘차게 앞으로 내던지면서, 자신 또한 호열이 서 있는 곳을 향해 돌진한 것이다.

한차례의 격돌.

호열은 자신의 정면으로 쇄도하는 단도들을 차분하게 검면(劍面)을 이용하여 밖으로 쳐낸 후, 자신을 향해 돌진하는 호 당주의 옆을 슬쩍 지나치며 비켜 섰다.

"이런! 그럼 이것도! 광풍천섬(狂風千閃)……!"

챙, 채엥! 챙! 채에엥!

호 당주의 손을 떠난 단도들은 도저히 인간에 의해 시전되었다고는 믿기지 않을 정도로 놀라운 속도를 내며 호열을 향해 쇄도했다.

단도의 움직임이 어찌나 빠른지 옆에서 그 모습을 지켜보던 규화와 조향은 자신들의 두 눈을 비비며 단도가 움직이는 형상을 쫓느라 여념이 없었다. 가히 단도가 움직이는 모습이 착시(錯視) 현상으로 인해 한순간 공간을 가로지르는 일직선으로 보였기 때문이다.

하지만 호열은 한 치의 흐트러짐도 보이지 않고 자신을 향해 쇄도하는 수십 자루의 단도를 쳐냈다. 일정한 검로는 없었지만, 아주 적절한 시간에 적절한 방향으로 단도들을 쳐내고 있었던 것이다.

'이거 생각보다 쉽지 않은데… 그러나 그동안의 연무가 도움이 되긴 하는군.'

호열은 어의섬(唹意閃)과 어의신보(唹意神步)로 신형을 움직이는 가운데 그동안 자신이 생각했었던 것을 한번 써먹어 보자는 생각으로 호 당주와의 비무를 시작했는데, 단도를 하나씩 쳐내면서 생각했었던 것보다 굉장히 유용하다는 것을 느끼게 되었다. 단도가 호 당주의 손을 떠나 자신을 향해 움직이는 모습이 세세하게 보였으며, 공기를 가르고 다가오는 단도의 활동성이 온몸으로 느껴졌던 것이다.

호열은 시간이 지나면서 온몸의 세포들이 요동치는 듯한 착각이 들었다. 하지만 그리 나쁜 기분이 아니었다. 오히려 신경을 팽팽하게 긴장시켜 주는 자극이 굉장히 좋게 느껴지고 있었다.

"문주께선 언제까지 수비만 할 생각이십니까?"

"하하, 그렇지 않아도 이제 막 시작하려던 참이었네. 오랜만에 검을 잡아서 그런지 손에 익지가 않는구면."

"그럼 이제 본격적으로 시작하지요. 하앗! 광풍류(狂風流)!"

쏴아아아~

"헛! 좋구면. 그러나, 하앗!"

챙! 채챙챙! 챙……!

호 당주의 소매에서 열여덟 개의 세도(細刀)가 호열의 가슴과 목, 그리고 사지를 향해 쇄도해 들었다.

호열은 자신을 향해 다가오는 세도들이 공기를 가르는 소음을 통해 호 당주의 공격이 조금 더 매서워지고 강해졌다는 것을 온몸으로 느낄 수 있었다. 하지만 처음 단도로 공격했을 때와 마찬가지로 세도의 공격 범위가 변한 것은 아니었다. 그저 조금 더 빨라지고 날카로워졌을 뿐이었다.

호열은 자신을 향해 쇄도하는 세도들도 단도와 마찬가지로 검면을 이용해서 하나씩 바깥으로 쳐냈다.

쇄에에에에—

호 당주의 소매에서 나온 세도는 무엇에 의해 조종이 되는지, 호열의 옆을 스쳐 지나갔던 세도들이 반원을 그리며 회선했다. 하지만 그것에 그치지 않고 더욱 빠르게 호열의 등 쪽을 향해 공세를 퍼부었다.

"응? 이, 이런! 하앗……!"

팟! 파파팟!

챙! 채에엥! 챙……!

"좋은 공격이군. 하마터면 옷깃이 스칠 뻔했네."

호열은 어의신보를 시전하여 간발의 차이로 세도를 피할 수 있었다. 순간적으로 호열의 등에서 식은땀이 흘렀다. 하지만 자신이 원하던 상황이기에 위험하다고 중도에서 멈추고 싶지 않았다.

지금까지 호열은 일부러 어의심기(唹意心氣)와 어의공령검(唹意空靈劍)을 사용하지 않고 있었다. 그렇기에 현재 호열의 주변엔 자생적으로 발휘되는 호위신기(護衛神氣)가 사라진 상태라, 무방비의 상태와 다름없어 평상시보다 더 열악한 상황에서 비무를 하고 있었던 것이다.

"그럼 이것도 받아보시지요. 하앗!"

"좋네, 어서 들어오시게!"

호 당주의 세도를 막아가면서 호열은 서서히 무아지경에 빠져들었으며, 조금씩 하나의 검로를 따라 검을 움직이고 있었다. 그러나 언뜻 보면 일정한 방향과 틀이 짜여져 있는 검로도 아니었다. 그저 가장 빠르게 자신을 향해 쇄도하고 있는 호 당주의 세도를 막을 수 있는 최단거리에 지나지 않았다.

하지만 옆에서 호열의 검로를 지켜보고 있는 조 검주의 눈에는 당혹감과 놀라움이 자리잡아 가고 있었다. 호열이 시전하고 있는 검로가 지금까지 자신이 끊임없이 추구했고 도달하고 싶었던 실전검로(實戰劍路)의 궁극임을 한눈에 알아볼 수 있었던 것이다.

심검(心劍)의 경지, 무형검(無形劍)의 경지 121

"하앗! 광풍천망(狂風天網)!"

호 당주는 너무나도 쉽게 호열에 의해 자신의 공세가 모두 가로막히자 이마에 푸른 힘줄이 돋아날 정도로 신경질적인 반응을 보이며 온 공력을 세도에 집중했다.

오 년 전 운영에 의해 산산이 부서졌던 광풍천망.

호 당주는 자신의 부족함을 깨닫고 절치부심(切齒腐心)한 끝에 예전엔 생각지도 못했던 어마어마한 위력의 비전을 만들 수 있었다. 가히 예전보다 세 배 이상 강해진 광풍천망을 시전할 수 있었으며, 그것이 지금 호열의 앞에 새로운 위력을 보이며 세상에 재등장한 것이다.

호열은 칠십이 개의 세도가 뱀처럼 혼자 살아서 움직이는 듯한 착각이 들었다. 도저히 검 하나로 한꺼번에 쇄도하는 세도들을 막을 수 없다는 판단이 들었던 것이다.

'이 정도면 충분히 검증한 셈이군. 그럼 이제 시작해 볼까?'

호열은 자신을 향해 일제히 쇄도하는 호 당주의 공세를 막기 위해 어의망(唹意網)을 시전했다가 바로 거두었다. 하지만 호 당주의 공세는 순식간에 허물어졌으며, 어의망에 의해 바깥으로 튕겨 나간 세도들은 자신의 나아가야 할 방향을 잡지 못해 이리저리 움직이더니 한순간에 호 당주의 소매 속으로 빨려 들어갔다.

'저것은 유운검선의 무공과 비슷하지 않은가? 그래, 유운천망(流雲天網)과 너무도 흡사하구나.'

호 당주는 호열이 시전하는 어의망을 접하자 오랜만에 불같은 투지가 일어나는 것을 느꼈다. 비록 호열이 예전에 싸웠던 사람은 아니지만, 의동생이란 말을 들어서 그런지 호열의 모습에서 호 당주는 유운검선 정운영의 모습을 발견하게 된 것이다. 정당한 승부였고 또한 정당한 패배였지만, 호 당주는 지금이라면 운영과 싸워 이길 수 있다는 강한 자신감과 함께 싸우고자 하는 마음이 팽팽해져 있었다.

"이번엔 내가 공격하겠네. 어디 받아보게나. 핫!"

호열은 자신이 시전한 어의망에 의해 사방으로 비산(飛散)한 세도들을 소매 속으로 챙긴 후 멍한 표정으로 바라보고 있는 호 당주를 향해 처음으로 검극을 가져갔다.

어디를 살펴보아도 다른 검들과 다른 점이 하나도 없는 청강검.

그러나 호열의 손에 의해 어의광(唹意光)이 시전되자 검극에서 시퍼런 뇌전(雷電)처럼 청광이 번쩍 하더니 호 당주를 향해 쇄도해 들었다. 어찌나 빠른지, 호 당주는 검강(劍罡)이 자신의 지척에 이를 때까지 두 눈을 시퍼렇게 뜨고 바라볼 수밖에 없었다.

"허엇! 합……!"

호 당주는 어의광이 자신의 왼쪽 어깨에 적중하기 바로 직전까지 아무런 움직임이 없다가, 한순간 자신의 몸을 왼쪽으로 급하게 회전을 시킨 후에야 간신히 피할 수 있었다.

픽!

'거, 검강……?'

회전했던 몸의 중심을 가눈 후에 자신의 뒤쪽에 서 있던 나무를 바라보자, 호 당주는 둘레가 한아름이 넘던 나무의 한쪽 귀퉁이에 자신의 주먹보다 적2어 보이는 구멍이 뚫려 있음을 확인할 수 있었다. 그에 놀란 눈으로 호열이 서 있었던 방향으로 고개를 돌렸는데, 그곳엔 언제 검강을 시전했냐는 듯이 호열이 검극을 자신에게 향한 상태로 서 있었다.

"문주님께서 검강을 시전하실 줄은 몰랐습니다."

"이 정도는 조 검주도 할 수 있는 일인데 무얼 그리 놀라는가. 자, 이제 본격적으로 할 테니 호 당주도 지금과는 다른 움직임을 보여주게. 하얍!"

팟! 파파팟! 파아팟······!

호열은 자신이 생각하고 마음이 가는 방향으로 어의광을 시전했다. 마치 일정한 검로를 그리듯, 호열은 호 당주의 움직임을 보지 않고 검극을 겨누기를 반복했다.

일 다경의 시간이 순식간에 지나갔다.

그동안 호열에 의해 시전된 어의광은 주먹 크기에서 사람의 머리카락보다 작은 미세한 형상을 띠고 있었다. 또한 검극이 움직이지도 않았는데, 검극에선 수도 헤아릴 수 없는 미세한 검강들이 줄기차게 뻗어나갔다.

'이, 이건 있을 수 없는 일이다! 어찌 인간이 시전한 무공이······?!'

호 당주는 호열의 검극을 주시하면서 어떠한 자세나 움직임을 취할수가 없었다. 도저히 자신의 힘으로 막으려고 해도 어찌할 수 없다는 것을 머리보다 온몸으로 느낄 수 있었기 때문이다.

"이런! 핫······!"

쉬아아앙—

픽! 퍼억! 픽······!

호열은 자신의 손에 들려져 있던 검극을 주시하고 있다가 한순간 이상한 느낌이 들어 호 당주의 신형을 찾았는데, 어찌 된 일인지 호 당주가 아무런 움직임을 보이지 않고 어의광이 다가서는 것을 보고만 있는 것에 깜짝 놀랐다. 너무 급한 나머지 어의광을 거두어들이지 못하고 호 당주의 주변을 최대한 벗어나게 한 후에야 속으로 안도의 한숨을 쉴 수 있었다.

"호 당주, 왜 피하지 않은 것인가?"

"문주님, 지금 시전하신 무공이 문주님의 최고 무공이었습니까?"

"응? 뭐, 그럭저럭 괜찮은 정도지만 최고라 할 수는 없네. 그런데 그건 왜 묻는 건가?"

"최고도 아니고, 그럭저럭 괜찮은 무공이라……."

호열은 혼자 자신의 말을 되새기는 호 당주의 모습에서 무어라 할 수 없는 비애 같은 고독을 느낄 수 있었다. 그러나 그것이 정확히 어떤 감정인지 잘 알지 못하였기에 호 당주가 스스로의 감정을 정리할 수 있는 시간을 주기로 했다.

이각이 흐른 후에야 호 당주의 감겨 있던 눈이 떠졌다.

"저는 오늘 두 눈으로 직접 보고 온몸으로 경험하고도 도저히 믿을 수 없는 사실이 있다는 것을 알게 되었습니다."

"……."

"처음 단도를 막았을 땐 문주님의 검에서 번개의 빠른 속도와 막강한 파괴력을 지녔다는 생각에 뇌검(雷劍)의 한 류(流)를 익히지 않았나 했습니다. 쾌검(快劍)과 중검(重劍)의 면면을 문주님의 검에서 보았기 때문입니다. 그러나 문주님께서 시전한 검강을 보고선 검기성강(劍氣成罡)의 경지에 이르렀다는 것을 알게 되었습니다."

"검기성강이라······?"

"예··· 신검합일(身劍合一)이나 어검술(御劍術), 아니, 이기어검술(以氣御劍術)을 인간이 다다를 수 있는 최강의 검술이라 알고 있고, 또한 대부분 그렇게 여기고 있을지 모르지만 소인은 잘 알고 있습니다. 비록 언급했던 것보다 정말로 부족할지 모르지만, 모든 것이 종이 한 장 차이도 나지 않는 개개인의 깨달음에 달려 있다는 것을 말입니다. 그렇기에 소인은 그 어떤 것보다 최고의 파괴력을 지닌 것이 바로 검기성강이라 생각하고 있습니다. 검강과 검환(劍丸)을 자유롭게 다룰 수 있는 초극(超克)의 경지. 검기(劍氣)가 강기(罡氣)를 이루어 그 앞을 막는 모든 것을 파괴하는 검술 상 최고의 경지를 말입니다."

"흐음······."

호열은 호 당주의 말에 귀를 기울였다. 너무도 진지하게 설명을 하고 있기에 귀 기울이지 않을 수 없었던 것이다. 이와 같은 것은 주변에 비무를 관전하고 있던 조 검주와 규화, 그리고 조향 역시 마찬가지였다.

"그러나 오늘 소인은 인간이 다다를 수 없다는 경지를 직접 확인할 수 있었습니다. 바로 심검(心劍)의 경지, 무형검(無形劍)의 경지를 말입니다."

'심검? 무형검?'

"무공을 연마하는 무인들이 꿈에도 그리는 경지, 바로 신선들의 무공일지 모른다는 전설의 경지를 막상 제 두 눈으로 확인하게 될 줄은 꿈에도 생각하지 못했습니다. 그저 선대의 고인(高人)인 삼성이마 분들이 다다르지 않았나 하는 추측만 난무했었는데······."

"하하, 이거 호 당주가 나를 너무 치켜세우는 것이 아닌지 모르겠구려. 전설의 경지라니, 이런……."

호열은 더 이상 호 당주의 말이 듣기 거북했는지 수중의 검을 검집에 집어넣은 후 쑥스럽다는 듯이 어깨를 으쓱해 보였다.

"아닙니다. 제가 비록 견문이 짧아 정확히 단언할 수는 없지만, 분명 문주께서 마지막에 시전한 것은 무형검이 분명했습니다."

"글쎄… 내가 호 당주보다 견문이 짧아서 그런지 아직까지 무형검이란 경지가 있다는 소리는 오늘 처음 듣는구먼. 그러나 세상에 심검의 경지가 있다는 말은 여러 차례 들어보았고 또한 많은 사람들이 그 경지에 이르렀다는 것을 잘 알고 있네. 그러니 아마도 호 당주가 말하는 무형검은 심검이 아닐까 하는데, 그것이 전설일 수 있겠는가."

"아닙니다. 세인들이 알고 있는 심검은 소인이 말하는 심검하고 차원이 다른 것입니다."

"응? 그것이 무슨 말인가? 분명 같은 심검인데 무슨 차원이 다르다는 말인가?"

호열은 만면에 가득 미소를 지으면서 규화에게 검을 건네주다가 호 당주의 말에 고개를 돌려 반문을 했다. 그냥 흘려듣기에는 귀가 솔깃하지 않을 수 없었던 것이다.

"세인들이 말하는 심검은 그저 자신들의 검과 기를……."

심검, 흔히 심도(心道)라고 세인들의 뇌리에 박혀 있고 말하는 것에는 일정한 기준이 있다. 비록 무(武)의 류(流)가 셀 수도 없이 많고 익히는 방법도 많지만, 일정한 경지에 오르면 모든 것이 하나고 통한다는 말이 있다. 바로 상련부단(相連不斷) 내외일체(內外一體) 용의불용력(用意不用力) 흡기도영(吸氣道營) 물아일체(物我一體) 현기(玄氣) 만류귀원(萬流歸元)이라는 말이다. 그러나 이러한 말들이 세인들의 뇌리에 박혔어도 가장 많은 무인들이 추구하고 깨달음을 얻고자 하는 것이 바로 검도(劍道)였다.

무공, 특히 검도에 처음 입문하는 사람은 흔히 독문내공심법을 먼저 연마하게 된다. 그러면서 다른 한편으로는 심법을 연마하는 데 도움을 주는 내승검법(內乘劍法)과 실전에 사용되는 실전검법(實戰劍法)을 함께 익히게 되는데, 이때 실전에 사용되는 검법이 바로 강호에서 말하는 초식인 것이다.

모든 무공이 그렇겠지만, 검도 역시 마찬가지로 자신의 내공과 초식, 그리고 심신을 하나로 만들어가는 과정이라 할 수 있다. 그렇게 해서 검기나 검기상인(劍氣傷人), 그리고 검강이나 검환을 자유롭게 다룰 수 있는 검기성강의 경지에 이르는 것이다. 또한 더 나아가 세인들이 심검의 경지라 말하는 신검합일과 어검술의 최후 단계라 할 수 있는 이기어검술에 이르는 것이다.

그러나 세인들은 또 다른 심검의 경지가 있을지 모른다는 생각을 하게 되었다. 바로 검술이 높은 경지에 달하면 수중무검(手中無劍) 심중유검(心中有劍)의 경지에 달하게 되는데, 이를 또 다른 심검이라 추측하고 믿었던 것이다. 그리고 그 말들이 세월 속에 전해 내려오고 화자들을 통해 이어지면서 신선들의 무공으로 전설화 되어버린 것이었다. 바로 검이나 도(刀), 그리고 인체의 손을 이용한 권(拳)과 같은 물리적인 것에 의해 시전되는 것이 아니라, 오로지 시전자의 정신에 의해 스스로 기(氣)가 움직인다는 상상의 경지인 것이다.

　"하하하… 이거 호 당주가 오늘 나를 하늘로 높이 띄우려고 하는 것 같구려. 나를 마치 신선에 비유하다니 말이오."

　"신선에 비유하진 않았습니다. 다만 모든 무인들이 꿈에서 그리던 경지를 말했을 뿐입니다."

　"그게 바로 그것이 아니오. 모든 무인들이 꿈에서라도 이루고자 하는 경지. 그 경지는 신선들의 세계에 있다고 하는데, 마치 호 당주는 내가 지금 그런 경지에 올라 있지 않냐는 말을 하고 있으니 내가 어찌 부끄러워서 하늘을 향해 고개를 들 수 있겠소. 그러니 그런 허황된 말은 그만 하고 정자로 갑시다. 비무에서 내가 승리를 했으니 호 당주도 나와 약속했던 것을 염두에 두어야 하지 않겠소?"

　"… 알겠습니다."

　호 당주는 호열의 말에 더 이상 할 말이 없었는지 말을 이어가지 못하고 호열의 안내에 따라 정자 위로 올라야만 했다. 상황이 어찌 되었든 호열과의 비무에서 패했기에 승자의 요구를 들어주어야 했다.

　"규화야, 인사를 드리거라. 오늘 이후 너를 지도하게 된 진검당의 당주 광풍섬도 호대령이시다. 비록 정식 제자로 들이지는 못하겠지만, 하나를 배우더라도 스승의 예로써 지극히 모셔야 할 것이다."

　"예! 알겠습니다, 문주님. 호 당주님께 인사드립니다. 규화라 합니다."

　규화는 이미 상황이 어떻게 돌아가고 있다는 것을 잘 알고 있었기에 호열의 말에 반문조차 하지 않고 반개한 눈으로 쳐다보는 호 당주를 향해 깊숙이 허리를 숙여 자신이 취할 수 있는 최대의 예를 보였다. 비록 정식으로 제자를 받지 않는다는 문주의 말에 스승이란 호칭과 구배지례를 하지는 않았지만, 규화는 자신에게 새로운 배움을 길을 걷게 해줄 호 당주를 향한 기대감은 크게 자리하고 있었다.

"앞으로 잘해보자꾸나. 비록 이렇게 생각지 못한 일로 인해 인연을 맺게 되었지만, 나는 이후 너를 대함에 있어서 한 점 부끄럼이 없는 가르침을 내리도록 최선을 다할 것이다. 그것은 내 생애 있어서 가장 강한 분과 분(分)에 넘치는 비무를 하게 해준 너에 대한 보답이라 생각하기 때문이다. 그러니 너는 앞으로 나의 가르침이 힘에 부치더라도 중도에 좌절하는 일이 없도록 하기 바란다."

"무슨 말씀이신지 잘 알겠습니다. 호 당주님의 명성에 한 점 부끄러움이 없도록 최선을 다하겠습니다."

"알았다. 나도 최선을 다해 너를 가르칠 것이다."

호 당주는 환관이란 선입관을 버리고 규화를 바라보자 일반 사람들보다 더욱 대범하고 정대한 면이 있다는 것을 느낄 수 있었다. 그에 흡족한 마음이 들었는지 규화의 시원한 마지막 대답을 듣고서 저도 모르게 고개를 크게 끄덕여 보이며 미소를 지었다.

"그럼 이제 규화의 일을 해결했고 오랜만에 몸도 풀어보았으니 술이나 한잔할까? 어떤가, 조 검주."

"옛? 주군, 소인은……."

"너무 그렇게 빡빡한 인생을 사는 것도 정신 건강에 좋지 않다네. 자! 호 당주의 화통한 성품도 보았으니 이 참에 만금산장에서 보내준 백화주(百花酒)를 들어보는 것이 어떠한가?"

"알겠습니다, 주군."

"하하, 진작에 그렇게 했어야지. 자자, 호 당주도 한잔하세나. 조향은 얼른 추 전주에게 가서 내가 문중에 있는 백화주를 모두 가지고 오라 한다고 전해라. 오늘은 정말 오랜만에 술에 취해보세나! 하하하……."

호열은 양 옆에 앉아 있는 조 검주와 호 당주의 늠름한 모습을 대하면서 무엇이 그리 좋은지 하늘을 향해 크게 웃어 보였다.

하늘은 겨울임에도 불구하고 맑고 청명하기만 했다.

그러나 며칠 후면 중원 전역이 불안에 휩싸이고 혈기왕성한 젊은이들이 황제의 부름을 받고 전장에 뛰어들게 되는 새해의 아침이 밝아온다. 언제 있을지 예상하지 못했지만, 누구나 한 번쯤은 피비린내 나는 혈투가 벌어질 것이라 생각했던 북쪽 영역의 패자 타타르 국에서…….

제 5 장

분국에서 나위를 단행한다고

◆ 제5장 **본국에서 남하를 단행한다고?**

태양이 막 떠오르기 시작하는 아침이라 그런지, 자욱한 안개가 오대
산 협두봉(峽斗峰)을 감아 돌면서 보는 사람들의 시선을 사로잡고 있었
다.

오대산은 다섯 개의 대(台)가 있었는데, 바로 동서남북과 중(中)이었
다. 동대(冬台)인 망해봉(望海峰)과 서대(西台)인 괘월봉(掛月峰), 그리
고 남대(南台)인 금수봉(欽秀峰)과 현원세가가 자리하고 있는 북대(北
台)의 협두봉이었으며, 마지막은 중대(中台)인 취암봉(翠岩峰)이었다.
그러나 협두봉엔 대회진(臺懷鎭)의 현통사(顯通寺)라는 곳이 있어 현원
세가와 함께 협두봉을 유명하게 하고 있었다.

그러나 뭐니 뭐니 해도 세인들의 관심을 집중시키고 있는 곳은 현원
세가였다. 특히 마교와 동맹을 맺었다는 소문이 돌기 시작하면서 무림

은 물론 상인들이나 주변의 관청들까지 곱지 않은 시선으로 주목하고 있었다.

"일을 이 지경으로 만들다니, 도대체 앞으로 어찌하면 좋다는 말이냐!"

"소자는……."

"이 자리는 사석이 아니라 엄연히 공석인 자리다. 그러니 말을 조심해서 하거라!"

"예, 총관님……."

"총관님, 고정하시지요. 이번 일은 곽 단주의 잘못이 아닙니다. 모두 제가 부족한 탓에서 비롯된 일입니다."

"부총관은 가만히 있게. 내가 지금 누구의 잘못을 추궁하기 위해 이러는 것이 아니지 않는가!"

"……."

범 부총관은 곽 총관의 말에 더 이상 어떠한 말도 할 수 없었다. 그저 조용히 곽 총관의 말을 들으며 고개를 숙여야만 했다. 입이 열 개라도 추궁을 들어야 할 일을 했으니 변명 같은 것은 생각도 하지 않았다.

"보고를 들어서 이미 알고 있다. 하지만 곽 단주는 자신의 소임을 모두 수행하지 못하고 아까운 수하들의 목숨만 잃고 왔다. 과정이야 어찌 되었든 결과가 이렇게 나왔다는 것은 도저히 묵과할 수 없는 일이다. 차라리 수하들을 보내지 않았으면 좋았을 것을……."

"더 이상 뭐라 드릴 말이 없습니다."

"저희들도 곽 단주와 마찬가지입니다. 장로원에서 어떠한 결정을 내리든 겸허하게 받아들이겠습니다."

"허, 이거 참……."

곽 총관은 앞에서 고개를 깊숙이 숙이고 있는 세 명을 타라보면서 아쉬운 마음을 지울 수가 없었다. 특히 곽 단주를 바라보고 있자니 애잔한 마음에 가슴이 답답해져 왔다.

곽 총관은 부총관과 답 부전주를 보내지 않았으면 하는 후회가 밀려왔다. 만약 그렇게 되었더라면 철혈검문과 전면전이 벌어지지도 않았을 뿐만 아니라 좀 더 일찍 물러났을 수도 있었을 것이며, 또한 수하들도 희생되지 않았을지 모른다고 생각되는 것이다.

그러나 곽 총관의 이러한 생각은 그저 모든 것이 지나간 후의 한탄에 지나지 않았다. 현재는 잘못된 것을 후회하기보다는 어떻게 하면 빨리 수습할 수 있는지 걱정해야만 했다. 그렇기 때문에 곽 총관은 장로회의에 들어가기 전에 당시 전투를 주도했던 범 부총관과 답 부전주, 그리고 자신의 아들인 곽 단주를 먼저 부른 것이었다.

"장로원의 결과를 받아들이는 것은 당연한 일이다. 그러나 먼저 물어볼 것이 있다."

"말씀하십시오. 알고 있는 것이 있으면 빠뜨리지 않고 말씀드리겠습니다."

"우선 곽 단주에게 묻겠다."

"예……."

"곽 단주가 맡고 있는 기랑추월단 이백 명의 문인은 추적과 경계를 목적으로 만들어진 곳인데, 왜 당시엔 그것을 망각하고 철혈검문과 전면전을 벌이게 되었나? 아무리 철혈검문이 신생 문파라 해도 이천 명이 넘는 인원이 몰려왔다면 역부족이란 것을 잘 알고 있었을 텐데?"

"당시엔 조금만 더 시간이 있었다면 천추옹의 행방을 찾을 수 있다고 생각했습니다. 그렇기에 조금이나마 시간을 벌려 했었고, 그것을 위해서 최선을 다했습니다. 또한 아무리 열 배가 넘는 차이가 있었어도 저는 수하들의 능력을 믿었습니다. 그들은 현원세가의 인정을 받고 있는 기량추월단이기 때문입니다."

"좋다. 그럼 범 부총관과 답 부전주!"

"예, 말씀하시지요."

"범 부총관이야 말할 것도 없겠지만, 답 부전주도 천승뇌검전의 한 축을 당하고 있으니 철혈검문과의 전면전이 생각보다 쉽지 않다는 것을 알았을 텐데, 왜 두 사람은 곽 단주와 함께 전면전을 벌인 것인가? 차라리 문인들을 뒤로 물린 후 암중으로 천추옹의 행방을 추적하는 것이 좋지 않았겠는가?"

"총관님, 그것에 관한 사항은 제가 말씀드리겠습니다."

"좋네, 부총관이 직접 설명을 해보게."

곽 총관은 범 부총관이 앞으로 한 발 나서자 고개를 끄덕이며 허락했다. 이미 자신이 질문을 했을 때 범 부총관이 대답할 것이라 짐작하고 있었기 때문에 아무런 거리낌 없이 받아들인 것이다.

"우선 이 모든 일에 대한 책임은 전적으로 저에게 있다는 것을 말씀드리겠습니다. 그리고 총관께서 지금 무엇 때문에 저희들을 부르셨는지 잘 알고 있습니다. 그렇기에 감사하다는 말부터 해야 할 것 같습니다."

"흐음……."

"그러나 이번 일에 관한 사항은 너무나 컸기에 총관께서 장로원의 예봉을 무마시키실 수는 없을 것입니다. 그러니 차라리 모든 책임을 저에게 물어주시는 것이 좋을 듯합니다."

"부총관, 그것은 내가 결정할 사항이네. 그러니 부총관은 내 질문에 대답을 해주면 되는 것이네."

"휴~ 알겠습니다. 그럼 말씀드리겠습니다."

"……."

"당시 제가 잘못한 것은, 첫 번째로 철혈검문을 너무 하찮게 취급했다는 것입니다. 아무리 예전에 패혈맹의 침입을 막아냈다고는 하지만, 대부분 하수들에 속하는 녹림도들이었기 때문에 문인들의 실력을 크게 고려하지 않았습니다. 두 번째는 그들에게 우리의 힘을 과시하고 싶었던 것입니다. 현원세가라는 명성에 걸맞은 당당한 모습을 보여주고 싶었는데, 철혈검문은 저희들에게 전혀 위축이 들지 않았습니다. 하다못해 구파일방이나 오대세가라 하더라도 저희들이 검을 뽑아 들면 위축되기 마련인데, 어찌 된 일인지 신생 문파답지 않게 일당백(一當百)의 사기를 지니고 있었습니다."

"일당백이라……."

"그렇습니다, 총관. 대부분 낭인들이거나 삼류무사들이었던 것으로 들어 알고 있는데, 그들이 겨우 일 년 만에 본 가와 대등한 실력을 지닐 수 있다고 누가 생각했겠습니까."

답 부전주는 범 부총관의 이야기를 듣고 있다가 불쑥 앞으로 나서며 부총관의 말을 이었다. 말을 하는 스스로도 어이가 없었는지, 아니면 그렇게 생각하고 있던 곳에 패한 부끄러움에서 그런지 얼굴이 붉게 달아올라 있었다.

"답 부전주는 조용히 하게. 아직 부총관의 이야기가 끝나지 않았네."

"알겠습니다, 총관."

'괜히 끼어들었나 보네.'

조금이나마 부총관을 도와주고자 했던 답 부전주는 곽 총관의 싸늘한 표정에 고개를 숙이며 자신이 있던 자리로 물러났다. 얼마나 냉혹한 표정을 지었는지, 세가 내에서 담력으론 최고라 자부하던 답 부전주의 간담이 콩알만해졌을 정도였다.

"계속하게."

"예. 그리고 가장 큰 실수를 한 것은, 지금의 철혈검문을 만든 철혈당이란 존재를 전혀 신경도 쓰지 않았고 알지도 못했다는 것입니다."

"철혈당?"

"예, 모두 이십대 중반으로 보였으나 철혈당의 한 명 한 명은 절정의 고수들이었습니다. 특히 저를 상대했던 무인과 답 부전주를 상대했던 두 명은 우리의 상상을 훨씬 뛰어넘고 있었습니다."

"그렇다면 그들의 실력이 장로들과 자웅을 겨룰 수 있을 정도란 말인가?"

곽 총관은 범 부총관의 설명을 들으면서 깜짝 놀랐다.

열두 명의 장로.

장로원을 구성하고 있으면서 세가의 중대사나 핵심 사항과 같은 일이 발생했을 때 가주와 함께 모든 일을 결정하는 중추적인 인물들이었다. 뿐만 아니라 열두 명 모두 초절정고수들로서 세가의 든든한 후원자 역할을 하고 있었다. 무림인들에 의해 억지로 봉문을 선언한 후 지금까지 세가가 버틸 수 있었던 것은 바로 장로들이 꿋꿋하게 자신의 몫을 다해주고 있었기 때문이다. 한마디로 장로들은 세가의 버팀목이라 할 수 있었다.

그런데 그런 장로들과 겨루어도 손색이 없을 정도의 고수들이 철혈검문과 같은 곳에 몇 명이나 있다는 사실은 놀라운 일이 아닐 수 없었다. 또한 아직도 문주에 관한 사항은 정확히 확인되지도 않은 상태였기에 범 부총관의 이야기를 들으면서 곽 총관의 이마에 주름이 자리하기 시작했다.

"솔직히 말씀드리자면, 저를 상대했던 고수는 장로들이 아니라 세 분의 원로들께서 상대하셔야만 할 정도라 생각됩니다. 당시 저를 상대함에 있어서 보였던 여유로움은 잊을 수가 없습니다."

"허, 이거 참……."

'그렇다면 살아 돌아온 것이 저들에겐 행운이었단 말인가? 실로 놀라운 일이 아닌가. 무림에 새로운 신성(新星)이 나타났음인가?'

곽 총관은 범 부총관의 이야기가 끝나자 어이가 없다는 표정을 지으면서 자신의 앞에 서 있는 세 명의 얼굴을 천천히 살펴보았다. 모두들 범 부총관의 말에 공감하고 있는지 그들의 얼굴엔 추호의 흐트러짐도 찾아볼 수 없었다.

"좋다. 이제 어느 정도 사태의 심각성을 알게 되었으니 그만 물러가 자성하고 있도록 하게. 이번 일에 대한 사항은 장로원에서 모종의 결정이 있을 것이네. 그러니 추후라도 부당하단 생각이 들어도 겸허하게 받아들이도록 하게."

"알겠습니다, 총관."

"그렇게 하겠습니다……."

"무슨 말이 더 필요하겠습니까. 어차피 우리가 잘못을 한 일이니 겸허하게 받아들여야지요. 어떤 결정이 나든 받아들이겠습니다."

"알았네. 그럼 나는 바로 장로원으로 갈 것이니 그만 물러들 가게."

세 명이 물러간 후 곽 총관은 장로들에게 가서 어떠한 말을 할 것인지 생각을 정리했다. 비록 짧은 시간이었지만, 곽 총관은 범 부총관으로부터 중요한 사실을 알게 되었기 때문이다. 어쩌면 앞으로 무슨 일을 시행할 때 가장 신경을 써야 할 곳이 생겨났으므로…….

장로원.

현원세가의 수많은 전각들이 들어서 있는 곳 중 가운데보다 약간 뒤쪽 중간에 자리잡고 있었다. 그렇기에 가주가 머무르는 태성전(太聖殿)과 조사전(祖師殿)을 제외하고는 협두봉과 가장 가까운 곳에 위치해 있어 아침만 되면 상시 자욱한 안개가 짙게 깔렸다.

웬만큼 세가 내에 다급한 일이 벌어지거나 중대한 사건이 일어나지 않으면 사시(巳時)도 되지 않은 시각에 장로원에서 회의가 진행되는 일이 없었다. 그러나 오늘은 세가의 장로들이 심각한 표정을 지으며 장로원으로 모여들고 있었다. 그중에는 가주인 천룡검(天龍劍) 현원승(玄遠乘)도 포함되어 있었다.

장로원은 가주와 장로 및 세 명의 원로가 의자에 착석을 하고 엄숙한 분위기가 사방을 가득 메우자, 누구 하나 쉽게 말문을 여는 사람이 없었다.

"총관, 이번 회의는 장로원에서 주최한 것이 아니니 총관이 회의를 이끌도록 하라."

"알겠습니다, 가주님."

곽 총관은 가주의 명을 받은 후 장로원에 앉아 있는 사람들의 시선을 한 몸에 받으며 중앙으로 천천히 걸음을 옮겼다.

"총관 곽성율(郭星燏)입니다. 한창 바쁘신 가운데 이렇게 자리를 할 수밖에 없는 일이 발생하게 되어서 죄송할 따름입니다."

"흐음, 서론은 되었으니 어서 본론이나 말하라. 우리 모두 대략적인 내용은 들어서 알고 있다."

"그렇게 하겠습니다. 이번 회의에서 논의가 이루어져야 할 사안은 모두 두 가지입니다. 하나는 이미 직접적이든 간접적이든 들어 아실 것이고, 나머지 하나는 본국에서 온 장계(狀啓)의 내용에 관한 사항입니다."

"장계?"

"총관, 무슨 장계를 말하는 것인가?"

"가주, 본국에서 장계가 온 것을 알고 계셨습니까?"

원로들과 장로들은 곽 총관의 설명을 듣다가 자신들의 생각했던 것뿐만 아니라 한 가지 사안이 더 추가되자 의문스러운 눈으로 가주와 곽 총관을 번갈아 바라보았다.

"그렇습니다. 이곳에 들기 전에 곽 총관으로부터 소식을 접했습니다. 장계의 내용을 살펴본 바, 혼자서 결정할 수 없는 사안이라 이 참에 함께 논의를 했으면 해서 장계에 대해 이야기를 하도록 했습니다."

"음, 그렇구려. 알겠습니다. 어떤 내용인지 들어나 봅시다."

"곽 총관, 어서 계속하게."

"예. 한 가지씩 풀어 나가는 것이 좋을 것 같기에 우선은 이번 철혈 검문과 있었던 사안에 대해 설명을 드리고자 합니다."

"크흠! 그것은 설명할 가치도 없네. 생전 처음 들어보는 곳과 결전을 벌여 패하고 돌아온 것만으로도 부족해서 무슨 말을 더 할 것이 남아 있다는 말인가!"

"그렇네. 당장에 이번 사태와 관련된 사람들을 직위 해제시키고 자성토록 하게!"

"그렇지. 그렇게 하는 것이 현명하겠구먼."

"암, 그렇지요."

곽 총관이 철혈검문에 관한 사항을 꺼내자마자 원로원의 원주인 천원검(天元劍) 현원상엽(玄遠翔燁)을 비롯해서 장로원의 원주 기천검(欺天劍) 현원대호(玄遠大豪)가 얼굴을 붉히며 언성을 높이자, 주위에서 듣고 있던 다른 원로들과 장로들도 함께 목소리를 높였다.

"무엇을 하고 서 있는가! 그것은 더 이상 듣고 싶지 않으니 본국에서 왔다는 장계에 대해서 설명해 보게."

"원주님, 소인이 알아본 바에 따르면 사안이 이렇게 그냥 넘겨 버릴 정도로 하찮지 않습니다. 그렇기 때문에 소인이 이렇게 자리를 청한 것이 아니겠습니까. 그러니 조금만 고정을 하시고 소인의 이야기를 들어주십시오."

"흐음, 알았네. 총관이 무슨 일로 그런 생각을 하게 되었는지 모르지만, 어찌 되었든 중요하다니 어서 이야기해 보게."

"험, 허엄……."

"……."

"감사합니다, 원주님. 그럼 말씀드리겠습니다. 우선 이번의 사태가 왜 벌어졌는지 잘 아실 것입니다. 그렇기에 무슨 일이 있어도 천추옹이 다른 곳과 접촉을 하지 못하도록 막아야만 했습니다. 그러나 그 일은 철혈검문의 개입으로 실패를 하게 되었고, 본 가는 강호의 웃음거리가 되고 말았습니다."

"크으흐흠……!"

"허어엄……!"

"그러나 소인은 아무리 생각해 보아도 철혈검문에 패할 정도로 허약한 문인들을 보내지 않았습니다. 소인이 그 일을 맡긴 사람들이 바로 부총관 범친두와 천승뇌검전 부전주 답천훈이었기 때문입니다. 하지만 그들은 소인의 생각과는 달리 천추옹의 행방도 놓쳤을 뿐만 아니라 큰 피해를 입고 간신히 퇴각할 수 있었습니다. 그래서 소인은 조금 전 세 사람을 불러서 당시의 상황을 세세하게 설명하도록 했고 그들의 설명을 들은 후에야 왜 그들이 패할 수밖에 없었는지 알 수 있었습니다."

"패할 수밖에 없었다? 총관, 그것이 무슨 말인가?"

언제나 회의가 진행될 때마다 거의 입을 열지 않았던 현원 가주가 회의 초반에 말문을 열었다. 이러한 일이 거의 없었던 관계로, 장로원에 앉아 있던 모든 사람들의 시선이 순식간에 가주에게 집중되었다.

곽 총관도 미처 가주가 질문할 줄은 모르고 있다가 질문을 받자, 순간적이지만 아무런 말을 할 수가 없었다.

"옛? 예, 가주님. 철혈검문에 본 가가 알지 못하는 고수들이 상당 수 있었던 것 같습니다. 그들 중 몇 명은 장로님들과 손속을 거루어도 될 정도의 고수들도 있는 것 같으며, 두 명에서 세 명 정도는 원로님들과 검을 겨룰 수 있는 수준인 것 같습니다."

"뭐, 뭐라? 그것이 정말인가?"

"지금 뭐라 했는가! 누구들과 겨루어?"

"예. 차마 입에 담기 민망하지만, 상황을 살펴보니 소인의 추측이 맞다는 것을 확인할 수 있었습니다."

"곽 총관, 너무 허황된 추측이 아닌가?"

"그렇네. 철혈검문에 어떻게 그런 고수들이 있을 수 있겠는가? 더구나 그것도 몇 명이나 말이네. 그런 일은 도저히 있을 수 없는 일이네."

"그렇지. 수백 년의 역사를 지닌 구파일방과 오대세가에서 그렇다면 어느 정도 인정할 수 있겠지만, 개파한 지 몇 년밖에 안 되는 문파에서 우리를 상대할 수 있는 고수들이 즐비하다니. 그것이 있을 수 있는 일이라고 생각하는가?"

"암, 그렇지."

"하지만 확인했다고 하지 않습니까."

"확인은 무슨!"

원로들과 장로들은 곽 총관의 마지막 말에 서로의 얼굴을 바라보면서 도저히 있을 수 없는 일이라며 고개를 흔들었다. 어느 특정한 한 사람만 곽 총관의 의견에 반대를 하는 것이 아니라 장로원에 있는 모든 사람들이 한결같이 반대 의견을 표한 것이다.

곽 총관은 장로원에 들어서기 전부터 이와 같은 상황이 벌어질 것이란 것을 알고 있었기에 담담한 표정으로 소란스러움이 진정될 때까지 기다렸다. 소란스러운 상황에서 말을 이어가 봤자 소용이 없다는 것을 잘 알고 있었기 때문이다.

"모두들 조용히 해주시길 바랍니다. 아직 총관의 이야기가 끝난 것이 아니니 좀 더 들어보지요."

"알겠습니다."

"그렇게 하지요. 총관, 계속하게."

"예, 우선 제가 확인한 것은 범 부총관의 설명을 기초로 한 것입니다. 본 가가 무한에서 철혈검문에 패했다는 소식을 접한 후 소인은 나름대로 철혈검문에 관한 사항을 검토하기 시작했습니다. 그러나 워낙에 알려진 것이 없었기에 추측만 할 수 있었을 뿐입니다. 그러다가 오늘 범 부총관으로부터 철혈검문의 주축이라 할 수 있는 곳이 바로 철혈당이란 말을 들었습니다."

"철혈당?"

"그렇습니다. 부총관의 설명에 의하면 철혈당은 소수의 인원으로 구성된 것 같습니다. 그러나 그들 한 명 한 명이 모두 절정의 고수들로 이루어졌다고 합니다. 오죽하면 이번에 있었던 무한혈투에서 본 가의 문인들 중 대부분이 그들의 손에 희생되었겠습니까. 그리고 그들 중 십여 명은 범 부총관이나 답 부전주와 겨루어도 승리를 장담하지 못할 정도였다고 했습니다."

"허, 어찌 그런 일이······!"

"흐음······."

"하지만 문제는 그런 것이 아닙니다. 철혈당의 핵심 몇 명의 실력은 소인의 상상을 뛰어넘고 있습니다. 소인이 알아본 바로는······."

점입가경(漸入佳境).

장로들은 곽 총관의 설명이 계속될수록 놀라운 사실에 입을 다물 수가 없을 정도였다. 가히 천하제일검가라 자부심을 가지고 있던 현원세가에 충분히 대응할 수 있는 신성이 강호에 모습을 드러낸 것이기 때문이다.

"그렇다면 세가에 위협을 줄 수 있는 큰 적이 등장했다는 말인가?"

"아마도 그렇게 보심이 타당할 것 같습니다. 그렇기 때문에 철혈검문에 대해서 아무런 대비도 없었던 이번의 일은 백이면 백 패할 수밖에 없었던 일이었습니다."

"휴~ 정말 갈수록 태산이로세. 설상가상(雪上加霜)이 아닌가. 어렵게 성사된 마교와의 관계도 세상에 알려졌으니, 우리의 활동을 묵묵히 지켜보기만 하던 무림맹과 패혈맹이 이번에 가만히 있지 않을 것은 뻔한 일이거늘. 허헛……."

"어찌하겠습니까. 그 모두가 본 가의 실수로 일어난 일이니 감수를 해야겠지요. 여하튼 일이 그렇게 되었다고 하니 이번 일에 관해서는 더 이상 왈가왈부(日可日否)할 것도 없을 것 같습니다. 우리들 중 누군가가 갔었어도 승리를 장담하지 못했을 테니까요."

"총관의 이야기를 들어보니 그럴 수도 있겠다는 생각이 듭니다. 저도 그들에게 더 이상 추궁을 하기보다는 앞으로 더욱더 세가를 위해 힘쓰도록 하는 것이 좋을 것 같습니다."

"어떻습니까, 가주. 장로들의 의견이 이와 같다면 저희 원로들도 이에 따르도록 하겠습니다."

"알겠습니다. 그럼 이번의 일은 여러 원로님들과 장로님들께서 말씀하신 대로 따르도록 하겠습니다. 그러나 이번에 가장 큰 타격을 입은 기랑추월단은 천승뇌검전으로 편입시키도록 하겠습니다. 아무래도 그들 혼자서는 더 이상 아무런 일도 할 수 없다는 판단이 들었기 때문입니다."

"가주님, 그것은 너무……."

"인원수를 늘려주던가 하는 조정 작업이 어떨지……."

"그렇습니다. 아무래도 그렇게 하는 편이……."

장로들은 개별적으로 활동하던 기랑추월단이 천승뇌검전 산하(傘下)로 속하게 된다는 말에 약간의 우려를 드러냈다. 그러나 두 곳 모두 이번 무한혈투에서 적지 않은 타격을 받았고, 그렇기 때문에 전력을 보충할 필요가 있다는 것에는 공감했다. 하지만 어찌 보면 일종의 경고성이 짙은 조정이란 생각도 들었기에 가주의 결정에 장로들이 한마디씩 던지면서도 크게 반대를 하지 않았다.

"이 상황에서 다른 것은 결코 그들과 본 가에 도움이 되지 않을 것 같습니다. 그러니 이번 결정에 따라주시기 바랍니다."

"홈, 가주께서 정 그렇게 생각을 정리하셨다면 따라야지요."

"알겠습니다. 그럼 그렇게 하겠습니다."

"가주, 그렇다면 지금의 단주는 어떻게 하시겠습니까?"

"천승뇌검전의 당주로 있으면서 기존의 수하들을 통솔하도록 할 생각입니다. 또한 이것이 천승뇌검전이나 기랑추월단의 허물어진 사기를 진작시킬 수 있는 계기가 되었으면 합니다. 그러니 여러분들은 문인들에게 더 이상 패배는 용납할 수 없다는 것을 각인시켜 주시기 바랍니다."

"휴~ 그렇게 하겠습니다."

"험, 여하튼 무한의 일은 이것으로 마무리 짓도록 하고, 총관은 어서

두 번째 사안에 대해서 설명하도록 하게."

"알겠습니다. 두 번째로는 아까도 말씀드렸듯이 본국에서 온 장계의 내용입니다. 거두절미하고, 장계의 요점만 말씀드리겠습니다."

곽 총관은 첫 안건이 그럭저럭 무사히 넘어가자 향후 곽 단주의 거취 여부로 긴장했던 마음이 한결 가벼워지는 것을 느꼈다. 그에 편안한 마음으로 두 번째 안건으로 넘어갈 수 있었다.

"그렇게 하도록 하게."

"감사합니다, 가주님. 장계의 내용을 살펴본 바에 따라 핵심적인 요점을 우선 말씀드리자면, 본국에서는 이번 오월경에 그동안 준비하던 남하(南下)를 단행할 생각인 것 같습니다."

"남하?"

"정말인가, 총관?"

"정말로 본국에서 남하를 단행한다고?"

"허, 드디어 때가 왔다는 말인가! 실로 적절한 시기라 할 수 있구면."

"그래, 총관은 계속해 보게. 본국이 남하를 하는데 우리에게 무엇을 요구하였는가?"

"예, 다름이 아니라… 본국에서는 오월에 남하를 시작할 경우, 그와 때를 맞춰 본 가에서 만리장성을 수비하고 있는 전군도독부를 배후에서 공격해 주었으면 하고 있습니다. 전군도독부는 오군도독부 중에서 가장 용맹한 병사들로 구성된 군부입니다. 아마도 본국에서는 아무리 병사들이 무공을 익혔다고 해도 쉽게 만리장성을 넘지 못할 것을 우려하고 있는 것 같습니다."

"흐으음, 그렇겠구먼."

"그래도 그렇지, 어떻게 우리보고 전군도독부의 배후를 치라는 요청을 할 수 있는지……."

"크으흠……."

원로들과 장로들은 본국이 남하한다는 말에 흥분을 감추지 못했다.

격동.

하지만 엄청난 피해가 예상되는 전투인지라 그들의 가슴속엔 흥분과 함께 부담감도 자리하고 있었다.

"총관, 만약 본 가가 전군도독부를 공격할 경우 다른 도독부에서 지원할 것인데, 그렇게 되면 본 가가 막대한 피해를 입지 않겠는가?"

"그렇지. 그것도 그렇지만 마교와의 일로 인해 무림맹과 패혈맹에서 공격해 올 가능성도 배제해서는 안 될 것이네."

"좋은 말씀이십니다. 소인도 그와 같은 일이 벌어지는 것을 예상했습니다. 또한 강호에 그러한 기류가 진행되고 있는 것도 포착되었습니다."

"역시……."

"흐음……."

장로들은 곽 총관의 설명을 들으면서 나름대로 짐작하고 있던 것이 현실로 드러나자 침통함을 감출 수가 없었다. 그와 더불어 아쉬움이 배가되었다.

"하지만 그에 대한 대처 방안이 없는 것도 아닙니다."

"응? 정말인가?"

"무슨 방법으로……?"

"지금의 상황으로 보아서는 무림맹과 패혈맹이 암중으로 밀약이 성사된 것 같습니다. 그렇지 않고서는 서로 분쟁을 벌이던 곳이 잠잠해질 이유가 없기 때문입니다."

"아마도 그렇겠지."

"하지만 소인이 생각해 볼 때 그들이 공격이 있다고 해도 두 곳에서 함께 공조하지는 않을 것 같습니다. 바로 서쪽에서 동진의 기회를 엿보고 있는 마교 때문입니다. 그러니 아마도 본 가를 공격할 곳은 무림맹일 것입니다. 패혈맹은 그동안 마교를 견제할 것이고요."

"그러나 아무리 무림맹 한곳만 공격한다고 해도 본 가에서는 큰 타격이 될 것이네. 그런데 무슨 수로 그들의 공격을 막고 전군도독부를 공격하겠는가?"

"그렇네. 뜸 들이지 말고 어서 대답해 보게."

"마교입니다."

"마교?"

"그렇습니다. 마교를 이용하는 것입니다. 마교에서 무림맹이 본 가를 공격할 시기에 맞추어 동진을 시작하도록 해야 합니다. 그렇게 되면 저희로서는 원하는 두 가지 모두를 취할 수 있게 될 것입니다."

"마교라……."

"그렇겠구먼. 마교가 동진을 하면 훨씬 수월하겠군."

"허허, 역시……."

곽 총관의 설명을 듣고 있던 원로들과 장로들은 크게 고개를 끄덕이면서 좋은 생각이라며 호응했다. 자신들이 생각하기에도 충분히 일리가 있는 말이었기 때문이다.

"그러나 마교가 쉽게 우리의 뜻에 동조를 하겠는가?"

"그렇지. 쉽지 않은 일일 텐데……."

"아닙니다. 그들도 기회를 기다리고 있었기 때문에 분명히 동조할 것입니다."

"동조를 한다?"

"확신하는가?"

"예, 그동안 마교가 동진을 멈춘 것도 그렇지만 지금까지 동진을 할 수 없었던 것은 무림맹과 패혈맹이 버티고 있었기 때문입니다. 비록 현재 두 곳이 서로 대치 상황을 형성하고 있지만, 만약 마교가 동진을 감행할 경우 자연스럽게 공조를 할 것이기에 결정을 내리지 못하고 있었던 것입니다. 그런데 만약 그 두 곳 중 한 곳을 본 가가 상대하고 다른 곳만을 견제한다면 상황은 달라지게 될 겁니다. 아무리 패혈맹이 강하다고 해도 홀로 마교를 상대할 수는 없기 때문입니다. 당연히 마교는 이번 기회에 두 곳 중 한 곳을 멸문시키려고 총력을 기울이게 될 것입니다."

"하하, 그렇구먼. 그렇게 되겠어."

"좋네. 나는 이번 일에 전적으로 찬성하네."

"좋습니다. 그럼… 총관이 마교를 끌어들이는 작업에 차질이 없도록 해주게. 그리고 계속해서 본국과 서신이 끊어지지 않도록 하면서 정세를 면밀히 살피도록 하게. 알겠는가!"

"그렇게 하겠습니다, 가주님."

무림사(武林史)에 영원히 기억될 피의 계절이 조금씩 다가오고 있었다. 무림뿐만 아니라 황궁을 비롯해서 아무것도 모르고 있는 백성들에 이르기까지, 겨울이 지나고 새싹이 돋는 올해의 봄은 피의 세월로 기억될 것이다. 가히 수십만의 목숨이 대지에 뿌려질 것이므로……

제
6
장

정로대장군(征虜大將軍)

제6장 **정로대장군(征虜大將軍)**

　용(龍)은 전설상의 동물이다. 그렇기 때문에 사람들은 용을 떠올림에 있어서 더욱더 불가사의한 힘을 갖고 있다고 생각하며, 비늘이 있는 동물로서는 가장 으뜸이라는 데 이견이 없을 정도였다. 그 대표적인 것이 중원에선 오랜 옛날부터 용을 네 가지의 신령한 동물이라는 사령(四靈) 중의 하나로 일컬어왔다.

　그러나 한비자(韓非子)는 역린(逆鱗)이란 말을 세난편(說難扁)에 기술하였는데, 황제와 같이 절대적인 권위를 지닌 사람을 지칭하지만 크게 볼 때는 어느 한 곳의 세력을 말할 때 떠올리는 말이기드 했다.

　"어찌 맹주께선 철혈검문을 한비자의 역린에 비유하는 것입니까? 아무리 철혈검문이 패혈맹과 현원세가와의 접전에서 승리를 취했다고 해도, 그것은 엄연히 그들의 주력 부대가 아니었다는 것을 세상이 다

아는데 말입니다."

"그렇습니다. 그것은 팽 가주의 말이 맞습니다."

"두 분께서 무슨 말씀을 하시는지 잘 알겠습니다. 그러나 철혈검문이 무한에 자리잡으면서 간접적으로나마 강호의 정세에 큰 영향을 준 것만은 인정하지 않을 수 없습니다. 그렇지 않습니까?"

"그, 그것은……."

"크으흠, 그것은 맹주의 말씀이 옳기는 합니다. 하지만 무림맹의 장로원을 새롭게 개편한다는 것도 그렇고, 지금까지 자신들의 거취를 정확히 하지 않고 있는 철혈검문에 막중한 권위를 준다는 것은 도저히 용납할 수가 없습니다. 어찌 우리가 그들과 한자리에 앉아 막중한 대사(大事)를 논한단 말입니까! 그것은 도저히 있을 수 없는 일입니다."

"그렇네, 나도 청 장문인의 의견에 동감하네."

무림맹의 모든 대소사가 논의되고 결정되어지는 정무전(正武殿).

현원세가가 마교와 서로 동맹 관계를 맺었다는 것을 확인하게 된 후 위기의식을 느낀 무림맹과 패혈맹이 두 세력을 몰아낼 때까지 암묵적으로 분쟁을 자제하자는 협약을 맺게 되었다. 또한 마교와 현원세가가 두 곳 중 한 곳에 예리한 예봉을 들이댈 경우 지원을 약속한다는 조약이 체결되었다.

하지만 무림맹과 패혈맹은 스스로 지킬 수 있는 방안을 모색해야만 했다. 아무리 서로 어쩔 수 없이 맹약(盟約)을 맺게 되었지만, 그것은 어디까지나 한시적인 방안일 뿐 영원한 동맹 관계를 말하는 것은 아니었기 때문이다.

상황이 이렇게 되자 제갈 맹주는 현재 장로원의 구성을 구파일방과 오대세가의 영수들로 이루어진 것을 확대할 필요성이 있다는 판단을 내렸다. 바로 무림맹에 막대한 자금을 대주고 있는 여명산장과 만금산 장, 그리고 하북성(河北省)에 자리잡은 장백검파(長白劍派)와 무한의 철혈검문이 제갈 맹주가 생각하는 범주에 올라 있는 것이다.

　하지만 이들 외에도 몇 개의 문파가 더 있었는데, 바로 하북성에서 오랜 세월이 흐르는 동안 명성을 유지하고 있는 진주언가(晋州彦家)와 석가장(石家莊), 그리고 호북성(湖北省) 광화(光化)에 있는 도씨검가(桃氏劍家)와 절강성(浙江省)에 있는 보타문(普陀門)과 엽씨검문(葉氏劍門) 이었다.

　하지만 현재 제갈 맹주가 추진하는 일에 불만을 토하는 영수들의 생각에 있어서 일차적으로 가장 걸림돌이 되고 있는 곳은 바로 철혈검문 이었다. 비록 철혈검문의 활약상이 어떠하다는 것을 익히 들어 알고 있었지만, 무엇보다 개방의 총타(總舵)가 있었던 무한을 근거지로 성장 했다는 것이 큰 부작용으로 표출되고 있었던 것이다. 더구나 물망에 오른 다른 곳들과는 달리 아직 철혈검문은 자신들의 노선을 명백하게 세상에 밝히지 않고 있었기에 다른 장로들이 꺼리고 있었다.

　아무리 철혈검문이 패혈맹과 접전을 벌여 흑도와는 거리감을 가지게 되었고 또한 이번에 현원세가와도 혈전을 벌였기에 마교와도 등을 돌린 상태라 할 수 있었지만, 이미 오래전에 호열과 대면한 일이 있었던 장로들은 호열이 중간적인 노선을 걸을 거란 것이 지배적인 생각이 다. 그렇기에 한시적인 동맹 관계를 유지하는 것은 어렵지 않으나, 무림맹의 일원뿐만 아니라 장로원에 들 수 있는 권한을 부여한다는 것은 반대를 하고 있었던 것이다.

당연히 철혈검문을 반대하는 주도적인 역할을 하고 있는 곳은 개방의 방주 용두호개(龍頭號丐) 궁여상(穹濾霜)이었다.

"궁 방주께선 아직도 철혈검문에 남아 있는 미련이 있나 봅니다. 아미타불……."

"커흠! 담 방장은 이상한 말을 다하는구먼. 내가 철혈검문에 무슨 미련이 남아 있다고 그러는가. 나는 다만 그 철혈검황(鐵血劍皇)이라고 하는 거창하기 그지없는 별호를 쓰는 자와 얼굴을 대면하는 것 자체가 부담스러워서 그러네. 어디 낯이 뜨거워서 그런 사람과 얼굴을 마주볼 수 있겠는가."

"하하, 궁 방주님께서 이번엔 정말 옳은 말씀을 하셨습니다. 어찌 별호에 황(皇)이란 글자를 붙일 생각을 했는지 원……."

"그렇지? 정말 남세스러운 일이 아니겠는가!"

궁 방주는 자신의 말에 맞장구쳐 주는 팽 가주를 향해 연신 고개를 끄덕이며 주변을 둘러보았다. 자신의 의견에 반박할 수 있는 사람 있으면 어서 말해 보라는 표정이 역력했다.

"크흠, 그러나 궁 방주께선 큰 것은 보지 못하시는 것 같습니다. 아무리 개인적으로 좋지 않은 감정을 가지고 있다 할지라도 현재는 무림의 장래를 살펴야 할 때인 것 같습니다. 그렇기에 맹주께서도 크게 결심하고서 이렇게 논의를 해보고자 우리를 부른 것이 아니겠습니까."

"그것은 오 장문인의 말씀이 맞는 것 같습니다. 또한 이 참에 위축되어진 무림맹의 세력도 확장할 겸 해서 모든 것을 확실하게 해둘 필요성도 있을 것입니다. 저는 개인적으로 맹주께서 내놓으신 안건에 대해 찬성을 합니다."

"허허, 저도 현청(玄淸) 장문인에 찬성을 합니다."

"오 장문인, 그리고 현청 장문인과 현천(玄天) 장문인의 말씀에 감사합니다. 그럼 여러 장문인들과 가주들께서 각자의 의견이 있을 것인즉, 아무래도 모든 것을 빠르고 신속하게 처리하기 위해서는 다수의 의견을 듣는 것이 옳을 듯합니다. 그러니 추후 결정된 사항에 대해 불만을 가지고 계시더라도, 그것은 개인적인 사항으로 접어두시고 대의를 위해 한발 양보해 주셨으면 합니다. 현재 우리들 앞에 놓여 있는 것은 거대한 태산보다 더 험난하기 그지없습니다. 태산은 어떻게 하든지 넘을 수 있다는 생각이 들지만, 지금의 상황은 그런 기대마저 가질 수 없는 현실이 아닙니까. 그러니 무림의 미래를 위해서 많은 분들이 대의를 선택해 주셨으면 합니다."

제갈 맹주는 자신의 의견을 지지해 준 세 명의 장문인을 향해 고마움을 표시한 후, 원탁에 앉아 있는 여러 영수들의 얼굴을 쭉 둘러보며 자신의 생각과 의지를 정확하게 설명했다. 더 이상 물러설 곳이 없다는 강한 긴박감을 심어주지 않고서는 회의를 진행할 수 없다는 것을 잘 알고 있었기 때문이다.

"큼… 맹주가 무슨 말을 하는지 잘 알았네. 그럼 어서 시작해 보게."

"알겠습니다, 궁 방주님. 그럼 이제 제가 내놓은 안건에 대해서 여러 분들이 결정을 내려주시길 바랍니다. 우선 찬성하시는 분은 저를 비롯해서 다른 분들도 모두 볼 수 있도록 손을 높이 올려주시길 바랍니다."

제갈 맹주의 말이 끝나자 그동안 제갈 맹주의 의견을 밀어주었던 곤

륜파의 오영(悟瀛) 장문인과 종남파의 현청 장문인, 그리고 점창파의 현천 장문인이 가장 먼저 손을 높이 쳐들었다. 또한 그 모습을 지켜보던 화산파의 매화검선(梅花劍仙) 호영검(弧榮劍) 장문인과 아미파의 아미화수(峨嵋化手) 혜요(惠了) 장문인, 그리고 그동안 조용히 자리를 지키고 있던 남궁세가의 가주 제왕검(帝王劍) 남궁무연(南宮武鍊)이 찬성의 의사를 표했으며, 소림사의 현불(賢佛) 담현(曇玄) 방장과 무당파의 진용검선(眞龍劍仙) 연정(緣正) 장문인이 웃으며 마지막으로 손을 들어 올렸다.

제갈 맹주는 남궁무연이 손을 치켜들 줄은 미처 몰랐지만, 다른 사람들이 동조를 하고 있다는 것은 이미 어느 정도 예상하고 있었기에 찬성 쪽으로 나온 결과에 고개를 끄덕여 보였다. 이미 결과는 나온 것이나 다름없었다. 제갈 맹주를 포함해서 찬성하는 사람이 모두 아홉 명에 이르렀기 때문이다.

"흐으음……."

"험, 음……."

하북팽가의 가주 팽덕호(彭惠鳳)와 황보세가의 가주 벽력신권(霹靂神拳) 황보천(皇甫天)은 자신들의 의견을 지지해 줄 남궁무연이 찬성한다는 쪽에 손을 높이 치켜들자 의외라는 반응과 함께 난감한 기색을 띠었다. 상황이 어찌 되었든 현재 오대세가의 의견을 조율하는 역할을 하고 있는 사람이 남궁무연이었기 때문이다.

제갈 맹주는 오대세가 가주들의 표정을 한차례 살핀 후 천천히 자리에서 일어서며 좌중을 둘러보았다.

"저와 여러분들 모두 보셨겠지만, 이번에 손을 드신 분은 아홉 분입니다. 이렇게 되면 반대를 하시는 여섯 분께는 찬성 쪽으로 결과가 나왔다는 것을 아시리라 봅니다. 이로써 새롭게 장로원을 개편하는 일에 대한 것이 결정되었다고 보고, 또한 이번에 장로원에 받아들일 곳으로 여명산장과 만금산장, 그리고 장백검파와 철혈검문의 영수들이 우선적으로 장로원의 일원으로 받아들여지게 되었습니다."

"크으흠……."

"흠……."

궁 방주와 팽 가주를 비롯한 다른 네 명의 영수는 제갈 맹주의 말에 자신들의 의견이 반영되지 않은 불편한 마음을 헛기침으로 다스려야만 했다. 지금으로서는 더 이상 다른 말을 해봐야 자신들에게 도움이 되지 않을 것이란 것을 잘 알고 있었기 때문이다.

"잘되었습니다. 비록 이곳에 계신 몇몇 분들께선 불편한 심기를 지니고 계실지 모르지만, 현재 무림맹이 그들의 도움을 받고 있는 것만큼은 분명한 사실이고 이곳에 계신 분들도 그것을 부정할 수는 없으실 것입니다. 아무쪼록 이 일로 인해 좋은 관계가 계속 이어졌으면 합니다. 원시천존(元始天尊)."

"험, 오영 장문인께서 하신 말씀이 맞기는 합니다. 저도 맹주께서 내놓으신 안건에 대해 좋게 생각하고 있고, 그렇기에 동의를 했습니다. 그러나……."

"그러나?"

"……?"

현검선생(玄劍先生) 제갈현(諸葛賢)은 자신을 제외한 오대세가의 실질적인 대표라 할 수 있는 남궁무연이 입을 열자 신중한 얼굴로 주시했다. 비록 지금은 찬성을 했지만, 그것이 어떤 의도를 가지고 한 행동인지 짐작이 가지 않고 있었기 때문이다.

또한 이러한 생각은 원탁에 앉아 있는 모든 영수들도 마찬가지였다. 다만 담현 방장과 연정 장문인만이 조용히 눈을 감고 있을 뿐이었다.

"하하, 이런… 별다른 뜻은 없습니다. 그러나 맹주께서 내놓으신 안건에 대한 제 의견을 여러분들께 말씀드리고자 할 뿐입니다."

"예, 남궁 가주께서 말씀하시는데 세이경청(洗耳傾聽)을 해야지요. 말씀하시지요."

"하하, 알겠습니다. 흠… 우선 두 상가(商家)에 관한 것인데, 비록 두 상가가 향후 자신들의 이익을 챙기기 위한 상술에 의한 것이라 해도, 그들은 우리가 도저히 생각지도 못했던 막대한 비용을 선뜻 내주었습니다. 우리로서는 정말 큰 도움이 아닐 수 없습니다. 그렇기에 저는 두 상가가 우리와 같은 무가(武家)가 아니라 해도 충분히 장로원의 일원으로 받아들일 수 있다고 생각합니다. 또한 현원세가가 암중으로 마교와 동맹을 맺었다는 것을 잘 알고 있습니다. 또한 이것은 제 생각이지만, 그들이 예전 원나라의 후신인 타타르 국이나 오이라트 국과 연이 닿아 있지 않을까 합니다."

"응……?"

"그 무슨……?"

"혹 남궁 가주께선 그에 대한 물증이라도 있으십니까?"

"하하, 아닙니다. 다만 제 추측일 뿐입니다. 그러나 한 번쯤은 생각해 봐야 할 일이란 생각에 이렇게 얘기를 꺼낸 것입니다."

남궁무연은 자신의 말 한마디에 무림의 영수들이 한결같이 크게 놀라는 표정을 지어 보이자 급히 두 손으로 아니라는 동작을 하며 말을 이어 나갔다.

"그럼……?"

"그렇기에 저는 현재 북경에 자리잡은 장백검파가 무림댕의 한 축을 맡을 경우, 앞으로 있을 현원세가와의 전투에 큰 도움이 될 것이기에 찬성을 했던 것입니다. 하지만 무한에 있는 철혈검문의 일은 저로서도 동의를 해야 하는지에 대해 의문이 듭니다. 그러나 만약 그들이 우리가 현원세가와 접전을 벌일 경우 강남에 있는 패혈맹이나 마교의 동진을 견제해 줄 수 있다면 기꺼이 동의를 하겠습니다. 어떻습니까, 맹주. 과연 그들로부터 이 조건을 받아들이게 하실 수 있겠습니까? 아무리 우리가 패혈맹과 암약을 맺었다고는 해도, 그것은 우리에게 아무런 믿음을 주지 못합니다. 혹시 있을지 모를 최악의 상황에 대해서도 준비를 해야 하지 않나 합니다."

"그렇군요. 역시 남궁 가주께선 현 상황을 정확하게 읽고 계십니다. 하하하."

"그렇군. 팽 가주의 말처럼 나도 남궁 가주의 말에 동감이네. 어떠한가? 맹주는 남궁 가주가 내놓은 의견에 동조하는가?"

"그렇습니다. 저도 남궁 가주께서 말씀하신 의견에 동조를 합니다."

"응? 정말인가?"

궁 방주를 비롯한 모든 영수들은 제갈 맹주가 너무도 빨리 남궁 가주의 말에 고개를 끄덕이자 어이가 없었다.

"하하하. 궁 방주님, 남궁 가주의 말처럼 저도 그렇게 생각했기 때문에 이번에 철혈검문의 임 문주를 장로원의 일원으로 받아들이고자 한 것입니다. 비록 지금 우리의 생각을 전하기는 어렵겠지만, 향후 현원세가와 접전이 벌어질 경우 후방의 세력들을 견제해 줄 수 있는 곳이라 판단되었기 때문입니다."

"역시 맹주로군."

제갈 맹주의 설명을 듣고 있던 무림의 영수들은 한결같이 하나의 생각이 떠올랐다.

욕금고종(欲擒故縱).

'큰 것을 얻기 위해 작은 것을 풀어준다'는 삼십육계(三十六計)의 계책 중 하나였다.

제갈 맹주의 시원스러운 대답에 질문을 한 남궁 가주나 궁 방주 역시 만족한 얼굴로 고개를 끄덕일 수밖에 없었다. 자신들보다 한발 앞선 생각을 맹주가 하고 있다 생각하니 어지러운 강호에 한줄기 등불이 환하게 밝혀지는 듯한 착각이 들 정도였다.

"흠, 맹주께서 그런 의중을 가지고 계시다니 정말 다행입니다. 하지만 나머지 다른 곳들에 관해서는 좀 생각해 보아야 하지 않을까 합니다."

"음……."

"그렇군. 역시 다른 곳들은……."

남궁 가주의 말에 영수들은 수긍을 하는 사람도 있었고 고개를 흔드는 사람도 있었다. 하지만 일 다경이 흐르는 동안 남궁 가주의 말에 선불리 의견을 제시하는 사람은 없었다.

비록 구파일방과 오대세가에는 미치지 못하고 있었지만, 진주언가와 석가장 및 도씨검가와 보타문, 그리고 엽씨검문은 오래전부터 대대로 명성을 이어 내려오고 있는 명문대파들이었다.

하지만 진주언가는 오대세가 중 한 곳인 하북팽가와 사이가 좋지 않았으며, 석가장이나 도씨검가는 무가라 할 수 없는 곳이었다. 언제부터인가 석가장은 주변의 상가들을 흡수하기 시작하면서 무가 쪽보다는 상가로서 명성이 높았고, 도씨검가는 검을 만드는 장인 가문(匠人家門)이었다. 그나마 보타문과 엽씨검문은 오백 년 전 마교와의 치열한 혈전이 있은 후 지금까지 검후(劍后)와 검왕(劍王)의 신비가 내려져 오고 있는 곳이었다.

"여러분들의 의견이 그와 같다면 다른 곳에 관한 일은 추후 처리를 하는 것으로 하겠습니다. 하지만 아마도 보타문과 엽씨검문을 제외하고는 장로원에 받아들이는 일이 쉽지 않을 것 같군요. 하지만 아무리 그렇더라도 그들이 앞으로도 계속 무림맹의 일가(一家)로서 활동하는 데는 모두 찬성하실 줄 압니다. 그러나 그들도 여러분들과 똑같이 무림과 강호의 안녕을 위해 자신들의 안위를 무림맹에 의탁한 곳입니다. 그러니 그들에게도 일종의 보상을 주는 것이 무림맹의 영수로서도 세간에 덕을 쌓는 일이고 신용을 지킨 그들에 대한 예우가 아닐까 합니다. 그러니 비록 장로원에 받아들여지지는 않았지만, 그들에게 장로직에 준하는 대우를 해줌이 옳을 것 같습니다."

"흠… 제갈 맹주의 말을 듣고 보니 옳다는 생각이 드는구면. 알았네, 내 더 이상 이번 일에 관해서 아무런 말을 하지 않겠네."

"궁 방주께서 그리하시겠다고 하는데 저희들이 다른 의견이 있겠습니까. 그리고 제갈 맹주께서 무림을 위해 얼마나 깊은 뜻을 가지고 계신지 알았으니, 의당 그에 동조를 해야지요."

"허허, 아미타불……!"

"감사합니다. 비록 제가 이 자리에 있지만 여러분들께서 이처럼 도와주시지 않았다면 지금과 같이 정도가 하나로 단결되지는 못했을 것입니다. 다시 한 번 감사드립니다."

"허허허……."

"하하."

구파일방과 오대세가의 영수들은 제갈 맹주의 지혜와 덕에 다시 한 번 감탄을 하며 입가에 미소를 지었다. 비록 서로에 대해 약간의 반목이 있을지 몰라도, 무림의 안녕을 위한다는 마음은 같았기 때문이다.

*　　　　*　　　　*

소유욕.

무엇인가를 소유하고자 하는 인간들의 열망에는 밤과 낮이 없으며 한정도 없다. 그저 하나라도 더 많이 갖고자 하는 일념이 해일로 승화되어 출렁거리는 것처럼, 어떤 사람에게는 물건만으로 성이 차질 않아 사람과 다른 사람들의 생활 터전까지 소유하려 한다. 그러나 소유욕에 정신이 잠식되어 있는 사람은 자신의 뜻대로 일이 되지 않을 경우 최악의 상황에서는 끔찍한 비극도 불사하며 자신의 욕구를 채우려 하는 일이 종종 있다.

이러한 인간의 역사를 자세히 살펴보면 마치 유구한 세월 동안 물처럼 흘러온 모든 역사가 소유사(所有史)처럼 보인다. 보다 많은 자신의 몫을 위해 끊임없이 싸우고 또 싸워서 쟁취하고자 하는 것. 어쩌면 지금도 어느 곳에선 자신의 욕망을 위해 끊임없이 자기 반성의 시간을 보내며 꿈을 이룰 수 있는 방안을 모색하고 있을지도……

천지일월(天地日月)에 올리는 제례 가운데 성대하기로는 하늘에 대한 제사가 으뜸이었으며 그 다음에 조상에 대한 제사였으며, 천제(天祭)를 치르기 위한 제천의식(祭天儀式)은 매년 동짓날 동틀 무렵 황제의 주관 아래 성대하게 거행되었다. 특히 태양이 가장 남쪽에 이르는 남지일(南至日)이며 남중고도(南中高度)가 일 년 중 제일 낮아 밤이 가장 긴 날인 동짓날은 역(曆)의 기산점(起算點)으로 중요한 의미를 지녔을 뿐만 아니라 태양의 시작점으로 여겨졌기에 천제를 치르는 날이 되었다.

조묘(祖廟).

황제가 조상에게 제(祭)를 올리는 장소로써 황궁 내에서 조묘는 오른쪽에 위치한 사직이나 전면에 위치한 조정, 그리고 배후에 배치되는 저잣거리와 구분하기 위해 중앙 황궁의 왼쪽에 위치한다.

주관(周官)이라고 하는 사람이 편찬한 유교 경전의 하나인 주례(周禮)엔 '군자는 집을 짓되 맨 먼저 종묘를, 다음으로 외양간과 창고를, 그 뒤에 방을 짓는다' 라고 하는 구절이 있는데, 한 나라의 황제인 천자(天子)는 일곱 묘를 모시고 제후(諸侯)는 다섯 묘를 모시며, 대부(大夫)는 두 묘를 모시고 사(士)는 한 묘를 모시며 서민(庶民)은 묘를 갖지 못하고 방에서 제사(祭祀)를 지냈다.

황제가 모시는 일곱 묘란 시조(始祖)와 고조(高祖) 및 증조(曾祖), 그리고 조(祖)와 부(父) 및 먼 조상의 두 묘를 더한 것으로, 흔히 삼소삼목(三

昭三穆)이라 하며 나라의 평안과 안녕을 위해 조상들의 보살핌을 바란다는 의미에서 예(禮)를 다하는 것이다.

동틀 무렵.

겨울답지 않게 따스한 날씨는 추위로 얼어붙은 지면을 서서히 녹이고 있었으며, 또한 조금씩 모습을 보이고 있는 태양은 영락제의 황금빛 의복을 비추기 시작했다.

"황제 폐하, 주단으로 오르십시오."

"알았다."

영락제는 천제를 치름에 있어서 경건한 마음과 신성한 의지가 얼굴 가득 보이고 있었는데, 천제를 지내기에 앞서 재궁(齋宮)에 머물러 있던 영락제는 예부상서(禮部尙書) 묵형신(墨亨信)의 안내에 따라 주단으로 천천히 올랐다.

주단 앞에는 장대가 세워져 있었으며, 높이가 넉 자에 이르는 양초에 불을 밝힌 망등(望燈)이라는 큰 등롱(燈籠)이 걸려 있었다.

"연사(煙祀)로써 호천상제(昊天上帝)에 제를 올립니다……."

영락제가 주단에 올라 의복을 가다듬자, 이때를 기다렸던 예부지부사(禮部知部事) 정서진(鄭瑞瑨)이 하늘을 향해 크게 소리를 높여 외쳤다.

정 예부지부사의 외침을 들은 영락제는 조묘에 마련되어 있는 황금빛 명패(名牌)를 향해 다가간 후 정성을 다하여 삼 배(三拜)를 올렸다. 또한 이 때를 같이하여 주단 아래에 시립하고 있던 대소신료(大小臣僚) 및 군부의 핵심 장수들은 머리에 쓰고 있는 오사모(烏紗帽)가 허리 밑까지 내려올 정도로 깊숙이 숙였다.

"체(棣)! 천자로서, 그리고 한 나라의 황제로서 호천상제께 예를 올리나이다. 선부(先父)이신 태조(太祖) 홍무제(洪武帝)께서 나라의 근간을 마련하신 후 도탄에 빠진 백성들을 위해 황제의 제위에 올랐으며, 나라의 기틀을 세우고자 고심의 세월을 보냈습니다. 이제 이 나라는 만 년을 이어질 반석 위에 세워질 것입니다. 그러니 부디 호천상제께서 도탄에 허덕이는 백성들의 안녕을 위해 살펴주시기 바랍니다. 또한 후손이 조상들께 고하노니, 나라의 근간을 어지럽히고 있는 세력으로부터 백성들을 보살필 것이며, 나라 안의 모든 백성들이 화독과 화친을 할 수 있도록 할 것입니다. 이에 본 후손은 안으로 도탄에 빠진 백성들을 구제하고자 최선을 다할 것이며, 북쪽으로 도망친 원나라의 잔존 세력을 정벌하여 나라의 근간이 만년에 이르는 대계(大計)를 세울 것입니다. 그러니 여러 조상들께서는 후손의 뜻을 갸륵하게 여기시어 후손들이 대대손손 영휘(榮輝)를 이어나 갈 수 있도록 살피옵소서……!"

영락제의 용언(龍言).

영락제는 천제를 통해 자신이 하고자 하는 바를 소리 높여 고하였으며, 그 소리는 연사를 통해 하늘 높이 전해지는 듯했다. 하지만 영락제는 자신의 포부를 조상들에게 고(告)한다기보다는 마치 자기 스스로에게 다짐하듯 했다.

영락제는 근래 자신의 이상과 꿈을 실현할 때가 도래했다는 것을 직감하고 있었다. 또한 그것을 위해 지금까지 차근차근 준비를 했음은 말할 것도 없었다. 연왕이었던 시절부터 이 순간만을 기다리고 있었다고 해도 과언이 아니었던 것이다.

"여러 제후들과 신료들은 들어라!"

"예, 폐하!"

"새해가 왔다. 지금까지 여러 신료들은 과인을 위해 많은 노력을 해 왔고, 앞으로도 잘하리라 본다. 또한 과인은 그것을 믿어 의심치 않는다."

"성은이 망극하옵니다, 폐하!"

"망극하옵니다!"

"하지만 올해는 나라의 큰일을 앞두고 있다. 사월! 과인은 나라의 안위와 백성들의 안녕을 위해 북벌(北伐)을 단행할 것이다. 더 이상 원나라의 잔존 세력이 백성들을 위협하지 못하도록 할 것인 바, 그대들은 과인의 뜻을 헤아려 충실히 이행할 수 있도록 해주길 바란다. 그러니 제후들과 육부(六部) 및 오군도독부의 도독(都督)들은 이후로 과인의 의중과 주변의 정세를 각별히 살피도록 하라!"

"명심하겠습니다, 폐하!"

"명을 받들겠습니다, 폐하!"

영락제의 명이 떨어지자 주단 아래에 도열해 있던 천오백여 명의 신료가 한결같이 허리를 깊숙이 숙이며 황제에 대한 예를 올렸다.

태화전(太和殿).

열흘 전 동짓날에 있었던 천제 때 황제인 영락제가 당시 참관했었던 제후들과 문무백관(文武百官)들에게 말했던 사항에 대한 논의가 한창 벌어지고 있었다.

"장 제독께서는 폐하께서 내리신 칙령에 대해 어떻게 생각하십니까?"

"나로서도 그 일에 관해 말할 수 있는 것이 별로 없네. 다만 폐하께서 연왕으로 계셨던 당시부터 북벌을 생각하고 계셨던 것은 여러 신료들 모두 잘 알고 있을 것이네."

병부상서(兵部尙書) 섭단영(葉端獰)의 물음에 육부상서(六部尙書) 제독(提督) 장염(長廉)은 마지못해 말한다는 듯이 고개를 좌우로 흔들면서 말문을 열었다.

"그것은 잘 알고 있습니다."

"그렇습니다. 어찌 그것을 모르겠습니까."

"하지만 장 제독, 폐하께서 지니고 계신 의중을 알겠지만, 그렇다고 현 시점에서 북벌을 논한다는 것은 시기 상조가 아닌가 합니다. 현재 북경엔 천문학적인 비용이 들어가는 대공사가 한창입니다. 아직 공사가 계획했던 것의 절반도 완공되지 않았는데도 불구하고 투입된 비용은 어마어마합니다. 또한 완공을 시키자면 지금보다 더 많은 비용이 들어가야 함은 말할 것도 없을 것입니다."

"흠……."

"흐으음……."

나라의 재화(財貨)나 경제에 관한 정무를 담당하고 있는 호부상서(戶部尙書) 나상기(羅床起)가 심각한 어조로 말문을 열자, 나상기의 이야기를 듣던 대신들의 안색에 어두운 그림자가 드리워지기 시작했다.

현재 황궁에서 벌여놓은 일은 너무도 많았다. 그것들 중 가장 큰 것은 당연 북경의 황성을 구축하는 것이었으며, 다른 하나는 강남과 강북을 잇는 대운하(大運河)의 건설이었다. 하지만 이러한 일련의 일들은 십 년 이상을 생각하며 재정을 분산시키기에 재정적으로 부담이 될지

언정 무리를 하고 있단 판단을 내릴 수는 없었다.

그러나 전쟁은 상황이 달랐다. 특히 삼 년 전에 있었던 안남(安南) 원정 당시 수십만의 병사를 동원한 원정이어서 그런지 엄청난 물량과 비용이 투입되어야 했다. 비록 안남을 정벌하여 문지포정사사(文趾布政使司)를 두고 직할지배 하에 넣어 매년 조공을 받게 되었지만, 당시 투입되었던 재화를 한순간에 모두 회수할 수는 없었던 것이다.

"삼 년 전의 남벌(南伐), 당시 얼마나 많은 비용이 투입되어야 했는지 여러분들도 모두 아시지 않습니까! 그런데 이젠 북벌이라니요. 너무 무모한 일입니다."

"옳은 말입니다. 저도 나 상서의 말씀에 동의를 합니다."

그렇지 않아도 북경의 공사와 대운하 공사를 책임지고 있는 공부상서(工部尙書) 궁길(弓佶)은 나 상서의 말에 전적으로 공감을 하지 않을 수 없었다. 스스로도 현재 두 공사에 들어가는 비용을 계산한다는 것 자체를 생각조차 못할 정도로 눈덩이 불어나듯 계속해서 늘어만 간다는 것을 잘 알고 있었기 때문이다.

"허흠! 이미 폐하의 칙령이 떨어진 일인데 무엇을 더 말한단 말인가!"

"응? 아~ 조 대도독(大都督)께서 오셨군요."

"어서 오십시오."

"오셨습니까, 이리로 좌정을 하시지요."

오군도독부 조영근(曹榮劤) 대도독이 태화전에 모습을 나타내자, 먼저 도착해서 의견을 나누고 있던 대신들이 하나둘씩 일어서며 예를 취했다. 태화전 중심엔 황제의 용좌(龍座)가 있었으며, 그 왼쪽으로는 문신(文臣)들이, 오른쪽엔 무신(武臣)들이 자리하고 있었다.

조 대도독은 양쪽에 서 있는 문무대신들의 인사를 받으며 태화전 앞쪽에 있는 자신의 자리로 가서 앉은 후, 자신의 전면에 있는 장 제독과 수인사를 하면서 좌중의 분위기를 살피듯 훑어보았다.

"초창진(楚昌鎭) 제독(提督)은 아직 오질 않았나 봅니다."

"예, 아마도 폐하가 등청하실 때 함께 올 것 같습니다."

"아, 그렇겠군요. 그나저나 장 제독께서도 이번 북벌이 시기적으로 맞지 않다고 생각하고 계십니까?"

"글쎄요. 현재의 재정으로는 쉽지 않은 일이기는 하지만, 삼 년 전의 남벌처럼 단기간에 끝낼 수 있다는 확신만 있다면 어려운 문제도 아니라 봅니다. 더구나 이 년 전에 정화(鄭和) 삼보태감(三保太監)이 이끄는 서양취보전(西洋取寶殿)이 두 번째 남해원정(南海遠征)을 떠났습니다. 그에 들어간 비용도 만만치 않은데, 이 상태에서 다른 곳에 또 일을 벌인다면 국고(國庫)가 바닥을 드러낼 것입니다."

"하지만 이번에 폐하께서 원정을 하겠다고 말씀하신 타타르 국은 항상 국경을 넘나들며 백성들과 나라를 위협하는 곳입니다. 만약 이번에 그들을 정벌하여 기세를 꺾어놓지 않는다면, 언제 또다시 원나라 때의 막강한 군사력으로 성장할 모릅니다."

"맞습니다. 더구나 사 년 전엔 북쪽의 국경을 넘어서 공격을 가해온 일도 있었습니다. 그런데 어찌 가만히 두고 볼 수 있겠습니까?"

"말씀 잘하셨습니다. 당시 타타르 국의 공격에서 우린 그들의 황제를 죽이는 대승(大勝)을 거두었습니다. 그런데 이제 와서 다시 그들을 공격할 필요가 있겠습니까?"

"허~ 당시 죽었다는 사람은 황제인 부니야시리가 아니었습니다. 무엇 때문인지 모르겠지만, 당시 그들의 공격은 위장이었습니다."

조 대도독은 장 제독이 북벌에 대해 부정적인 시각을 드러내자 안타깝다는 듯이 고개를 좌우로 흔들며 길게 늘어져 있는 자신의 수염을 두어 번 쓰다듬었다.

"조 대도독의 말씀은 잘 알겠지만, 아직 우린 타타르 국의 황제가 살아 있다는 근거를 찾지 못하고 있습니다. 더구나 그들은 당시의 공격을 끝으로 더 이상 국경을 위협하지 않는 것으로 알고 있습니다. 만약 공격을 하려고 한다면, 제 생각으로는 황제의 생사가 불분명한 타타르국을 치는 것이 아니라 산서성(山西省)의 장안(長安)이나 감숙성(甘肅省)의 난주(蘭州)를 위협하고 있는 오이라트 국을 정벌하는 것이 타당할 것입니다."

"이거 참, 장 제독과 더 이상 이야기를 하다간 이 늙은이 심장이 터질 것만 같습니다. 그러니 우리끼리 이러지 말고 잠시 후면 황제 폐하께서 태화전에 등청하실 것이니 그 후에 논의를 하십시다."

"흐음, 당장은 아무런 결론이 나올 것 같지 않으니 말씀에 따르도록 하겠습니다. 하지만 북벌을 단행할 경우 백성들의 원성을 사지 않도록 명분이 있어야만 할 것입니다."

"허허, 당연한 일이지요."

조 대도독은 장 제독의 말에 너털웃음을 지어 보이며 크게 고개를 끄덕였다. 어렵게 시작하는 만큼 백성들에게 북벌의 타당성을 알려주어야 함은 당연한 귀결이었기 때문이다.

"황제 폐하 납시오~"

환관의 찢어질 것만 같은 외침.

하지만 태화전에 좌정하고 있던 문무대신들은 환관의 목소리가 멀리서 들려오자 분주하게 자리에서 일어서기 시작했다.

"황제 폐하, 납시오~"

"황제 폐하를 알현합니다. 만세, 만세, 만만세……!"

"만세, 만세, 만만세……!"

영락제가 동창(東廠)의 환관들과 금의위(錦衣衛)의 엄중한 경호를 받으며 태화전의 용좌에 앉았다. 걸음걸음이 용이 움직이는 듯 힘차고 당당해 보였다.

영락제가 용좌에 앉은 후, 그 뒤를 따라 들어왔던 동창의 초 제독과 내각대학사(內閣大學士) 양회(楊會), 그리고 금의위의 손화령(孫樺嶺) 제독과 금위등룡부(禁衛騰龍府)의 선혜 공주(璇嘒公主) 주혜영(朱蕙永)이 자신의 자리를 찾아 좌정을 했다.

"모두 모여 있었구먼. 그래, 천제를 올리던 날 과인이 한 말에 관해서 할 말이 있다고 들었는데, 누가 무엇을 말하고자 하는가?"

영락제는 용좌에 앉자마자 문무대신들의 예도 모두 받지 않고 좌중을 훑어보며 굵은 음성을 토했다. 마치 용의 포효(咆哮)와도 같아 보였다.

"……."

"왜 말들이 없는가. 장 제독, 내가 알기론 장 제독이 문신들을 주축으로 북벌이 시기상 적절하지 않다고 한다 하던데… 지금 이 자리에서 어떤 이유 때문에 시기상 적절하지 않은지 고해봐라!"

"저, 그것이……."

단도직입적이면서도 단호한 영락제의 명.

장 제독은 영락제가 이처럼 단호한 행동을 취할 것이란 예상을 못하고 있었다. 최소한 육부를 책임지고 있는 자신과 여러 문신들이 함께 주청을 올리면 왜 그런지 살펴 상황을 원만하게 이끌어갈 것이라 생각하고 있었던 것이다.

그리고 자신의 의도대로 황제가 상황을 원만하게 이끌어준다면, 현재 한림원을 중심으로 결집하고 있는 신진들을 자신의 품으로 어우를 수 있다는 판단이 들었다. 또한 줄어든 자신의 입지는 위해서라도 꼭 성공해야만 했다.

"어허! 어서 고하지 못하겠는가! 만약 장 제독이 자신의 사리사욕(私利私慾)을 위해 짐의 칙령에 반기를 든 것이라면 용서치 않을 것이다!"

영락제는 장 제독이 자신의 명을 이행하지 않고 망설이고만 있자 눈을 부라리며 태화전이 떠나갈 듯한 목소리로 추궁을 했다.

영락제의 의중은 단호했다, 그 어떠한 말로도 영락제의 뜻을 꺾을 수 없다는 판단이 들 정도로. 문무대신들은 조용히 상황이 어떻게 돌아갈지 주시할 뿐이었다.

영락제가 생각하기론, 앞으로 추진될 북벌은 남벌처럼 쉽게 끝날 수 없는 대전투였다. 비록 안남에선 원정 부대가 물러간 이후 전개되었던 산발적인 전투가 아직도 끝나지 않은 상태였지만, 영락제는 그 문제에 관하여 크게 신경 쓰고 있지 않았다. 남쪽에 위치한 나라들은 몇백 년이 지난다고 해도 명나라와 황성을 위협하는 존재가 될 수 없다고 생각하기 때문이다.

영락제에게 문제가 되는 것은 원나라의 잔존 세력인 타타르 국과 오이라트 국이었다. 특히 초 제독의 보고를 들은 후 자신이 생각하기에도 무엇인가 미심쩍은 행동을 보이고 있는 타타르 국이 우선적인 대상이었다.

"폐하, 어찌 소신이 폐하의 뜻에 거슬리는 행동을 할 수 있겠습니까. 다만 소신이 우려하고 있는 것은, 여러 곳에 투입되고 있는 금전적 비용이 상상을 초월할 정도라서 드린 말이었습니다. 그런데 만약 이런 상황에서 북벌을 단행할 경우, 천문학적인 비용이 소요되는 만큼 재정적인 어려움이 있을지 모른다는 생각이 들었습니다. 그렇기에 현재 폐하의 엄명에 의해 추진되는 공사는……."

장 제독은 영락제가 태화전에 등청하기 전에 문무대신들과 주고받았던 일들에 관해 고하기 시작했다. 그 내용 중에는 현재 추진되는 가장 큰 공사들도 포함되어 있었다.

영락제는 장 제독의 이야기를 들으면서 나름대로 수긍이 가는 것도 있었다. 하지만 그렇다고 뜻을 꺾을 정도의 것도 아니란 판단이 들었다.

"장 제독의 말을 잘 들었다. 또한 과인이 장 제독을 오해하고 있었다는 것도 알게 되었다. 하지만 그렇다고 과인이 북벌의 뜻을 꺾겠다는 것은 아니다. 북벌은 어떠한 방해도 받지 않고 계속적으로 추진될 것이다. 그러니 문무대신들은 과인의 뜻을 헤아려 주길 바란다."

"폐하의 뜻을 받들겠사옵니다!"

"폐하의 뜻에 따르겠습니다……."

영락제는 문무대신들이 모두 자신의 뜻에 따르겠다고 하자 그때서야 비로소 굳어 있던 얼굴이 펴졌다.

"좋다. 그럼 오군도독부 대도독 조영근은 앞으로 나오라!"

"예, 폐하."

"과인은 이번 북벌에 관한 모든 권한을 조 대도독에게 일임할 생각이다. 조 대도독은 과인의 뜻을 받들어 정로대장군(征虜大將軍)의 책무를 다하겠는가!"

"폐하, 성은이 망극하옵니다. 하지만 올해 소신의 나이 일흔셋이옵니다. 비록 마음은 폐하의 뜻을 받들어 전장(戰場)에 나가서 공을 세우고 싶사옵니다만, 현재로서는 폐하의 넓으신 은혜를 받들 수가 없을 것 같사옵니다."

조 대도독은 자신이 그동안 오군도독부의 대도독으로 있으면서 부귀영화를 원없이 누렸다고 생각했다. 또한 자신이 세상에 태어난 의미를 다했다고 스스로 말할 수 있을 정도로, 조 대도독은 스스로의 삶에 큰 의의를 두고 있었다.

영락제와 함께 했던 지난 시절.

조 대도독은 영락제가 연왕으로 있었던 시절부터 장수로서 충성을 다하면서 자신의 소임을 충실히 해왔다.

그러나 세월에 장사가 없듯이 조 대도독은 근래 들어 자신의 기력이 예전과 같지 않다는 것을 느끼고 있었다. 그래서 한 달 전 아무도 몰래 건청궁(乾淸宮)으로 영락제를 찾아가서 사직을 아뢰었으나, 영락제는 당시 자신이 추진하고자 했던 북벌을 조 대도독이 지지하고 있다는 것을 잘 알고 있었기에 보류를 시켰었다. 당시에는 아직 문무대신들에게 자신의 의중을 전하지 않았던 상황이라, 영락제는 조 대도독이 군부의 수장으로서 자신의 뜻에 동참해 주었으면 하는 바람이 있었던 것이다.

비록 조 대도독이 직접 출전을 하지 못한다고 하더라도.

영락제는 이미 조 대도독의 행동을 예상하고 있었기에 아무런 표정 변화 없이 고개를 끄덕이며 좌중을 둘러보았다. 하지만 아무도 영락제와 시선을 마주치는 대신이 없었다. 그저 오사모 밑으로 눈동자가 보이지 않도록 고개를 숙이고 있을 뿐이었다.

"조 대도독, 그럼 정로대장군으로 누구를 임명하는 것이 좋겠는가? 지금까지 군부를 책임지고 있었으니 누가 적임자로 좋을지 잘 알 것이라 보는데."

"폐하께서 소신을 믿어주시니 망극할 뿐이옵니다."

"어찌 과인이 그대의 충정을 모르겠는가. 그러니 그대가 생각하고 있는 인물을 말해 보라."

"성은이 망극하옵니다, 폐하… 만약 이번 전투에 상당한 피해를 감수하면서도 저들이 더 이상 일어설 수 없는 필승을 취하려 하신다면, 소인은 전군도독부(前軍都督府) 맹번효(氓繁曉) 도독을 추천드리옵니다."

"맹 도독이라, 내가 오군도독부에서 조 대도독 다음으로 믿을 수 있는 맹장(猛將)이지."

영락제는 조 대도독이 추천한 인물을 생각해 본 후 크게 고개를 끄덕였다.

문무대신들 중 대부분이 조 대도독의 입에서 맹번효의 이름이 가장 첫 번째로 거론될 거란 것은 익히 짐작하고 있었다. 그들이 생각하기에도 치열한 접전이 예상되는 북벌에 가장 적합한 인물이었기 때문이다.

"그렇사옵니다, 폐하. 폐하께서도 익히 아시고 계시겠지만, 전군도독부는 지금까지 북쪽 국경을 수비하고 있으며 타 도독부의 병사들과 비교했을 때 훈련이 엄하다고 정평이 나 있을 정도로 정비가 잘되어 있는 곳입니다. 또한 맹 도독은 북쪽의 지리에 정통하고 있어 만약 정로대장군으로 임명될 경우 폐하께서 원하시는 뜻을 이룰 수 있을 것이며, 아울러 북벌의 총책임자로서 자신의 소임을 다할 수 있을 것이라 사료되옵니다."

"맹 도독이라……. 조 대도독도 알겠지만 맹 도독의 용맹함을 잘 알기에 지금까지 전군도독부를 책임지도록 한 것이 아니겠는가. 하지만 과인은 전군도독부를 움직인다거나 도독을 교체하여 병사들의 혼란이 야기되는 일이 없었으면 하네. 또한 이번 북벌을 생각하면서 그런 일은 생각해 보지 않았네. 그러니 지금까지 북쪽의 국경 수비를 책임지고 있는 전군도독부는 현 상태를 그대로 유지하여야 할 것이야. 그래야 혹시라도 있을 최악의 상황을 막을 수 있지 않겠는가."

"폐하의 의중이 그러하시다면 소신 불충한 줄 알지만 한 가지만 여쭙겠습니다."

"허허, 조 대도독이 묻고자 하는데 누가 뭐라 하겠는가. 어려워 말고 무엇이든 물어보라."

"성은이 망극하옵니다, 폐하. 소신이 폐하의 말씀을 경청하노라면, 폐하께선 현재 전군도독부를 비롯해서 북쪽 국경과 직, 간접적으로 접해 있는 좌군도독부(左軍都督府)나 우군도독부(右軍都督府)를 움직일 생각이 없으시다는 말씀처럼 들리는데, 맞사옵니까?"

조 대도독은 영락제가 북쪽 경계를 맡고 있는 병력을 움직이려 하지 않겠다는 의중을 간파할 수 있었다. 하지만 보다 명확하고 정확한 대답을 들어야 추천할 수 있는 인물이 생각날 것 같기에 신하로서 황제에게 물어보는 불충을 저지르지 않을 수 없었다.

"맞네. 과인은 국경이 이번 북벌 때문에 허술해지는 것을 원하지 않고 있네."

"폐하의 의중이 그러시다면 이번 북벌에 동원될 수 있는 곳은 중군도독부(中軍都督府)와 후군도독부(後軍都督府)에 국한될 수밖에 없습니다. 그러나 후군도독부의 무성호(林晟豪) 도독은 산발적으로 발발하는 안남의 반발 세력들을 견제하고 있으며, 또한 현재 한왕(漢王) 주고후(朱高煦) 전하와 함께 왜구(倭寇)들을 토벌하는 데 주력하고 있습니다."

"그렇지. 고후가 무 도독과 함께 절강성에서 광서성(廣西省)까지 이르는 넓은 지역의 경계에 소홀함이 없다고 하더구먼."

"그렇습니다. 백성들로부터 칭송이 자자하다는 소문을 소신도 들었사옵니다."

"그래, 그렇다고 하더구먼. 하하."

영락제는 자신의 셋째 황자(皇子)인 주고후가 백성들의 칭송을 받는다는 것에 기쁨을 감추지 못했다. 워낙 어렸을 때부터 무(武)를 좋아하던 자신의 성품과 흡사한 면이 많아서 정이 갔다.

그러나 주고후는 왕자로 태어나고 황자로 자라서 그런지. 자신이 원하는 것은 꼭 가져야 하는 편협한 면이 보이는 단점이 있었기에, 평소엔 호탕한 면을 보이며 총애를 받다가도 이따금씩 영락제의 눈 밖에 나는 행동을 해서 빈축을 사는 경우가 많았다. 하지만 둘째 황자인 주고명(朱高明)이 실종된 후 어린 나이에 상심이 컸던지 자신의 단점인

편협함을 없애기 위해 부단히 노력하고 있었다. 특히 근래에는 왜구를 소탕하는 데 크게 일조를 하고 있어서 영락제의 마음을 기쁘게 하고 있었다.

"그렇다면 현재로서는 동원할 수 있는 곳은 중군도독부밖에 없습니다. 하지만 그렇다고 황성의 안위와 직접적으로 연결되는 중군도독부 전체를 움직인다는 것은 있을 수 없는 일이옵니다. 따라서 소인의 생각으론 중군도독부 병길헌(倂佶憲) 도독이 황성의 안전을 책임지고, 좌도독(左都督)인 구복(丘福)을 정로대장군으로 임명하는 것이 좋을 것 같사옵니다. 좌도독 구복도 맹장 중의 맹장이옵니다."

"좌도독 구복이라……."

"예, 폐하. 구복은 병사들로부터 신망이 두터울 뿐만 아니라, 사리사욕을 탐하지 않고 자신의 직무에 충실한 장수입니다. 비록 나이가 육십칠 세에 이르는 노장(老將)이지만, 소신이 보기엔 이번 북벌을 충분히 수행할 수 있을 것 같사옵니다. 또한 구복은 얼마 전 임 제독이 이끌던 철혈금부(鐵血金府)가 무한에 무사히 정착할 수 있도록 한 큰 공을 세운 인물이옵니다."

"오~ 그러고 보니 그렇구먼. 그때 무한에 임 제독이 세력을 만들 수 있도록 일조를 한 장수가 구복이었지. 하하, 이제야 구복이 누군지 알겠구먼."

"구복 좌도독은 당시 훌륭하게 그 일을 처리하여 폐하의 성은을 입은 바 있습니다."

"그런 일이 있었지. 또한 대도독이 그와 같은 생각을 할 정도라면 믿을 수 있겠구먼. 좋다. 과인은 조 대도독의 추천을 받아들여 중군도독부 좌도독 구복을 정로대장군으로 임명하여 북벌의 총책임자로서 직무를 다할 수 있도록 하겠다."

"성은이 망극하옵니다, 폐하."

"망극하옵니다, 폐하."

"그럼 그 일은 오늘 이후로 거론하지 말도록 하라."

"명심하겠습니다, 폐하……."

"이제 북벌을 단행하는 일만 남았구나. 하하하……!"

"아바마마, 소녀 선혜가 한말씀 아뢰옵니다."

조 대도독과의 논의 후 정로대장군이 결정되면서 북벌에 관한 일이 한 단계 진척이 되자, 이를 주시하고 있던 선혜 공주가 영락제의 앞으로 나섰다.

"그래, 무엇을 말하고 싶은 것이냐?"

"예, 오늘 드디어 북벌의 책임자인 정로대장군이 정해졌으니 정말 다행이옵니다. 하지만 소녀는 이런 때에 보다 더 신중을 기하여야 할 것이라 봅니다. 우선은 동창을 통해 타타르 국의 정세를 살피는 것이 급선무라 판단되며, 또한 이번에 정로대장군으로 임명될 구복 좌도독과 전군도독부의 맹번효 도독과의 면담을 가지도록 주선할 필요가 있을 것 같습니다. 지금으로서는 타타르 국이 있는 북쪽 지역의 지리를 가장 잘 알고 있는 사람이 맹 도독이기 때문입니다."

"허허, 무슨 말인지 잘 알겠다. 그러나 그것은 당연한 일이 아닌가. 어찌 전투에 임함에 있어서 전투가 벌어질 지역을 살피지 않겠느냐. 하지만 선혜가 필요한 때에 잘 지적해 주었도다."

"성은이 망극하옵니다, 아바마마."

영락제는 선혜 공주의 우려를 불식시켜 줌은 물론, 대신들 앞에서 총명함을 칭찬해 주는 것을 잊지 않았다.

"흠, 그나저나 임 제독이 아주 잘하고 있다는 보고를 접했는데, 요즘은 내가 바쁜 관계로 그에 관한 이야기를 접하지 못했구나. 초 제독은 요즘 임 제독이 어떻게 하고 있는지 알고 있느냐?"

"예, 폐하. 그렇지 않아도 며칠 전에 보고가 들어온 것이 있사옵니다."

"그래? 어서 말해 보라."

"예, 며칠 전 임 제독이 문주로 있는 철혈검문과 천하제일검가라 불리었던 현원세가와 무한에서 혈전이 있었사옵니다. 하지만 아무리 현원세가라 하더라도 임 제독이 이끌고 있는 철혈검문에는 당하지 못했던 것 같습니다."

"오~ 그런 일이 있었더냐?"

"예, 비록 철혈검문도 큰 피해를 입었지만, 한때 위세가 하늘을 찌르던 현원세가의 참패라고 무림인들이 하는 말을 들었습니다."

"크하하하하하…… 좋은 일이다. 정말 통쾌한 일이 아니더냐. 하하하!"

"그렇사옵니다, 폐하."

"초 제독은 앞으로도 임 제독이 필요로 하는 것은 무엇이든 도와주도록 하라. 그것이 무엇이든 말이다. 알겠느냐!"

"알겠사옵니다, 폐하."

"하하하! 정말로 웃음을 멈출 수 없구나. 무림이 과인의 병사들에 의해 흔들리고 있다니. 하하하."

영락제는 오랜만에 만면에 미소를 지으며 활짝 웃을 수 있었다. 도도하게 굴던 무림인들이 자신의 발 아래 무릎을 꿇고 충성을 맹세할 때가 얼마 남지 않았다고 생각한 것이다. 또한 그것이 점점 더 현실로 다가오고 있는 것 같아 여간 마음이 흡족한 것이 아니었다.

한편, 정로대장군으로 결정된 구복은 자신의 집무실에서 삼 일 만에 이와 같은 소식을 접하고서 급하게 황궁으로 입성을 하게 되었다. 비록 황궁에 도착할 때까지 믿어지지 않았지만, 그것은 차후의 일이었고, 앞으로 있을 북벌의 총책임자로서 황제를 알현하기 위함이었다.

오군도독부에 자신보다 더 훌륭한 인재가 없는 것도 아니었고, 또한 자신의 상관이 중군도독부에 버티고 있는 상황이었다. 그런데 황제는 좌도독에 불과한 자신을 정로대장군으로 봉해준 영락제의 성은을 입은 것이다.

가문의 영광.

구복으로서는 자신의 영광으로 끝나는 것이 아니라 대대손손 영광을 이어 나갈 수 있는 발판이 마련된 것이기도 했다.

제 7 장

장백검파(長白劍派)의 두 기둥

제7장 장백검파(長白劍派)의 두 기둥

취미는 사람들의 얼굴만큼이나 다양하다. 그것은 어디까지나 주관적인 선택에서 이루어진 것이므로 누구도 무어라 탓할 수 없다. 남들이 보기에는 저런 짓을 무엇 때문에 할까 싶지만, 당사자에게는 그 무엇과도 바꿀 수 없는 절대성(絶對性)을 지니게 되기 때문이다. 때로는 그 절대성이 맹목적일 수도 있긴 하지만, 그래서 지나치게 낭비적이요 퇴폐적인 일까지도 취미라는 이름 아래 버젓이 행해지는 수가 많다.

그렇지만 때때로 어떤 사람에게는 취미라는 것이 갑자기 만들어지기도 한다. 마치 지금의 호열처럼.

호열은 새해가 되면서부터 한 가지 취미가 생겼다. 예전엔 명상을 한다던가 이리저리 철혈검을 흔들며 떨어지는 낙엽이라던가 눈을 맞히곤 했었는데, 요 근래에 들어서는 일체 이와 같은 행동을 하지 않고 있었다.

다만 하인들을 통해 무한 시내에서 사 온 굵은 통나무를 육 척(尺) 길이로 일정하게 자른 후, 나무의 껍질에서부터 시작해서 눈에 간신히 보일 정도로 미세하게 표피를 벗겨내고 있었다. 어떻게 보면 무공을 연마하는 것 같기도 하고, 또한 달리 보면 조각을 하는 것 같아 보일 정도였다. 그러나 호열의 얼굴은 자신의 손에 의해 통나무의 하얀 표피가 벗겨질 때마다 점점 더 진지하게 변하고 있었다.

"양 군사, 오늘도 문주님께선 후원에 머물러 계시는가?"

"예, 추 전주님. 호 당주를 후원으로 불렀던 그날 이후 문주님께선 줄곧 움직이실 줄 모르고 계십니다."

"이거 참, 문주님께서 처리해 주셔야 할 일이 태산인데, 이 일을 어찌해야 할지 모르겠구먼. 도대체 통나무로 무엇을 하시는지……."

호열로부터 행정적인 업무를 모두 위임받은 추 전주는 그동안 호열의 부재가 느껴지지 않도록 부단히 노력해 왔다. 하지만 추 전주가 철혈검문의 최고 책임자가 아닌 이상 처리할 수 있는 일에는 한계가 있었다. 그것은 아무리 추 전주가 이 인자 이상의 지위를 지녔어도 마찬가지였다. 이 인자는 일인자가 아니므로.

"아무래도 조 검주께 다녀오시는 것이 좋을 듯싶습니다. 더구나 무림맹에서 사람이 온다고 연락이 왔으니, 이 참에 그 일도 보고를 하는 것이 좋을 듯합니다."

"옳은 말이네. 그런데 무림맹에서 왜 사람이 온다고 하던가? 양 군사는 혹시 짐작이 가는 것이 있는가?"

"잘은 모르겠지만, 아마도 현원세가와의 전투에 관한 일이 아닐까 합니다. 아무리 생각해 보아도 요 근래에 무림맹에서 사람이 올 만한 일은 그 일밖에 없기 때문입니다."

"그렇구면. 그럼 양 군사도 나와 함께 조 검주께 다녀오세. 혹시 그곳에서 문주님을 만날 수도 있으니 보고할 수 있는 사항을 점검해야 할 것이네."

"그렇게 하겠습니다."

추 전주와 양 군사는 집무실에 놓여져 있는 서류와 장계들을 살펴본 후, 그것들 중 중요하다 생각되는 몇 가지를 주섬주섬 챙기곤 후원으로 향했다.

"추 전주님과 양 군사가 아닙니까? 바쁘신 두 분이 어떻게 이곳까지 오셨습니까?"

"하하, 죄송합니다. 이렇게 일이 있어야 이곳까지 오게 됩니다."

"별말씀을 다하십니다. 그런데 두 분께선 무슨 일로……?"

조 검주는 갑자기 찾아온 추 전주와 양 군사의 얼굴을 번갈아 바라보다가 이내 두 사람의 수중에 들려져 있는 함(函)을 보게 되었다.

"아, 문주님께 보고드려야 할 것들인가 봅니다. 하지만 지금 문주님께선 아무도 들이지 말라 하셨는데……."

"하하, 어찌 모르겠습니까. 하지만 워낙 급하고도 중요한 사안들인지라 이렇게 찾아오게 된 것입니다. 그러니 조 검주께서 한번 문주님께 여쭈어주시지 않겠습니까?"

"흐음……."

'이거 어떻게 한다? 주군께서 아무도 들이지 말라고 하셨는데, 이거

참······.'

조 검주는 자신을 바라보는 추 전주와 양 군사의 눈빛을 차마 외면할 수가 없었다. 하지만 그렇다고 주군인 호열이 엄명을 내렸는데 선뜻 후원으로 들일 수도 없는 노릇이어서 난처하기 그지없었다.

"문주님께서 엄명을 내리셨다는 것을 잘 알지만, 그래도 급한 사안인지라 꼭 알려 드려야 합니다. 그러니 조 검주께서 수고 좀 해주시지요."

"휴~ 알겠습니다. 두 분께선 저를 따라오시지요. 비록 주군께서 아무도 들이지 말라 하셨지만, 아무래도 사안이 급하다고 하니 저 혼자 가는 것보다는 두 분께서 함께 가는 것이 좋을 듯합니다."

"알겠습니다. 그렇게 하지요."

"자, 그럼 이쪽으로······."

광활한 장강이 한눈에 내려다보이는 곳.

그리 높지 않은 언덕 정상에 자리하고 있는 작은 정자가 아담하게 보였다. 하지만 사람들은 정자가 위치한 곳이 어떤 곳인지 잘 알고 있었다. 누군가가 정자에 올라 장강을 내려다보고 있다면, 사람들은 그 사람의 신분이 어떠한지 짐작할 수 있었기 때문이다.

정자가 위치한 곳이 바로 철혈검문의 후원이었으므로······.

호열은 요즘 자신의 정체성에 대해 고심을 하고 있었다. 자신에게 어떠한 능력이 있으며, 또한 그것의 정체는 무엇인지에 관해 새삼 확인을 하지 않을 수 없었던 것이다.

정자로 오르는 계단.

호열은 자신의 신분도 망각한 듯 계단에 털썩 앉아 있었다. 도저히 호열의 신분으로 있을 수 없는 일이었으나, 지금 호열의 심정으로는 아무리 주변에 자신을 하늘처럼 보필하는 사람이 있었어도 마찬가지였을 것이다. 그만큼 호열에겐 자신만의 세계에서 무엇인가를 찾고자 하는 열망이 다른 무엇보다 우선이었기 때문이다.

호열이 앉아 있는 곳과 오 장 정도 떨어진 곳에는 통나무 하나가 앙상한 모양으로 위태위태하게 서 있었는데, 무엇에 의해서 표피가 벗겨졌는지 모르지만 통나무는 하얀 살결을 드러내며 고운 자태를 뽐내고 있었다.

'우주(宇宙)간에는 기(氣)라는 것이 존재하며 기는 우주라는 거대한 공간을 채우고 있으니 기는 어디에도 있고 존재한다. 따라서 기를 깨달은 이는 기를 보고 느끼며 다스릴 수 있으니 기는 마음이 가는 곳에 있고 따라 움직이며 어느 곳이나 보낼 수 있으니 기에 의념을 부여하면 기가 통하지 않는 곳이 없고, 없는 곳 또한 없으니, 이는 깨달은 자의 의지가 가는 곳, 그곳에 기가 생명과 힘이 부여되니 기가 곧 깨달은 자의 의지고 의념이다……. 예전엔 몇백 번을 생각하고 되새겼어도 의미를 파악하지 못했었는데, 이제야 그 의미를 조금이나마 알 수 있겠구나. 수중무검 심중유검이라, 무형검으로 알려져 있는 심검의 경지. 하지만 이것은 애초부터 나와는 맞지 않았다. 왜 내가 그동안 엄한 길로 돌아왔는지 모르겠구나. 휴…….'

호열은 호 당주와의 비무 후 자신이 그동안 추구해 왔던 것들이 모두 부질없다는 것을 깨달았다. 처음엔 자신에게 없는 초식이란 것을 연구했었고, 기라는 것이 무엇이고 내공이라는 것이 어떠한 것인지 알기 위해 부단히 노력했었다. 그러나 자신은 이미 일반인들이 생각하고 있는 그러한 한계와 범주를 벗어나 있었다는 사실을 깨달았을 때, 호열은 아무런 말도 하지 못하고 멍하니 서서는 그저 실소만 흘릴 뿐이었다.

'크게 버리는 사람만이 크게 얻을 수 있다. 무소유(無所有)라……. 그동안 나는 이 말을 무시하고 살아왔었는데, 세상은 정말로 아무것도 갖지 않았을 때 비로소 온 세상을 갖게 된다는 역리(逆理)가 통하는 곳이었다. 역리가…….'

사르르르.

호열은 계단에서 일어서며 자신의 의복을 훌훌 털면서 정자 위로 걸음을 옮겼다. 그러자 때를 같이 하여 후원에 뿌리를 박은 듯 바람이 불어도 미동조차 하지 않았던 통나무가 서서히 가루로 변하더니 바람에 몸을 맡겨 버렸다.

"주군, 소인 조재현입니다."

"가까이 오게. 그렇지 않아도 내 검주에게 따뜻한 차나 한잔 같이 마시자고 할 참이었네."

"아~ 그럼 이제……."

조 검주는 오랜 만에 보는 호열의 모습에서 알 수 없는 무형지기(無形之氣)를 느낄 수 있었는데, 딱히 느낌으로 표현할 수 없는 미묘한 기운이라 고개만 끄덕일 뿐 아무런 말도 하지 않았다. 그저 호열이 새로운 모습으로 자신의 앞에 당당히 서 있다는 것만으로도 감격해할 뿐이었다.

"하하, 추 전주와 양 군사도 그렇게 서 있지 말고 이리로 와서 앉게."

호열은 조 검주의 얼굴이 환하게 변하자 고개를 한차례 끄덕여 보인 후 뒤따라온 추 전주와 양 군사를 향해 손짓을 했다.

"감사합니다, 문주님."

추 전주와 양 군사는 호열이 자신들을 향해 손짓을 하자 반가운 마음에 허리를 깊숙이 숙여 보인 후 정자로 올랐다.

"그래, 추 전주의 표정을 보니 내게 하고 싶은 말이 있는 것 같은데?"

"예, 그동안 문중에 많은 일들이 있었기에 보고도 드리고 중요한 몇 가지 안건에 대해서 문주님의 의중을 듣고자 왔습니다."

"뭐, 추 전주가 잘 알아서 했을 것이나 보고는 됐고, 중요한 안건이나 들어보세."

"그, 그렇게 하겠습니다."

'어째 그동안의 문주님과 다른 느낌이 드는데, 내가 잘못된 것인가?'

추 전주는 어디인지 모르게 평소의 호열과 상당히 다르다는 느낌이 들어 옆에 앉아 있는 양 군사의 표정을 살펴보았다. 그러나 양 군사는 자신이 느끼고 있는 것을 전혀 모르는지 아무런 표정 변화도 보이지 않았다. 그에 추 전주는 자신이 잘못 느낀 것이라 생각하며 들고 왔던 함을 열고는 장계를 하나씩 꺼내기 시작했다.

'허, 그래도 나와 같이한 세월이 많았던 모양이구나. 조 검주와 같은 경지에 올라 있는 것도 아닌데 추 전주가 나의 미묘한 변화를 느끼다니……'

호열은 추 전주가 무슨 생각을 하며 자신과 양 군사의 얼굴을 잠시나마 쳐다보았는지 알 수 있었다. 그러나 괜한 일을 만들고 싶지 않아서 조용히 입을 다물고 추 전주의 행동을 지켜볼 뿐이었다.

"문주님, 우선 이 장계를 읽어보십시오. 황궁에서 온 것입니다."

"황궁? 어디, 흐음……."

'이거 참, 추 전주가 내게 찾아올 만했었구먼. 도대체 황제는 무슨 생각을 하고 있는 것인지…….'

호열은 추 전주가 건네준 장계를 읽으면서 얼굴이 다소 굳어지기 시작했다. 또한 장계의 내용을 살피면서 추 전주가 왜 자신을 찾지 않으면 안 되었는지도 알 수 있었다.

"추 전주도 이 장계를 읽어보았는가? 아니지, 읽어보았으니 당연히 이곳으로 왔겠지."

"예, 그렇사옵니다. 현재 폐하께선 북벌을 준비하고 계신 것 같습니다. 하지만 이번엔 안남을 정벌하실 때처럼 친정(親征)을 하지 않으시고, 일전에 무한에 왔었던 중군도독부 구복 좌도독을 정로대장군으로 봉했습니다."

"그런데 왜 내승운고(內承運庫)나 황친들의 안위를 담당하던 선혜 공주가 이곳으로 온단 말인가? 그것도 자신이 거느리고 있는 금위등룡부의 환관들은 모두 남겨둔 채로."

"소인도 그것까지는 파악할 수 없었습니다. 다만 동창을 통해 이번에 선혜 공주께서 금위등룡부의 제독 직위를 한왕이신 주고후 전하께 이양하셨다는 말을 들었습니다."

"한왕 주고후?"

호열은 처음 들어보는 이름이 나오자 고개를 갸웃거리며 추 전주의 얼굴을 바라보았다. 황궁에서 몇 년을 생활했지만 한왕이란 이름을 들어보지 못했었기 때문이다.

"아마 문주님께선 들어보시지 못했을지도 모릅니다. 한왕 주고후 전하께서선 그동안 복건성(福建省)과 절강성(折江省)에 머물러 계시면서 그쪽 지방에 자주 출몰하는 왜구를 소탕하느라 황궁에 계시지 않으셨습니다."

"추 전주는 한왕을 좋게 생각하고 있는 것 같구먼."

호열은 추 전주의 어투를 통해 한왕을 높이 생각하고 있다는 느낌을 받았다. 아마도 어린 나이의 황자가 백성들을 위해 열심히 전장을 누비고 다니는 것을 높게 생각하고 있지 않나 판단되었다.

"비록 소인이 직접 한왕 전하를 뵌 적은 없지만, 그분께서 백성들을 위해 노력하신다는 것은 익히 들어 알고 있기에 그렇습니다. 현재 주고치(朱高熾) 황태자(皇太子)님을 제외하고는 황자들 중에서 가장 돋보이는 분이시라 백성들이 많이 따르기도 합니다. 그러나 아마도 정난지변 당시 실종되신 주고명(朱高明) 전하께서 살아 계셨었다면 많이 달라졌을지 모르지만 말입니다."

"그래? 실종되었다던 황자가 꽤 영리했었나 보구먼."

"소신이 알기론 문무(文武) 모두 뛰어난 재능을 지니셨다고 들었습니다."

"잘 알았네. 그나저나 선혜 공주의 일은 나도 뭐라 말할 수 없구먼. 여하튼 이곳으로 온다고 하니 추 전주가 잘 알아서 하도록 하고. 단! 절대로 공주라는 신분이 다른 문인들 귀에 들어가지 않도록 각별히 신경을 써야 할 것이네."

"그렇게 하겠습니다. 그리고 이 장계도……."

추 전주는 호열의 말이 끝나자마자 함에 들어 있던 다른 장계를 재빠르게 꺼내서 호열의 앞에 놓으려 했다.

"잠깐!"

"옛……?"

"이미 추 전주가 장계의 내용을 다 알고 있으니 내가 따로 읽어볼 필요가 있겠는가. 그냥 추 전주가 설명을 해주게. 그럼 내가 듣고 난 후 판단하도록 하겠네."

"아, 문주님의 말씀대로 하겠습니다. 그럼 우선 이 장계를 먼저 설명해 드리겠습니다."

"그렇게 하게."

"예, 이것은 만리표국에서 보내온 장계인데, 일전에 도움을 주었던 것을 사안에 대하여 국주가 직접 친필로 감사하다는 내용을 적어 보냈습니다. 또한 조만간 시간을 내서 방문하겠다고 합니다."

"그거 좋지. 그리고 다른 것은?"

"예, 이 장계는……."

추 전주는 호열에게 함에 들어 있던 장계를 하나씩 꺼내 보이며 적혀 있는 내용에 대해 차근차근 설명을 하기 시작했다.

함에 들어 있던 장계는 모두 열한 개였는데, 모든 장계가 무림을 영도하고 있는 곳과 밀접한 관계를 지니고 있는 곳들이어서 추 전주 독단으로 처리할 수 없는 사안들이었다.

특히 패혈맹과 마교에서 온 장계도 있었는데, 마교에서 보내온 장계에는 교주가 직접 호열과 독대를 했으면 하는 내용이 담겨져 있었다.

또한 패혈맹에서 보내온 장계에도 그런 내용이 들어 있었다. 하지만 그 당사자는 맹주가 아닌 군사 혈미서생(血眉書生) 송심진(宋心眞)이었다.

"그리고… 북경에 자리잡고 있는 장백검파에서 온 장계가 있는데……."

'장백검파?'

"혹시 유운검선 정운영이란 분을 알고 계신지……?"

"정운영? 아, 역시 운영에게서 장계가 온 모양이구먼. 그건 이리 줘 보게. 내가 직접 읽어보지."

호열은 운영에게서 생각지도 못한 장계를 받아 들자 기분이 좋았다. 일부러 피하진 않았지만, 운영의 소식을 접한 후에도 장계를 보내야겠다는 생각을 하지 않고 있었다. 그냥 물 흘러가는 대로 살다 보면 우연치 않게 만날 수 있다는 믿음만으로 족하다 생각했기 때문이다.

그런데 운영이 어디서 호열의 소식을 들었는지 철혈검문의 문주가 임호열이란 소식을 접하고서는 긴가민가하는 심정으로 서신(書信)을 보냈던 것이다.

"어떻게 하시겠습니까? 아무래도 답신(答信)을 하시는 것이……."

"아니네. 만약 내가 답신을 하게 되면 필히 이곳으로 올 것이 분명하네. 차라리 나중에 내가 직접 북경으로 가서 보던가, 아니면 다른 곳에서 보는 것이 좋을 듯싶구먼."

호열은 운영을 보지 못하는 것이 아쉬웠지만, 그렇다고 운영을 철혈검문으로 부르는 것보다는 낫다는 판단을 내렸다. 엄연히 자신은 황제의 칙령을 받고 무림을 평정하기 위해서 온 것이었고, 운영은 무림에 뿌리를 내리려 하고 있었기 때문이다.

"이제 더 이상 없는가?"

"아직 하나가 더 남아 있습니다."

"그동안 이곳저곳에서 많이도 보냈구먼. 그래, 어서 말하게."

"예, 마지막은 무림맹에서 보내온 것입니다. 그런데 그 내용이 소인으로서는 도저히 답신을 줄 수 없는 것이었습니다."

"무림맹에서 보낸 장계들은 그동안 추 전주가 알아서 하지 않았는가? 그런데 그 무슨 소리인가?"

"그렇기는 했습니다. 그런데 이번에 온 장계에는 문주님에 관한 내용이 들어 있기에 소인이 처리할 수 없었습니다."

"나에 관한? 무슨……?"

호열은 추 전주의 이야기를 들으면서 고개를 갸웃거렸다. 그동안 무림맹에서 보내온 장계들은 모두 추 전주가 알아서 할 정도로 보편적인 것들이었는데, 이번엔 그렇지 않은 모양이었다.

"예. 다름이 아니라 이번에 장로원에서 회의를 했었다고 하는데, 회의의 논제(論題)가 된 것이 바로 문주님에 관한 사항이었나 봅니다. 그 내용인즉, 이번 장로원 회의를 통해 문주님께서 장로 직에 오르시게 되었다 합니다."

"응? 나를 장로로?"

"그렇습니다."

"주군, 아마도 패혈맹과 현원세가와의 혈투에서 보여준 문중의 위세가 대단했던 모양입니다. 그렇지 않고서야 어찌 무림맹에서 이와 같은 장계를 보냈겠습니까."

"추 전주도 조 검주의 말처럼 정말로 무림맹에서 우리를 그 정도로 높게 생각하고 있다고 보는가? 양 군사도?"

호열은 조 검주의 마지막 말의 의미를 알고는 살며시 실소를 흘린 후 처음 그 자세 그대로 자신을 주시하고 있는 추 전주와 양 군사를 번갈아 바라보았다.

사실 조 검주도 추 전주의 이야기를 들으면서 무림맹에서 철혈검문에 원하는 것이 있기에 장로 직이라는 큰 선심을 쓰는 것이 아닌가 하는 생각이 들었다. 그러나 그렇다고 직접적으로 말할 수가 없기에 약간 빈정거리듯 돌려서 말한 것이다.

"아마도 그렇지는 않은 듯합니다. 무림맹을 움직이는 실질적인 의결권은 맹주에게 있는 것이 아니라 장로원의 열네 명 장로에게 있다는 것은 삼척동자(三尺童子)도 다 알고 있는 사실입니다. 그런데 그들이 자신들의 이권(利權)을 쉽게 넘겨주려 하지 않았을 것입니다. 무엇인가 문주님께 원하는 것이 있기에 그런 선심을 쓴 것이 아닌가 합니다."

"소인도 추 전주께서 하신 말씀에 동의를 합니다."

"그렇단 말이지. 그럼 그들이 왜 그런 결정을 내렸는지에 관해서 살펴볼 필요가 있겠구먼. 오늘은 시간도 늦었으니 내일까지 추 전주와 양 군사가 이 문제에 관해 정보를 수집한 후 다시 논의하도록 하지. 아무래도 이 문제는 쉽게 생각할 사안이 아닌 것 같구먼."

"그렇게 하겠습니다. 그럼 내일 아침까지 정보를 수집해 보도록 하겠습니다. 아마 동창과 만리표국, 그리고 만금산장을 통하면 어느 정도 윤곽이 드러나지 않을까 합니다."

"알겠네. 그건 알아서 하도록 하게. 그럼 난 조 검주와 할 말이 있으

니 이후의 일들은 되도록 중요한 일이 아니면 추 전주가 알아서 해주
게. 다만 아까 말했던 것은 내일 보고할 수 있도록 철저히 알아보도록
하고."

"알겠습니다. 그럼 소인들은 이만 가보겠습니다."

추 전주와 양 군사가 후원을 벗어나자 호열은 옆에 앉아 있던 조 검
주에게로 고개를 돌렸다.

"규화는 호 당주의 가르침을 잘 받고 있는가?"

"소인이 가르칠 때보다 더 열심히 하고 있습니다. 아마도 규화의 적
성에 맞는가 봅니다."

"그렇겠지. 체격이 작아서 그런지 장검(長劍)을 휘두르는 것보다 단
도(短刀)나 단검(短劍)을 다루는 데 한결 수월할 것이고, 그동안 나타나
지 않았던 환관 특유의 성격이 서서히 나타나는 것 같으니 호 당주의
무공에 매력을 느꼈을 것이네."

"주군의 말씀이 맞습니다. 그러나 지금까지 수많은 실전을 통해 쌓
아온 실력이라 실전적인 초식 면에서는 타의 추종을 불허하지만, 호 당
주의 사문(師門)이 복잡하여 제대로 된 내공심법이 없는 것 같습니다."

조 검주는 얼마 전 호 당주와의 독대를 통해 적지 않은 사연을 들을
수 있었다. 비록 그동안 강호에서 살아왔던 얘기들이 대부분이었지만,
조 검주는 그것만으로도 호 당주가 고수를 찾아다니게 된 동기를 어렵
지 않게 확인할 수 있었던 것이다. 그에 약간의 도움을 주고자 넌지시
호열에게 호 당주의 상황을 얘기한 것이었다.

"그렇다면 규화에게 맞는 심법을 찾아 수련시켜야겠구먼. 조 검주
는 호 당주와는 별도로 규화에게 양의무극신공(兩儀無極神功)과 소양

신공(小陽神功), 그리고 태을신공(太乙神功)을 꾸준히 수련시키도록 하게. 다소 시간이 걸리겠지만 규화가 양의무극신공을 칠성 이상 성취한다면 보다 실전적인 심공을 가르칠 수 있을 것이네."

"저… 그것도 그렇지만 이 참에 호 당주에게 은혜를 베풀어주심은 어떨는지요."

"은혜? 내가 호 당주에게 무슨 은혜를 베풀란 말인가?"

"현재 철혈당의 문인들을 제외한 다른 문인들에게는 철혈삼공(鐵血三功) 중 철혈제왕검의 이초식과 철혈무상보(鐵血無上步)를 가르치고 있습니다. 가장 중요한 철혈무극심법(鐵血無極心法)은 배제하고 말입니다."

"그렇지. 한데 그것이 어떠하단 말인가?"

"소인의 생각으론 호 당주에게 철혈무극심공을 배울 수 있는 기회를 주심이 어떠할지……."

"응? 호 당주에게 철혈무극심법을?"

호열은 조 검주의 이야기를 들으면서 새삼스럽다는 듯이 조 검주의 얼굴을 바라보았다.

비록 완전한 외부인이라 할 수 없었지만, 또한 그렇다고 해서 완전한 내부인이라고도 말할 수 없는 것이 바로 철혈당을 제외한 모든 문인들이라 할 수 있었다. 아무리 그들이 철혈검문이란 현판 아래 뭉치긴 했지만, 그들에게 있어서 철혈검문은 영원히 머물 수 있는 곳이 아니었다. 비록 엄격한 문규(門規)로 통제를 한다 하더라도 떠나고자 마음먹은 사람을 어찌하지는 못하기 때문이다. 그렇기 때문에 당장 활용할 수 있는 초식들은 가르쳐 주어도 가장 중요한 심법은 엄격하게 규제를 하고 있었던 것이다.

"소인이 무리한 말을 주군께 하고 있다는 것을 잘 알고 있습니다. 그러나 소인이 보기엔 호 당주의 성품은 믿을 수 있다고 여겨집니다. 이 참에 주군의 사람으로 만드시는 것이 어떨는지요."

"조 검주가 호 당주를 그 정도로까지 생각하고 있었다니, 정말 놀라운 일이구먼. 조 검주가 그렇게까지 얘기를 하니 한번 생각해 보겠네."

"감사합니다, 주군."

"하하, 감사는 무슨. 어차피 내게도 조 검주와 같은 충실한 사람이 필요하지 않은가. 그러니 이 참에 조 검주의 말대로 진정한 내 사람으로 만드는 것도 좋겠지."

"예, 아마 그렇게 된다면 요긴하게 써먹을 수 있을 것입니다."

"하하, 알겠네. 자, 우리도 이제 들어가세나. 더 이상 이곳에 머물 이유가 없으니."

"예."

호열은 의복을 훌훌 털면서 자리에서 일어나더니 큰 걸음으로 정자를 내려갔다.

당당한 걸음.

호열의 걸음걸이에선 세상을 향한 당당함이 느껴졌다.

사람은 인생을 살아가면서 끊임없는 선택을 하기 마련이다. 때로는 자신의 의지와는 전혀 상관없는 선택의 기로에 서기도 하는데, 사람은 선택을 할 때 가장 좋아 보이는 것을 택하기 마련이다.

광풍섬도 호대령.

지금까지 혈혈단신으로 강호를 종횡하면서 갖은 수난도 겪어야 했으며 수많은 어려움도 이겨냈다. 오로지 자신의 목적을 위해 정진하고 또 정진하는 과정에서 일어난 일들이었다. 또한 그 과정에서 수많은 유혹도 있었으며 그때마다 힘겨운 선택을 해야만 했다.

　더욱이 나이 삼십 중반이 넘었을 때부터는 무엇인가를 선택한다는 것이 너무도 어렵다는 것을 알게 되었다. 특히 자신의 명예와 신상에 관한 일은 더욱 그러했다. 그런데 며칠 전 사십 줄에 들어선 지금 인생을 바꿀 수 있는 선택의 기로에 서게 된 것이다.

　'검을 잡은 사람은 먼저 자신의 몸과 마음의 자세부터 바로잡은 다음 검을 뽑아야 한다는 것은, 무림에서 검을 잡은 초보자라 할지라도 잘 알고 있는 일이다. 하지만 이것은 누구라도 알지만 실천으로 옮기기는 쉽지 않은 일이다. 그렇기에 사람들은 저마다 자신의 목적을 위해서 정진하고 있는 것이 아니겠는가.'

　"흐으음……."

　"호 당주, 아직도 결정을 내리지 못했습니까?"

　"……."

　진검당의 중심부.

　조 검주는 호열의 명을 받은 후 세 시진째 진검당 집무실에서 호 당주와 대면하고 있었다.

　조 검주는 세 시진이 다 되도록 아무런 말을 하지 않고 있는 호 당주를 보며 나름대로 고개를 끄덕였다. 누구라도 지금 호 당주와 같은 선택의 기로에 서게 된다면 두말없이 선택할 수 있는 상황인 데 반하여, 호 당주는 무슨 생각을 하고 있는지 두 눈을 반개한 상태로 전면만을 주시하고 있었다.

"호 당주, 외람되지만 한마디만 하겠습니다."

"……"

"불행한 사람의 특징은 그것이 불행인 줄 뻔히 알면서도 그쪽으로 가려는 데 있다는 것을 아십니까? 우리 앞에는 불행과 행복의 갈림길이 언제나 자리하고 있습니다. 또한 우리는 그 둘 중의 하나를 선택하지 않으면 안 됩니다."

"……"

"우리는 일상 속에서 항상 선택할 수밖에 없습니다. 그렇기 때문에 언제나 신중하게 선택을 해야 합니다. 더욱이 앞으로의 인생을 좌우할 수 있는 사안일 때는 더욱 그렇게 해야 할 것입니다. 하지만 굳이 선택을 하지 않아도 마음이 이는 곳으로 움직일 때도 있는 것입니다. 이성이 아닌 마음으로 말이지요."

"좋은 말씀입니다. 또한 지금의 제 심정을 너무도 잘 표현한 말이기도 합니다. 그러나 걸인은 구걸할 때 고르지 않는다는 말을 알고 계십니까?"

"……?"

"현재의 제 처지를 생각할 때, 문주님께서 베풀어주신 은혜는 너무도 감사한 일입니다. 오히려 제가 선택하는 것이 아니라, 선택된 것을 감사해야 할 일이라 할 수 있겠지요."

"호 당주, 그것은……"

"솔직히 말해서, 문주님을 따르고 싶은 마음이 들지 않는 것도 아닙니다. 그러나 죄송하게도 이런 과정을 통해 따르고 싶은 마음은 없습니다."

"이런! 호 당주가 무슨 오해를 하고 있는지 잘 알겠습니다. 그러나 그것은 정말 오해일 뿐입니다. 사실 이번의 일은 주군께서 하신 일이 아니라 제가 청한 일입니다. 원래 어떻게 된 일인가 하면……."

조 검주는 어쩔 수 없이 전반적인 상황에 대해서 이야기를 해야 한다는 것을 깨달았다. 그렇지 않고 잘못하면 호 당주의 자존심을 상하게 하는 일이 생길 수도 있다는 판단이 선 것이다.

세상에서 대인 관계(對人關係)처럼 복잡하고 미묘한 일은 별로 없을 것이다. 잘못하면 다른 사람의 입살에 오르내려야 하고, 때로는 이쪽 생각과는 엉뚱하게 다른 오해도 받아야 하기 때문이다.

사람은 저마다 자기중심적인 고정관념을 지니고 살게 마련이다. 그렇기 때문에 이해를 한다는 것은 영원히 불가능일 수도 있는 것이다. 따라서 어떤 사물에 대한 이해도 따지고 보면 그 관념의 신축작용(伸縮作用)에 지나지 않는 것이다.

"주군께 대한 오해가 풀리셨습니까?"

"무슨 말인지 잘 알겠습니다. 특히 조 검주께서 신경 써주신 것에 대해선 무엇보다 고맙다는 말을 해야 할 것 같습니다. 하지만 사안이 중요한 만큼 며칠의 시간을 주셨으면 합니다."

"알겠습니다. 그렇게 하십시오."

"감사합니다."

*　　　　　*　　　　　*

새해가 시작된 후 한 달도 지나지 않는 것 같은데, 무한은 언제부터 인가 따스한 봄 날씨를 보이고 있었다. 아직 황하 북쪽으로는 매서운 강풍을 동반한 눈보라가 백성들의 삶을 고단하게 하고 있었지만, 무한 시내에는 퍼덕거리는 물고기들이 쉴 새도 없이 상인들 손에 들려져 사람들에게 팔리고 있었다.

강북과 강남.

강북의 험준한 산들과 겨울 내내 불어오는 매서운 강풍은, 상인 경제가 성장하고 활성화되는 데 커다란 걸림돌이었다. 그러나 근 십 년 가까운 세월 동안 강북의 오지라 할 수 있는 북경을 중심으로 새로운 상권이 형성되기 시작했다. 황궁에서 나오는 막대한 금력(金力)은 북경의 상인들을 비롯해서 주변의 상권이 성장하는 데 충분한 밑거름이 되었던 것이다.

특히 북경 시내 중심의 황궁 축조를 하고 곳에서 조금 떨어진 곳에 위치한 장백검파는 황권의 수혜(受惠)를 톡톡히 보고 있었다. 무림의 그 어떠한 세력도 황성이 들어서는 북경에 들어올 생각을 하지 않고 있었기 때문이다.

당연히 장백검파는 북경을 장악한 후 주변의 상인들과 손을 잡으면서 급속한 세력 확장을 할 수 있었다. 단 몇 년의 세월 동안 얻어진 결과에 불과했지만, 상인들과 백성들의 입에서 입으로 장백검파의 위상이 전해지고 있었던 것이다.

"현문(玄文) 사제, 무슨 일인가?"

"예, 장문사형. 무림맹으로부터 장계가 왔기에 보고도 드릴 겸 해서 왔습니다."

"장계? 무림맹에서 무슨 일로?"

"저도 아직 모릅니다. 그러나 극비에 붙여진 것으로 보아 중요한 일인 것 같습니다."

현운(玄雲) 장문인의 셋째 사제인 현문 도장.

장백삼성(長白三聖)의 막내로 북경에 분파(分派)가 자리를 잡게 되면서 길림성(吉林省) 장백산(長白山)에서 오랜 칩거를 깨고 북경으로 오게 되었다.

현검(玄劍) 도장처럼 무공을 좋아하기보다는 평소 문예(文藝)를 높이 생각하고 있었기에, 북경에 온 이후로 상인들과 접촉을 하고 주변으로 세력을 불려 나가는 데 장백삼성 중 누구보다 뛰어난 활약을 보였다. 또한 현재는 북경에서 벌어지는 모든 업무를 담당하고 있었다.

"장문사형, 한번 읽어보시지요."

"어디……."

현운 장문인은 현문 도장이 건네주는 장계를 활짝 펴 읽어 내려가기 시작했다.

"응? 이것이 무슨 말인가?"

"무엇이 말입니까?"

"사제, 이것 좀 보게. 이곳에 무림맹의 장로 직에 장문인을 청하고자 하오니, 근간 무림맹으로 왔으면 한다고 적혀 있지 않은가. 이것이 무슨 뜻인가?"

"그러게 말입니다. 장문사형을 장로원의 일원으로 받아들이겠다는 것으로 보이는데, 정말인지 확인해 보아야 할 것 같습니다. 그러나 만약 이 장계에 적혀 있는 내용이 사실이라면 본 파엔 큰 이득일 것입니다."

"이득이라… 하지만 왠지 석연치가 않구먼."

현운 장문인은 기뻐하는 기색이 역력한 현문 도장의 얼굴을 보면서도 무림맹의 처사에 찜찜한 느낌을 지울 수가 없었다. 그러나 아직 정확한 사정을 알 수 없기에 조용히 사태를 살펴보아야겠다는 생각만 할 뿐이었다.

"아무래도 득과 실이 같이 있는 것은 확실할 겁니다."

"그런가? 음……."

"아마도 지금 태원에서 세력을 확장하고 있는 현원세가 때문이 아닐까 합니다. 들리는 소문에 의하면 현원세가가 마교와 손을 잡았다는 말을 들었습니다."

"나도 그것은 익히 들어서 알고 있네. 아무래도 사제의 말처럼 현원세가가 이번 일의 배경에 있는 것 같구먼."

"장문사형, 어차피 본 파가 북경에 확고한 자리를 잡은 이상 무림맹의 행동에 전혀 위축될 필요는 없는 것 같습니다. 비록 저들이 현원세가를 견제하기 위해 본 파를 선택했든 그렇지 않든 중요한 것은 호의로 장로원의 한자리를 내주지 않았다는 것입니다. 그렇다고 그것이 두려워 마다할 필요가 있겠습니까? 어쩌면 이번의 일은 우리에게 호기가 아닐까 합니다."

"호기?"

"예, 호기입니다. 그러니 이 참에 장문사형께서는 장백검파의 장문인으로서 무림맹에 당당하게 입성하십시오. 그렇게 해야만 오랜 세월 동안 변방의 한 문파로만 머물러 있던 본 파가 위상을 확고하게 세울 수 있을 것입니다. 추후 현원세가와 혈전을 벌여야 하는 위험이 함께 하긴 하지만, 어찌 되었든 기회는 기회니까 말입니다."

"허허, 기회는 기화다?"

'한때 천하제일검가로 불렸던 현원세가와 혈전이 벌어질 수도 있는데, 과연 기회일까? 어찌 보면 현문 사제의 말처럼 기회일 수도 있을 것이다. 그러나 그 기회를 잡게 되면 수많은 문인들의 피를 흘려야 할지도 모르는데……'

현운 장문인은 현문 도장의 이야기를 들으면서 고심하지 않을 수 없었다. 수많은 문인들의 목숨과 운명을 결정할 수도 있는 시점이란 생각이 들었기 때문이다. 지도자가 아무리 수많은 치적을 쌓았다고 해도, 그 치적은 단 한 번의 실수에 의해 허물어질 수도 있는 것이란 것을 잘 알고 있었기에 신중에 신중을 기하지 않을 수 없었던 것이다.

'이럴 때 현성(玄聖) 사제가 곁에 있었으면 좋았을 것을……'

현운 장문인은 장백검파 본산에 머물러 있는 첫째 사제 현성 도장이 문득 생각났다. 한 문파를 이끌어 가기 위해 꼭 필요한 결단력과 추진력이 현성 도장에게 있었던 것이다.

"장문사형, 지금 무엇을 생각하고 계시는지 잘 압니다. 하지만 지금 이 자리에는 현성 사형은 없습니다. 하지만 현성 사형이 있었어도 무림맹의 요청을 수락했을 것입니다."

"사제의 말이 옳은 것 같네. 기회가 순하게 오기만 하는 것은 아니지."

"그렇습니다. 잡을 수 있을 때 잡고, 만들 수 있을 때 만들어야 하는 것이 바로 기회입니다. 어찌 되었든 상황이 유리하게 작용하고 있는 이상, 이번에 무림맹에 가시어 본 파의 위상을 높이 세우시길 바랍니다."

"알았네. 그럼 즉시 무림맹으로 떠날 준비를 해주게. 그리고 이번엔 현검 사제보다는 정 사제와 함께 가는 것이 좋을 듯싶구먼."

"소제도 그렇게 하는 편이 좋을 듯합니다. 현검 사형보다 정 사제가 무림맹에 더 잘 알려져 있으니까 말입니다."

"그럼 내일 아침 떠날 수 있도록 준비를 해주게."

"예, 그럼 소제는 정 사제한테 알려준 후 바로 준비를 하도록 하겠습니다."

"그렇게 하게."

현운 장문인은 빠르게 문밖으로 걸음을 옮기는 현문 도장의 뒷모습을 보면서 흐뭇한 미소를 지어 보였다. 족히 십 년 이상은 걸릴 줄 알았고 그렇게 계획했었던 일을 단 오 년 만에 해낸 현문 도장이 너무나 대견스러워 보였던 것이다.

"오 년이 그리 긴 세월은 아니지만 짧은 세월 또한 아니지. 어찌 되었든 나도 이제 슬슬 준비를 해야겠구나."

현운 장문인은 오랜만에 앉아 있던 자리에서 일어나 눈이 소복이 쌓여 있는 마당을 지나치며 걸음을 옮겼다.

분파 깊숙한 곳에 위치한 전각.

그리 크고 웅장해 보이지 않았지만, 그렇다고 일반인들의 눈으로 볼 때 작다는 말이 나올 정도는 아니었다.

"어서 오십시오, 스승님."

"그래, 그동안 연공에 몰두했다가 며칠 전에 문밖출입을 했다는 말을 들었다."

"그렇지 않아도 오늘쯤 해서 스승님께 인사를 드리러 가려고 했었습니다."

"허허, 인사는 무슨."

현운 장문인은 오랜만에 대면을 하게 된 수제자 장백일검(長白一劍) 정호 도장의 표정을 살펴보았다. 너무도 오랜만이라 얼굴의 표정 하나하나가 보고싶었을 뿐만 아니라 그립기까지 했었던 것이다. 그런데 현운 장문인이 천천히 살펴보니, 정호 도장에게선 그동안 뚜렷한 모습을 보이던 태양혈(太陽穴)이 보통 사람들처럼 밋밋해져 있을 뿐만 아니라, 전신(全身)에는 말로 설명할 수 없는 무형지기가 흐르는 것을 느낄 수 있었다.

화로의 불이 다시 파란색으로 변한다는 노화순청(爐火純青) 반박귀진(返撲歸眞) 경지로 지극함이 다해 이미 그것이 겉으로 드러나지 않을 뿐만 아니라, 한서(寒暑)가 불침하며 진기가 끊어지지 않는 경지를 보여주고 있었다. 가히 초절정의 경지에 들어섰다 말할 수 있는 것이다.

현운 장문인은 정호 도장의 모습에서 어렴풋이 느낄 수 있었지만, 그래도 당장 내일이면 먼 길을 가야 하기 때문에 얼굴을 대면할 수 있을 때 확실하게 할 필요가 있다고 생각했다.

"정호(正號)야, 네 모습을 보니 이번 연공에서 얻은 소득이 그리 적지만은 않은 것 같구나."

"감사합니다, 스승님."

"허허허……."

'정말 다행이로다. 본 파를 위해 희생을 강요했었던 것이 여간 마음에 걸리는 것이 아니었는데, 이렇게 성장한 모습을 보니 이제야 조사들 앞에 당당하게 갈 수 있게 되었구나.'

현운 장문인은 정호 도장의 간단한 말에도 여간 대견스러운 것이 아니었다. 수많은 말보다 단 한 마디를 한다고 해도, 말하는 당사자의 마음은 충분히 전달이 되었던 것이다.

현운 장문인과 정호 도장 사이에는 보통의 스승과 제자들에게서 볼 수 있는 것보다 더 깊은 정을 볼 수 있었다.

"그래, 얼마나 성취하였느냐."

"비록 지금은 미약하지만, 얼마 전부터 단전(丹田)에 내단(內丹)이 형성되기 시작했습니다."

"뭐라? 그 말이 정말이더냐? 정말로 금단(金丹)이 형성되기 시작했다는 말이냐?"

"예, 스승님."

"허! 허허허…… 금단이 형성되다니, 조사님의 보살핌이 있었도다. 조사님의 보은이로다! 원시천존……."

현운 장문인은 정호 도장의 마지막 말에 온몸을 가눌 수 없는 전율을 느꼈다. 얼마나 흥분을 했는지, 순간적으로 노안(老眼)에 눈물이 흐르고 있다는 사실도 느끼지 못할 정도였다. 단전에 금단이 형성되기 시작했다는 것은 장백검파의 조사(祖師) 자허 진인(紫虛眞人)이 남긴 자허진결(紫虛眞訣)상의 자허심공(紫虛心功)을 대성했음은 물론, 최후의 심공이라 여기고 있는 금단선공(金丹仙功)이 구성의 경지에 이르렀다는 것을 말해 주고 있었기 때문이다.

현운 장문인으로서는 그 무엇보다 감격스러운 일이 아닐 수 없었다.

그러나 한 문파의 장문인으로 오랜 세월을 보낸 현운 장문인은 금방 침착해졌다. 평소와 마찬가지로 어느새 평상심을 되찾은 것이다.

"그렇다면 다른 것은 어찌 되었느냐?"

"예, 장백검결(長白劍訣)은 최후 초식인 자허심경(紫虛心竟)을 제외하고는 모두 대성할 수 있었습니다."

"허허허……."

현운 장문인은 정말 오랜만에 만면에 가득 환한 미소를 지을 수 있었다. 실로 오 년 만에 처음 웃어보는 것이었다.

현운 장문인의 의중을 알고 있는지, 전각에 불던 바람도 한순간에 돌풍이 되어 마당 가득 쌓여 있던 눈들을 하늘로 솟구치게 했다. 현운 장문인의 무형지기가 주변의 바람에 영향을 미친 것이다. 그만큼 현운 장문인으로서도 너무나 기쁜 나머지 자신의 내기(內氣)를 갈무리하지 못한 것이었다.

"정호야, 너도 이번에 무림맹으로 함께 가자꾸나. 무림맹으로 가서 네 포부를 당당히 펼치거라."

"감사합니다, 스승님. 그렇지 않아도 강호로 밖으로 나가 보았으면 했습니다."

"그래, 그랬을 것이다. 당연한 일이지, 암."

'이제 되었다. 이로써 장백검파는 두 개의 기둥을 얻게 된 것이다. 이 모두가 정 사제의 덕이 아니겠는가. 아, 원시천존…….'

현운 장문인은 후원 뜰에 마련된 전각에 기거하고 있는 운영을 생각했다. 또한 죽는 순간까지 기억에서 지울 수 없는 한 인물의 얼굴도 떠올려 보았다. 호열……. 현운 장문인의 뇌리에 영원히 지워지지 않을 이름이었다.

육 년 전에 있었던 군웅대회에서 우승한 운영은 북경에 도착하자마자 자신이 포상으로 받은 대환단(大還丹)을 정호 도장을 위해 사용해 달라 했다. 군웅대회에서 우승했을 당시 이미 운영의 내공이 오기조원(五氣朝元)이나 삼화취정(三花聚頂)의 경지를 넘어 초절정의 최고봉에 이르는 등봉조극(登峰造極)의 경지에 다다라 있었다. 그렇기에 대환단이 아무리 뛰어난 영약이라고 해도 필요가 없었던 것이다.

그렇지 않아도 수제자인 정호 도장에게 희생을 강요하는 몹쓸 짓을 했다는 것에 자책하고 있던 현운 장문이었지만, 당시 현운 장문인은 운영의 선심에 고마움을 느끼면서도 선뜻 받을 수가 없었다. 대환단이 어떠한 물건인지 너무나도 잘 알고 있었기 때문이다.

장백검파에서 자허선단(紫虛仙丹)이 차지하는 비중만큼이나 대환단은 소림뿐만 아니라 전 무림의 보물이나 마찬가지였기 때문이다. 비록 당시 운영에게 소용이 없을지 몰라도, 추후에 후손이 생기면 무엇보다 꼭 필요한 영약이었음은 말한 나위도 없었다. 그런데 운영은 천금 만금보다 더 귀한 대환단을 서슴없이 현운 장문인에게 내어준 것이다.

현운 장문인은 북경에 도착한 후 운영이 건네준 대환단을 아무런 망설임 없이 정호 도장에게 복용시켰다. 자허심공(紫虛心功)을 대성하지 못한 상황에서 복용한 자허선단은 앞으로 정호 도장이 무공을 연성함에 있어서 큰 걸림돌로 작용하기 때문이다.

금단선공.

장백검파 최후의 심공이라 할 수 있는 금단선공. 당시 정호 도장에겐 금단선공의 대성은 이룰 수 없는 꿈에 불과할 수밖에 없었기 때문이다.

　현운 장문인은 운영의 도움으로 군웅대회에서 정호 도장에게 자허선단을 복용시킬 수밖에 없었던 죄책감에서 다소 벗어날 수 있었다.

　그렇게 해서 오 년이란 세월이 흐른 지금 정호 도장과 정수 도장은 장백검파의 두 기둥으로 굳건히 자리할 수 있었으며, 장백검파의 명성이 전 강호에 진동시킬 수 있는 기틀을 마련할 수 있었던 것이다.

　"그런데 정 사숙(師叔)께선 아직 후원 쪽에 머물고 계십니까?"

　"그렇다."

　"그럼 아직까지……?"

　"허허, 금단선공과 자허검결은 이미 대성을 하였단다. 요즘은 자신의 절기인 유운검결과 융합을 시키려고 하는가 본데, 그것이 쉽지 않은 것 같더구나."

　"아, 역시 사숙께서도 이미 대성을 하셨군요."

　"그래, 그러니 오늘은 푹 쉬고 내일 정 사제와 함께 문인들을 데리고 무림맹으로 가자꾸나. 정 사제와 네가 변한 모습을 무림맹의 장로들이 본다면 크게 놀랄 것이다. 허허허……."

　"그렇게 하겠습니다, 스승님."

　다음날 아침.

　장백검파의 정문이 활짝 열리며 일단의 인물들이 말을 타고 천천히 나오기 시작했다.

　선두엔 현운 장문인의 막내 제자인 정원(正元) 도장이 의젓한 모습으로 말을 몰고 있었으며, 그 뒤 양 옆으로 정원 도장의 사제들이 따랐다. 또한 그 뒤를 이어서 현운 장문인과 오 년 동안 한 번도 전각을 떠나지 않던 운영이 따랐고, 그 옆에는 마치 친형제처럼 만면에 웃음을 머금고 있는 정호 도장이 함께했다.

모두 열다섯 명이었다. 그러나 그 구성을 보면 절대 가볍게 여길 수 없는 인물들이었다. 바로 강호를 움직이는 한 축으로 굳건히 자리를 잡은 장백검파의 영수들이었으므로.

"장문사형, 이곳은 신경 쓰지 마시고 무림맹에서 우리 장백검파의 위상을 세워주십시오. 특히 정호와 정수는 그 일에 한몫해 주길 바란다."

"알겠습니다. 사숙!"

"그렇게 하겠습니다, 사숙."

"그래, 그래야지. 그리고 정 사제는 오랜만에 강호에 나가는 것이니 각별히 몸조심을 해야 할 것이네. 아마 오 년 전의 활약을 생각하고 있는 군웅들이 많을 것이네. 무슨 말인지 알겠는가?"

"하하, 현문 사형께서 이것 때문에 그런 말씀을 하시는군요."

마치 자식을 먼 타지로 보내는 듯한 현문 도장의 말에 운영은 얼굴 가득 미소를 머금으며 허리 옆에 차고 있던 천수검(天水劍)을 들어 올려 보였다.

"그렇네. 천수검은 무림지보네. 당연히 그 보검(寶劍)을 알아보는 이들이 적지 않을 것이야. 무당에 있을 때는 아무리 탐나는 물건이라도 거들떠보지 않았겠지만, 아직까지 무림에서 장백검파의 위상은 그에 뒤지지 않는가."

"하하, 그럼 이 참에 장백검파의 위상을 소림이나 무당과 견줄 수 있도록 올려놓고 오겠습니다. 그러면 안심이 되시겠습니까, 현문 사형?"

"이런! 누가 자네보고 그런 위험한 일을 하라고 했던가! 아마 내 예상이 맞는다면 무림맹에는 자네를 견제하는 세력이 많을 것이네. 그러니 내 말을 그냥 흘려듣지 말고 각별히 신경 쓰도록 하게. 정호는 정사제 옆에서 항시 눈을 떼지 말거라. 알겠느냐?"

"하하, 알겠습니다. 그럼 제가 다녀오는 동안 사형께선 세력을 더욱 확장하십시오. 멀리 회남(淮南)에서도 들을 수 있도록 말입니다."

"허허, 여부가 있겠는가."

"자, 이제 출발하도록 하자. 현문 사제는 주변 정세를 수시로 확인하면서 각별히 문인들의 안전에 만전을 기해주기 바라네. 특히 현원세가의 움직임을 주시하도록 하고."

"그렇게 하겠습니다, 장문사형. 그럼 편안히 다녀오십시오. 원시천존……."

"편안히 다녀오십시오, 장문인. 원시천존."

"원시천존……."

현운 장문인 일행의 안녕을 기원하는 도호 소리가 북경 시내에 울려 퍼졌다. 거의 한 식경에 이르도록 큰 종소리가 북경 시내 깊숙한 곳까지 울려 퍼진 것이다.

제8장

염노교(念奴嬌)

◆ 제8장 **염노교**(念奴嬌)

호열은 오랜만에 조 검주와 함께 규화를 찾았다. 그동안 규화나 조향에 관한 일은 생각도 하지 못할 정도로 바쁘게 보냈기 때문이다. 오죽하면 내자인 소호 공주가 얼굴 보기 힘들다는 핀잔을 한 시진 내내 했을 정도로, 오랜 칩거에서 나온 후 정신없는 하루하루를 보낸 것이다.

"규화의 자세가 한결 좋아 보이는구먼."

"아마도 저번에 황궁에서 보내온 영약을 먹은 이후 내공이 심후해졌기 때문인 것 같습니다. 그동안 내공이 모자란 관계로 심동이 제자리걸음을 하고 있어 안타까웠는데, 규화에게는 정말 다행스러운 일입니다."

"그렇구먼. 그런데 저 단검들도 황궁에서 보내온 것들인가?"

호열은 조 검주의 설명을 들으면서 한창 규화의 손짓에 따라 이리저리 허공을 날아다니는 단검들을 바라보았다. 눈에 잘 띄지 않는 끈에 이끌리듯 규화의 손을 떠난 단검들은 자유자재로 허공을 누비고 다녔다.

"예, 황궁에서 특별히 제작해서 보내온 것입니다. 모두 서른여섯 개인데, 얼마나 정성을 들여서 제작했는지 단검들 하나하나가 모두 보검들입니다."

"그렇군. 그런데 왜 호 당주가 사용하는 단도가 아니라 단검인가? 도(刀)와 검(劍)은 엄연히 차이가 있는데?"

"사실 그것은 호 당주의 의견입니다."

"호 당주가?"

호열은 단도를 사용하는 호 당주가 규화에게 단검을 사용하도록 했다는 것에 의문이 들었다.

비록 모든 무공이 나중엔 하나라는 말이 있듯 만류귀종(萬流歸宗)이라 할지라도, 그것은 일정한 경지에 이른 고수들에게나 한하는 일이었다. 아무리 규화의 내공이 일류의 반열에 들어서고 기초가 튼튼하다고 해도, 모든 것을 아우를 수 있는 경지에 이른 것은 아니었다. 어설픈 상태에서 받아들일 수 없는 크고 넓은 것을 배우고 이해한다는 것은 실로 쉽지 않은 일이었기에 호열은 호 당주의 의중이 어디에 있는지 의문이 들었다.

"예, 사실 소인도 의문을 가지고 있어서 물어보았습니다."

"음……?"

"호 당주는 규화의 몸 상태와 체질 때문에 단도가 아닌 단검을 사용하도록 한 것입니다. 아무리 단도라 할지라도 도(刀)는 도가 지닐 수밖에 없는 패력성을 사라지게 할 수는 없다고 합니다. 길든 짧든 간에 단도도 어쩔 수 없이 도라는 것이 호 당주의 생각입니다."

"그렇겠지. 그래서 간결함과 힘을 위주로 한 초식을 가르치기보다는 세심함을 가르치겠다는 것인가?"

"소인이 보기에도 그런 것 같습니다. 마치 한 마리의 나비가 춤을 추고 있는 것처럼 화려한 변화를 보이는 초식들을 가르치고 있습니다. 때로는 규화의 미세한 손끝에서 한 폭의 그림이 그려지기도 합니다."

"규화가 많은 수련을 했나 보구먼. 그러나 아무리 화려하고 정교하다고 해도 그 자체에 상대를 압도할 수 없는 힘이 결여되면 그냥 춤에 불과한 것이네. 화려함 속에 간결하면서도 폭발적인 힘이 내재되어 있을 때, 그때에 비로소 규화의 초식이 완성되었다 할 수 있을 것이네."

"그렇습니다, 문주님."

호열의 설명이 이어지는 동안 호 당주는 근처에서 호열과 조 검주가 규화의 검무를 살펴보고 있다는 것을 알고, 규화의 연무에 지장을 주지 않는 선에서 호열의 곁으로 조용히 다가왔다.

조 검주는 호 당주가 자신들을 발견하고 다가오자 호열의 뒤쪽으로 살며시 자리를 옮겼다. 아직 호열과 호 당주와의 사이에 해결되어야 할 과제가 남아 있었기에 슬며시 자리를 비켜준 것이었다.

"오랜만이네, 호 당주."

"주군께서 직접 오신다고 해서 이렇게 왔습니다, 호 당주."

"그렇지 않아도 칩거를 깨셨다는 소식을 접하고서 한번 찾아뵈려고 했습니다."

"내가 이렇게 오면 되는 것이지. 그런데 규화의 진척은 어떠한가? 내가 보기엔 그럭저럭 호 당주의 지도를 잘 받아들이고 있는 것 같은 데."

"하하. 예, 그렇습니다. 솔직히 규화가 이 정도까지 빨리 습득할 줄은 미처 몰랐습니다. 요즘은 세심한 손끝 감각을 이용한 수련을 시키고 있는데, 이 수련을 마치게 되면 단검은 그냥 단검으로써 그치는 것이 아니라 규화의 일부분으로 자리하게 될 것입니다."

"그렇게 되겠지. 그나저나 조 검주를 통해 그동안의 일은 들어서 알고 있네. 아직 마음을 정하지 못하였는가?"

"저, 그것이……."

호 당주는 이미 호열이 무슨 말을 꺼낼지 짐작하고 있었다. 그러나 막상 호열의 입에서 짐작하던 말이 나오자 생각하고 있었던 말이 떨어지지가 않았다.

"하하, 아직 정하지 못한 모양이구먼. 너무 서두를 필요는 없네. 그냥 천천히, 마음이 가는 대로 움직이면 되는 것이네. 그러니 나중에라도 결정이 되면 그때 얘기를……."

"문주님, 이미 소인은 결정을 했습니다."

"오, 그런가? 그러나 어째 호 당주의 표정을 보니 내가 원하는 대답을 듣기는 힘든 것 같구먼."

"솔직히 문주님의 제안에 고민을 많이 했습니다. 그리고 지금까지 결정을 내리지 못하고 있었습니다. 그러나 문주님을 보고는 자연스럽게 결정을 할 수 있게 되었습니다."

"하하, 내 얼굴을 보고 결정할 수 있었다니. 호 당주가 나를 싫어하는 모양이구먼."

"그런 일이야 있겠습니까."

"그래? 그럼 어디 호 당주가 어떠한 결정을 내렸는지 들어보세."

"예, 사실 문주님과의 비무 이후 평생이 걸려도 끝날 것 같지 않던 소인의 방황은 종지부를 찍었습니다. 문주님 이상의 고수를 찾아다닌다는 것이 부질없는 짓이란 것을 깨달았기 때문입니다. 그래서 철혈검문에 남게 된다고 해도 좋겠다는 생각이 들었고, 또한 그렇게 하겠다고 다짐을 했습니다. 그런데 막상 그런 결심을 하고 나니 새로운 문제가 생겼습니다."

"흐음… 무슨 말인지 알겠네. 그러나 나는 다만……."

호열은 호 당주가 자신의 배려를 받아들이는 데 쉽지 않음을 직감하고 있었다. 또한 호 당주의 심정을 어느 정도 이해하자 호열은 자신이 너무 성급했다는 것을 깨닫게 되었다. 그냥 자신의 마음을 비우고 받아달라는 것도 아니고, 자신의 선심에 이끌려 호 당주가 주인으로 섬긴다는 것은 도저히 호 당주 자신으로서도 용납할 수 없었던 것이다.

"아닙니다. 소인이 드리고자 하는 말은 그런 것이 아닙니다."

"그럼……?"

"소인은 그것을 백안(白眼)으로 보느냐, 아니면 청안(靑眼)으로 보느냐의 차이란 것을 깨닫게 되었습니다."

"백안? 청안? 하하, 그럼 호 당주는 무엇으로 보았는가?"

"문주님, 내 마음이 편안하면 세상의 모든 일이 원만해지고, 내 마음이 관대하면 천하는 저절로 험악한 상황이 벌어지지 않는다는 말이 있습니다."

"그렇지, 나도 익히 알고 있는 말이네. 모든 일은 마음먹기에 달렸다는 뜻이지."

"그렇습니다. 그렇기 때문에 마음에 따라 평정을 찾을 수도 있고 그렇지 못할 수도 있는 것이 아니겠습니까. 그것이 인생에 있어서 중요한 선택을 하는 자리라면 더욱 그렇고요."

"인생의 선택? 하하. 그러고 보니 오늘 이 자리도 호 당주에게는 인생을 선택할 수 있는 갈림길이라 할 수 있겠구먼."

호 당주의 한마디 한마디가 호열에게는 중요하게 받아들여지고 있었다. 그에 호열은 호 당주의 말이 이어질 때마다 고개를 크게 끄덕이며 호응해 주었다.

"그래서 소인은 이번 일에 위선을 버리기로 했습니다. 다른 이유 때문에 고민하는 것이 아니라, 비무 이후 가졌던 초심으로 돌아가기로 말입니다."

"호 당주, 정말 잘하셨습니다."

"응? 그럼 받아들이겠다는 말인가?"

"예! 비록 심법이 탐났던 것도 사실이지만, 그것은 소인이 결정하는 데 큰 역할을 하지 못했습니다. 오히려 심적 부담감으로 다가왔습니다. 그렇기 때문에 조 검주께서 왔을 때 쉽게 수락하지 못했던 것입니다. 하지만 달리 생각해 보니 지금까지 소인의 삶에 있어서 가장 큰 목적이 달성되었다는 것을 깨달을 수 있었습니다. 진정한 고수와의 비무를 할 수 있었으니까요."

"흐으음……."

"너무도 부족한 소인에게 문주님께서는 그와 같은 천은(天恩)을 베풀어주셨는데 어찌 몸과 마음을 다 받치지 않겠습니까. 부족한 소인 호대령, 주군을 위해 비천한 목숨을 받치겠습니다. 받아주십시오!"

자신이 그동안 생각했었던 말을 다 마친 후 호 당주는 흐열을 향해 한쪽 무릎을 꿇으면 호열의 허락이 떨어지기를 기다렸다.

"하하, 고맙구먼. 내 이제야 오른손과 왼손을 다 얻게 되었네. 하하하."

"감사합니다, 주군."

"하하하……!"

호열은 호 당주의 어깨를 잡아 일으켜 세운 후 큰 소리로 웃어 보였다. 호열이 고개를 뒤로 젖히고 웃을 때마다 대기가 미세한 진동을 했지만, 호열은 그런 것에 아랑곳하지 않고 자신의 심정을 그대로 드러냈다.

오랫만에 굳게 닫혀 있던 철혈검문 정문이 육중한 소음을 내면서 활짝 열렸다. 현원세가와 혈전을 벌였을 때도 열리지 않았던 정문이 열린 것이다.

대부분의 문인들은 철혈검문에 들어온 후 정문이 열리는 것을 처음 보았다. 항상 옆에 나 있는 문 하나만으로도 웬만한 규모의 출입이 가능했기 때문이다. 하다못해 호열이 잠깐 외부로 나갔다가 돌아올 때도 정문은 굳게 닫혀 있었다.

문인들은 혹시 황제는 아니더라도 호북성을 다스리는 제후들 중 한 사람이 올 것이라 예상하는 것이 대부분이었다. 그렇지 않고서는 문주가 외출할 때도 열리지 않았던 정문이 열릴 일이 없었기 때문이다.

그러나 문인들의 예상은 보기 좋게 빗나갔다. 누군가 오긴 왔는데, 그것이 문인들의 예상과는 달리 제후가 아니었던 것이다. 그렇다고 팔두마차도 아니었고 육두마차도 아니었다. 약간의 권세와 돈이 있으면 누구든지 탈 수 있는 사두마차였다. 일반 사두마차보다는 화려하면서도 단아한 모양이었지만, 그렇다고 제후들이 타고 다니는 마차와는 도저히 비교도 되지 않았다.

하지만 문인들의 눈에 띄는 것은 있었다. 바로 사두마차를 호위하며 따라온 보표들이었다. 모두 서른 명이었는데, 한결같이 태양혈이 불룩하게 튀어나와 있는 것이 상당한 수련을 쌓은 흔적이란 것을 알 수 있었기 때문이다.

정문을 통과한 후 사두마차 안에 타고 있던 사람은 이례적으로 마차에서 내리지도 않았다. 그러나 사두마차가 도착했다는 전갈을 받고 급하게 달려온 추 전주가 미리 대기하고 있다가 내전 안으로 극진하게 안내를 했다.

추 전주의 이러한 모습을 본 경비병들이나 외전의 문인들을 깊은 호기심을 드러냈다. 그러나 호기심은 그냥 호기심으로 그쳐야만 했는데, 그것은 사두마차가 내전 안으로 들어간 후 더 이상 나올 기미가 보이지 않고 있었기 때문이다. 오죽하면 외부인을 접대하는 지객당(知客堂)의 당주 소상우사(蕭爽優士) 남대린(藍檀遴)도 정확한 상황을 모를 정도였다.

"어서 오십시오. 그렇지 않아도 전갈을 받은 후 기다리고 있었습니다."

"예전에 한 번 본 적이 있었던 것 같은데, 누구인가?"

"예, 추진엽이라 합니다."

"아, 그렇구나. 당시 철혈금부의 총관이었……."

"저……."

"감히……! 네가 지금……."

"죄, 죄송합니다. 그러나 이곳에선 말씀을 조심해 주셔야……."

추 전주는 선혜 공주가 황궁에서 불려졌던 별호를 말하려 하자 급히 말을 끊으며 황송한 표정을 지어 보였다. 감히 공주의 말을 중간에서 자른다는 것은 있을 수 없는 대죄(大罪)였다. 그러나 상황이 상황인지라 어쩔 수 없었다.

"응? 아, 그렇구나. 무슨 말인지 알겠다. 그럼 내가 너를 무엇이라 불러야 하느냐?"

"황공… 가, 감사합니다. 앞으로 소인을 추 전주라 불러주시면 되옵니다."

"추 전주? 그렇게만 부르면 되는 것이냐?"

"예, 그리고……."

"그리고? 또 내게 할 말이라도 있느냐? 그럼 어서 말해 봐라. 앞으로 이곳에서 얼마 동안 생활할 것이니 내가 머물러 있는 동안 알아야 할 것이 있으면 서슴없이 말해 봐라."

선혜 공주는 이미 철혈검문에서 특별한 일이 없는 동안 머물러 있을 생각으로 온 것이었다. 그렇기에 추 전주에게 자신이 머물러 있는 동안 혹시라도 발생할지 모를 실수를 미연에 방지하는 차원에서 알고 있어야 할 것이 있으면 고하도록 했다. 최소한 자신으로 인하 아버지인 영락제의 일생 대업에 지장을 주는 일이 있어서는 안 되었기 때문이다.

"그, 그럼 말씀드리겠습니다. 우선 소인을 비롯한 문인들은 아가씨라 부르게 될 것입니다."

"아가씨? 내게……?"

"그, 그렇사옵니다. 선혜 아가씨로……."

추 전주는 싸늘한 날씨에도 불구하고 이마와 등줄기에 식은땀이 흐르는 것을 느꼈다. 또한 얼마나 긴장했는지 지금까지 감기 한 번 걸린 적이 없었는데도 불구하고 목이 메이면서 목소리가 갈라졌다.

"선혜 아가씨라? 호호호. 알았다. 그렇게 해라. 그나저나 나도 조심하겠지만 추 전주도 조심해야겠구나. 그리고 함께 온 금의… 호호, 보표들에게도 알아서 상황을 주지시켜 줘라. 혹시라도 실수하지 않게 말이다."

"그렇게 하겠습니다, 아가씨."

"호호, 아가씨란 소리를 들으니까 기분이 이상하구나. 여하튼 어서 안내하거라."

"예, 소인을 따라오십시오."

추 전주는 선혜 공주의 앞에 서서 길을 인도하면서도 양 군사에게 금의위 병사들에게 조심해야 할 것들을 설명해 주도록 시키는 것을 잊지 않았다.

선혜 공주는 추 전주의 뒤를 따르면서 그의 행동을 보고 크게 고개를 끄덕였다. 행동 하나하나가 신중한 것이 일을 처리하고 시행함에 있어서 신뢰가 가는 인물이란 생각이 들었기 때문이다.

"아가씨, 다 왔습니다."

"이곳인가? 그런데 어찌……?"

"저, 그것이……."

선혜 공주는 자신이 문 앞까지 왔는데도 모습조차 보이지 않고 있는 한 사람에 대한 추궁을 하고 있었다. 그러나 이내 자신의 추궁이 추 전주에게는 먹혀들지 모르지만 자신이 떠올리고 있는 사람, 바로 호열에게는 소용이 없다는 것을 인식하는 데 오랜 시간이 걸리지 않았다. 오래전 문안에서 자신을 기다리고 있는 호열이란 사람과 한 나라의 황제와의 사이에서 있었던 불미스러운 일이 기억 저편에서 떠올랐기 때문이다.

"되었다. 어서 내가 왔다고 전하기나 해라."

"알겠습니다. 그럼 잠시만……."

추 전주는 선혜 공주의 표정이 싸늘하게 변하자 오금이 저리는 것을 간신히 참으며 집무실 안으로 들어갔다가 나왔다. 이미 문밖에 누가 왔다는 것을 알고 있는 호열이었기에 추 전주가 딱히 보고를 하지 않아도 되는 상황이었지만, 호열이 그냥 모르는 척 상황을 지켜보고 있는 것 같았기에 추 전주가 집무실 안으로 들어갔다가 나온 것이다.

추 전주는 나오자마자 문밖에서 기다리고 있던 선혜 공주에게 안으로 들어갈 것을 권했다.

움직일 때마다 잔잔한 물결처럼 일렁이는 선혜 공주의 칠흑(漆黑) 같은 머릿결.

위로 반쯤 묶여 있는 머리카락과 함께 나머지 머리카락이 검고 긴 폭포처럼 아래로 흘러내리고 있었으며, 머릿결에는 광택뿐만 아니라 사람들을 넋을 빼앗는 향기를 발하는 것 같았다.

"어서 오시지요. 그렇지 않아도 황궁에서 온 장계를 보고는 언제쯤

오실까 하며 기다리고 있었습니다."

"흥! 그 말을 들으니 왠지 내가 못 올 데를 왔다는 소리로 들리는군요."

"그럴 리가 있겠습니까. 자, 그렇게 서 계시지 말고 이쪽으로 앉으시지요."

선혜 공주는 호열이 애써 미소를 지어 보이며 자신에게 앉을 것을 권하자, 무슨 생각을 했는지 약간 머뭇거리는 듯하더니 뒤따라 들어온 시녀들에게 눈짓을 했다. 아마도 자신의 뒤에서 멀리 떨어지지 말고 붙어 있으란 것이었는지, 선혜 공주의 눈짓을 받은 두 명의 시녀는 선혜 공주가 앉아 있는 의자 양쪽에 자리했다.

"오시는데 불편하지 않으셨습니까?"

"불편했지만 어쩔 수 없는 일 아닌가요?"

"하하, 그렇긴 합니다. 그런데 어떻게 이곳으로 오시게 된 것입니까? 장계에는 오신다는 내용만 있고 왜 오시는 것인지에 관한 것은 없더군요."

"아바마… 흠, 아버님 명으로 오게 되었습니다. 일종의 감시인이라 보시면 될 것입니다."

"감시인이라… 그렇군요. 무슨 말인지 알겠습니다."

'역시 그런 의도였구나. 짐작은 하고 있었지만, 막상 짐작했던 것이 들어맞으니 화가 나는군.'

호열은 갑자기 선혜 공주가 온다는 장계를 받았을 때 혹시나 하는 의구심이 들었지만 겉으로 표현하지 않고 있었다. 어쩌면 유람을 하기 위해 나왔다가 잠시 들렀다 갈 수도 있다는 생각이 들었기 때문이다.

그러나 그것이 얼마나 희박한 일인지 너무나도 잘 알고 있는 호열이었기에 희망 사항으로 남겨두었을 뿐이다.

추 전주의 정기적인 보고와 동창의 눈들을 통해 강호무림이 현재 어떠한 상황에 놓여져 있는지 누구보다 더 잘 알고 있는 황제였다.

영락제.

호열이 생각하기에 그는 패혈맹과 마교를 비롯해서 현원세가와 수많은 군소문파들이 저마다 기치를 높이 세우고 방어와 세력 확장에 총력을 기울이고 있는 이때에, 적어도 눈에 넣어도 아프지 않을 공주를 한가하게 세상 유람이나 시키지는 않을 사람이었다. 그렇기에 무언가 다른 이유가 있었기에 위험을 감수하면서까지 공주를 철혈검문에 보냈을 것이라 판단한 것이다.

"너무 그렇게 언짢은 표정을 지을 필요는 없습니다. 어차피 무림과의 일은 전적으로 도……."

"문주라 불러주시기 바랍니다."

"호호, 그렇군요. 하마터면 본녀가 실수할 뻔했네요. 여하튼 임 문주께서 본녀를 신경 쓰지 말고 지금까지 해왔던 것처럼 앞으로도 계속하시면 됩니다. 그것이 아버님께서 떠나기 전 말씀하신 것이고, 본녀의 생각도 그것이 옳다고 생각되기 때문입니다."

"하하, 이거 감사하다고 전해달라 말해야겠군요. 아니면 선혜 아가씨께 감사하다고 말씀을 드려야 합니까?"

호열은 선혜 공주의 말투가 조금 빈정거리는 듯하자 그에 뒤지지 않고 일침을 가했다. 거기엔 더 이상 빈정거리는 말투를 받아주지 않겠다는 호열의 생각이 들어 있었다.

"호호, 문주께서 무언가 오해를 하신 것 같군요. 본녀가 한 말이 신경에 거슬렸다면 사과를 하지요."

"흠… 사과까지 할 필요는 없습니다. 어차피 서로 갈 길이 다른 사람들이고, 또한 추구하는 바도 다르니 이와 같은 일은 언제든지 일어나기 마련이지요. 그럼 오늘은 피곤하실 것 같으니 그만 쉬시도록 하시지요. 내 추 전주에게 아가씨께서 머물러 계실 수 있는 곳을 마련하라고 해두었습니다."

"호호, 감사합니다. 하지만 소호 언니와 가까운 곳이었으면 좋겠군요."

"흐음… 그렇게 하도록 해보지요."

"꼭 부탁드릴게요. 그럼 이만."

'휴~ 골칫거리가 온 것 같구나. 아무래도 조속한 시일 내에 황궁으로 돌려보낼 수 있는 방안을 모색해야 할 것 같구나.'

호열은 이미 문밖으로 사라진 선혜 공주를 떠올리며 고개를 좌우로 흔들었다. 왠지 모르게 기분이 나쁘면서 불쾌한 기분이 들었기 때문이다.

그러나 선혜 공주가 잠시 머물다 간 자리엔 야릇하면서도 심금을 울리는 율금향이 은은하게 퍼지고 있었다.

*　　　　　　*　　　　　　*

사람이 세상에 태어나서 단 한 번도 좋은 생각을 해보지 않은 사람은 없을 것이며, 자신의 목표에 대해서 생각해 보고 다짐을 하지 않은 사람은 없을 것이다. 다만 그러한 생각이 계속되지 않았을 뿐만 아니라, 어제 동여맨 마음의 끈이 오늘은 허술해지기 쉽고 내일은 더욱 풀어지기가 쉽기 때문에 웬만해선 지속되지 못하는 것이다. 그런 이유로 언제나 다시 마음의 끈을 여며야 하듯 하루도 쉬지 않고 거듭하여 여며야만 느슨해지지 않는 것이다.

그러나 이러한 이치를 알고 있으면서 실천에 옮기는 일은 여간 어렵고도 힘든 일이 아닐 수 없다. 아마도 그것은 자신의 인생이 있어서 크나큰 시련을 겪은 사람이라도 마찬가지일 수밖에 없었다. 바로 숙부에게 황위를 찬탈당한 비운의 황제인 건문제(建文帝) 주윤문(朱允炆)처럼.

"폐하, 어찌 이러십니까. 조금만 참으시면 곧 대업을 이루실 수 있으니 조금만 참으십시오. 그래야 합니다, 폐하."

"공 장군, 아니, 공 부국주. 나는 더 이상 이 나라의 황제도 아닐뿐더러 천명회(天明會)의 회주(會主)도 아니네. 그러니 나를 폐하라 부르지 말게. 그냥 국주라 불러주게."

"그것은 아니 되옵니다. 어찌 신이 그런 만행을 저지를 수 있겠습니까. 그러니 그런 당치 않은 말씀은 부디 거두어주십시오, 폐하."

공손추는 근래 혜제(惠帝) 주윤문의 생각이 많이 변한 것 같아 보이자 도저히 침통한 마음을 감출 수 없었다. 아직 갈 길이 멀고도 험한데, 지금까지 고생한 것을 생각지 않고 중도에서 포기하는 것 같아 허탈한 심정을 감출 수 없었던 것이다.

하지만 공손추는 지금까지 꿋꿋한 자세를 유지하던 주윤문의 심정이 한순간에 변한 이유를 잘 알고 있었다. 이미 백성들의 민심이 숙부인 영락제에게 완전히 기울어 버렸다는 것을 인식하게 된 것이다.

"하지만 이미 이 나라 백성들의 민심은 숙부에게로 기울었다는 것을 공 부국주도 잘 알고 있지 않은가. 더구나 숙부는 내가 하지 못했던 일들을 서슴없이 시행하고 있네. 안으로는 백성들의 어려운 형편을 아우르며 살기 좋은 환경을 만들고 있으며, 밖으로는 쉽게 결정할 수 없는 친정을 하면서까지 나라의 위상을 굳건히 하고 있지 않은가!"

"폐하, 그것이 어찌 나라의 위상을 굳건히 하는 일이옵니까! 연왕이 직접 남벌에 앞장선 이유를 폐하께서도 잘 아시지 않습니까."

"그것은 보는 사람의 시각 차이라네. 공 부국주가 그렇게 생각하고 있기 때문에 숙부의 행동이 모두 그렇게 보이는 것이고, 나는 달리 보기 때문에 그런 것이 아니겠는가."

"폐하, 그것은……."

"공 부국주, 이제 그만 하게. 휴, 정녕 이 상황에서 내가 꼭 피를 흘려야만 하겠는가?"

주윤문은 공손추가 자신의 뜻을 꺾기 위해 계속해서 말을 이어 나갈 것 같아 보이자 중도에서 끊은 후 긴 한숨을 쉬었다.

"폐하, 지금이 적기이옵니다. 지금 연왕은 북벌을 단행하기 위해 황성을 수비하던 중군도독부를 움직인다 합니다. 그렇게 되면 황성의 수비를 뚫고 황위를 찬탈한 역적 연왕을 몰아내는 데 수월할 뿐만 아니라, 빠른 시일 내에 황성을 재정비할 수 있사옵니다."

"공 부국주의 말이 무슨 뜻인지 아네. 그렇겠지. 아마도 지금 내가 황위를 되찾겠다고 봉기를 하면 숙부에게 적지 않은 위협을 줄 수도 있고, 또한 운이 좋다면 빼앗겼던 황위를 되찾을 수 있을 것이네. 그러나

그렇게 되면 지금까지 안정적이던 민심은 갑작스럽게 발생한 내란(內
亂)에 흉흉해질 뿐만 아니라, 어쩌면 나라의 존폐마저 위태로운 지경이
이를 수도 있네. 만약 그렇게 되면 내가 황권을 되찾은들 무슨 소용이
있겠는가. 왜 공 부국주는 이런 생각을 하지 못하는가!"

주윤문은 미련을 버리지 못하고 있는 공손추를 안타까운 눈으로 바
라보았다. 그러나 아무리 자신을 이해해 달라는 눈빛을 보내도 공손추
의 의지를 꺾을 수 없었다.

"폐하, 하지만 폐하 한 분을 위해 목숨을 걸고 있는 수많은 신하들은
어찌하시렵니까? 그들 중에는 무림인들도 있고 장수들도 있으며 상인
들도 있사옵니다. 또한 연왕의 탄압을 피해 폐하의 그늘에 들어온 수
많은 백성들도 함께 하고 있습니다. 이것이 무엇이겠습니까? 그들은
폐하 한 분을 위해 자신들의 모든 것을 버리고 온 것입니다. 부디 그들
의 충정을 갸륵하게 여기시어 예전의 드높았던 기상과 뜻을 꺾지 말아
주십시오."

"허헛, 정말 공 부국주는 답답한 사람이로세. 어찌 하나만 알고 둘은
모르는가! 내가 말하지 않았는가! 피를 보는 것은 한 번으로 족하네.
더 이상 내 개인적인 일로 충직한 신하들과 백성들의 피를 흘리게 하
고 싶지 않음을 왜 그리 몰라주는가."

"폐하……."

주윤문은 자신의 마음을 너무도 헤아려 주지 않는 공손추의 눈빛을
애써 외면했다. 하지만 머리를 읊조린 상태로 통곡을 하는 공손추의
쓸쓸한 모습에서 쓰디쓴 애잔의 비애를 느껴야만 했다.

"공 부국주, 사람들을 불러 모아주게. 아무래도 그렇게 하는 편이 좋

을 듯싶구면."

"폐하, 정녕 그렇게 하셔야만 합니까? 이미 모든 준비가 갖추어진 상태인데, 왜 중도에서 멈추시려 하십니까? 불과 몇 개월만 참으시면 모든 것이 정상으로 돌아갈 것을 말입니다. 진인사대천명(盡人事待天命)이란 말도 있지 않습니까."

"세상일엔 성심으로 다할 일이 있고 그렇지 않은 일도 있다네. 하하, 그리고 보니 동파거사(東坡居士) 소식(蘇軾)의 염노교(念奴嬌)가 떠오르는구면."

대강동거(大江東去) 낭도진(浪淘盡) 천고풍류인물(千古風流人物).

고누서변(故壘西邊) 인도시(人道是) 삼국주랑적벽(三國周郎赤壁).

난석천공(亂石穿空) 경도박안(驚濤拍岸) 권기천퇴설(捲起千堆雪).

강산여화(江山如畵) 일시다소호걸(一時多少豪傑).

요상공근당년(遙想公瑾當年) 소교초가료(小喬初嫁了) 웅자영발(雄姿英發).

우선윤건(羽扇綸巾) 담소간(談笑間) 장노회비연멸(檣櫓灰飛煙滅).

고국신유(故國神遊) 다정응소아(多情應笑我).

조생화발(早生華髮) 인간여몽(人間如夢) 일존환뇌강월(一尊還酹江月).

거대한 강 동으로 흘러 물결로 모조리 쓸어낼 듯, 역사를 주름잡는 영웅들.

옛 보루의 서쪽 사람들은 얘기하네, 삼국 시대 주유의 적벽(赤壁)이라고.

사방으로 뻗은 바위 구름을 찢고 성난 파도 강둑을 할퀴며 거대한 눈덩

이를 말아 올린다.

강산은 그림 같건만 피고 진 호걸들 얼마나 많았던가!

되짚어보면 당시 주유는 소교와 막 결혼한 상태에서 영웅의 모습과 지략을 뽐내었지.

선비 차림의 제갈량과 담소하는 사이에 돛대와 노는 재로 날고 연기로 없어졌도다.

고향으로 마음을 내달리면 다정한 사람은 마땅히 웃으리라.

벌써 백발이 났는가, 인간 세상이 꿈과 같으니 또다시 한잔 술을 강의 달에 붓노라!

비록 시를 기록한 사람이 달랐지만, 한 구절 한 구절 읊을 때마다 주윤문의 착잡한 심정이 고스란히 녹아 있었다. 모든 것이 허허로움에 묻혀 버린 듯, 주윤문은 한 편의 시를 모두 읊은 후 조용히 창밖으로 보이는 허공을 응시하고 있었다.

'아… 이대로 폐하께서 뜻을 접으시려고 하시는가? 정녕 이대로? 휴, 모든 정황으로 보아 이미 폐하께선 그동안 지니셨던 뜻을 접으신 것이 확실하구나. 대쪽 같은 성품으로 보아 더 이상 말씀을 드린다고 해도 꺾을 수 없을 것이다. 그렇지만 너무도 안타까운 일이 아닌가! 조금만 참으시면 그동안의 고난도 모두 끝나는 것을……'

"폐하, 정히 그러시다면 열흘 이내로 흩어져 있는 장수들을 불러 모으겠습니다. 하지만 그 열흘 동안 뜻이 바뀌신다면 말씀해 주십시오."

"공 부국주는 나를 나보다 잘 알고 있지 않은가."

"…알겠습니다. 그럼 편안히 쉬십시오. 소신은 그럼 그들에게 전갈을 전하도록 하겠습니다."

"그래, 수고 좀 해주게."

주윤문은 축 처진 어깨를 하고서 돌아서는 공손추의 뒷모습에서 세월의 무상함과 무게를 느낄 수 있었다. 그러나 그것은 어디까지나 스스로 이겨내야만 한다는 것을 잘 알고 있었다. 그것이 아무리 자신에 의해 비롯된 일일지라도, 그것을 감당하는 것은 그 당사자였기 때문이다.

'공 부국주도 세월을 비껴 가지는 못하는구먼. 이제는 허연 백발이 눈에 띄게 많아졌구나.'

주윤문은 공손추가 밖으로 나가자 새삼 자신의 처지를 생각하지 않을 수 없었다. 그러나 아무리 생각해 보아도 자신의 결정이 옳다는 생각에는 변함이 없었다. 더 이상 자신으로 인해서 소중한 피를 흘리는 사람이 없었으면 하는 바람뿐이었다.

"그나저나 소호 누님은 어떻게 지내고 있는지……."

주윤문은 황궁에 억압되어 있는 소호 공주의 안위가 걱정되었다. 모든 뜻을 접었지만, 못내 아쉬운 것이 있다면 자신이 죽기 전에 소호 공주를 만날 수 있을 것 같지 않다는 것이었다. 어릴 때부터 부모의 사랑보다 누이였던 소호 공주의 애정을 받고 자랐던 영향이 커서 그런지 주윤문은 숙부에게 억압받고 있는 소호 공주의 안위가 더욱 걱정이 되었다.

공손추는 철혈검문에서 돌아온 후 아직까지 소호 공주에 관한 것을 주윤문에게 보고하지 않은 상황이었다. 불충인 줄 알고 있었지만, 얼마 남지 않은 대사에 영향을 주고 싶지 않았기 때문이다. 그렇기에 소호 공주에 관한 모든 것은 대사가 무사히 끝난 다음에 고할 생각이었다.

제
9
장

난세(亂世)엔 흐느는 영웅의 칼을······

난세(亂世)엔 호웅도 영웅인 것을……

선혜 공주가 철혈검문의 정문을 활짝 열게 한 후 얼마 지나지 않아서 정문이 열리는 일이 또 일어났다. 그러나 선혜 공주가 올 때와 다른 점이 있다면, 정문을 지키고 있던 경비병들이 누가 올 것인지 미리 통보를 받았고 도착하기 전에 정문을 활짝 열고 있는 것도 모자라 두 눈에 힘을 잔뜩 주며 기다리고 있었다는 것이다.

진용검선(眞龍劍仙) 연정(緣正).

철혈검문을 방문한 사람은 무당파의 연정 장문인이었다.

연정 장문인과 함께 온 무당의 도인들은 추 전주의 환대를 받으며 거리낌없이 호열이 기다리고 있는 내전으로 들어갔다.

비록 연정 장문인이 철혈검문에 발을 들여놓은 것이 처음은 아니었지만, 당시엔 동맹 관계를 맺은 사이가 아니라 한순간에 적으로 돌변할 수도 있는 상황이었기에 이와 같은 환대를 받지 못했었다. 더구나 당시엔 제갈 맹주와 무림맹을 지탱하고 있는 영수들도 대거 동석하고 있었지만, 철혈검문의 정문은 마치 철벽마냥 굳게 닫혀 있었을 뿐이다.

"어서 오시지요. 그렇지 않아도 무림맹에서 전갈을 받고 기다리고 있었습니다."

"오랜만에 뵙습니다, 임 문주."

"예, 그나저나 저는 다른 사람이 올 줄 알았는데, 이렇게 장문인께서 직접 오실 줄은 몰랐습니다. 만약 알았더라면 제가 마중을 나갔을 텐데……."

"허허, 마중은 무슨. 그리고 빈도가 무림맹에 머물러 있으면 뭐 하겠습니까. 이렇게 세상 유람도 하고 반가운 얼굴도 볼 수 있으니 좋기만 합니다. 무량수불……."

"하하하, 감사합니다. 그리고 보니 거의 삼 년 만에 장문인을 뵙는 것 같습니다. 하하, 그런데 당시와 변하신 것이 전혀 없는 것 같습니다. 그동안 잘 지내셨습니까?"

"어디 잘 지낼 수 있겠습니까. 사람은 무변(無變)인데 세상이 다변(多變)이라. 세상이 어지럽게 변하는데 무사태평 세월만 흘려 보낼 수 있겠습니까."

"하하, 아무리 세상이 어지럽게 변한다고 해도 영원히 변하지 않는 것이 있지 않습니까. 무당처럼 말이지요."

"허허……."

연정 장문인과 독대를 하며 이런 저런 환담을 나누고 있는 동안, 호열은 이상하게 조금씩 마음이 편안해지는 듯한 느낌을 받았다. 처음엔 순간적인 착각인 줄 알았지만, 수유의 시간이 지나기 전에 착각이 아니란 것을 깨달을 수 있었다. 연정 장문인 몸에서 흐르는 무형지기의 영향을 받고 있었던 것이다. 대면하고 있는 상대가 호의를 가지고 있는 만큼, 호열의 몸에서는 그것을 감지하고서 적의를 드러내기보다는 호의를 드러내고 있었다.

호열과 연정 장문인은 서로 두 번밖에 얼굴을 마주한 적이 없었고, 또한 직접적으로 이야기를 나눈 것도 얼마 되지 않았지만 반 시진이 지나도록 화기애애한 이야기가 끊이지 않고 이어졌다. 그중에는 일상적인 이야기들이나 서로에 대한 상투적인 이야기도 있었고, 무림의 앞날을 걱정하는 노고수의 감상적인 이야기도 들어 있었다. 그러나 두 사람 간의 대화는 좀처럼 멈출 줄을 몰랐다.

그러나 아무리 서로 간에 마음이 맞아 이야기를 나누는 데 시간 가는 줄 모른다고 해도, 어찌 되었든 양쪽 모두 만나게 된 목적이 있었기에 최후에는 그 목적을 향해 이야기가 진행될 수밖에 없었다.

"임 문주, 이미 빈도가 왜 이곳에 와서 임 문주와 독대를 하고 있는지 알고 계실 것이라 봅니다. 그동안 생각해 보셨을 것이고, 또한 결정도 내리셨을 텐데, 빈도에게 임 문주의 생각을 말씀해 주시지 않겠습니까?"

"사실 무림맹에서 장계를 보냈을 때는 무슨 이유 때문인지 몰랐었습니다. 그러나 며칠 지나지 않아서 그 이유를 알고는 크게 당황하지 않을 수 없었습니다. 장로 직이 어떤 자리인지 모르지 않는데, 무림맹에서 저에게 그 자리를 내어준다고 하니 어찌 놀라지 않겠습니까?"

"허허."

연정 장문인은 호열의 이야기를 들으면서 보일 듯 말 듯 고개를 몇 번 끄덕여 보였다. 하지만 동작이 크지 않았기에 호열이 정면에서 계속 주시하지 않았다면 몰랐을 정도였다.

"하지만 한 가지 의문이 들었습니다."

"의문이라, 그것이 무엇입니까?"

"다름이 아니라, 지금까지 철혈검문이 무림맹과 동맹을 맺기는 했지만 개방의 일로 인해 불편한 관계에 있었습니다. 분명 이번의 일도 개방과 그에 동조하는 세력의 반대가 극심했을 것입니다. 그런데 그들의 의견을 무마시키면서까지 무슨 이유로 제게 그런 막중한 자리를 주려고 하는 것입니까? 아무리 좋은 뜻으로 받아들이려고 해도, 미흡한 저에게 장로로 와줄 것을 권한 무림맹의 저의가 심히 의심스럽습니다."

"흐으음… 무량수불……."

너무도 단도직입적인 질문.

연정 장문인은 호열의 질문에 명쾌한 대답 대신 침중한 표정으로 도호를 외웠다. 그리 크지 않았지만, 연정 장문인의 도호 소리에 복잡한 심경이 담겨 있어 호열의 뇌리에 깊게 파고들었다.

'흐음… 연정 장문인의 도력(道力)이 깊어서 그런가? 아니면 내가 자연과 동화되기 시작해서 그런가? 어찌 연정 장문인의 복잡한 심정이 그대로 느껴지는 듯하구나.'

"임 문주, 실로 쉽게 대답할 수 없는 질문을 하셨습니다."

"하하, 제 성격이 워낙 복잡한 것을 싫어하는지라 결례라는 것을 알면서도 그리되었습니다. 양해해 주십시오."

"그것이 어찌 결례가 될 수 있겠습니까. 만약 빈도라 할지라도 그와 같은 질문을 했을 것입니다. 그러니 너무 마음에 담아두지 마시지요."

"연정 장문인의 넓으신 마음에 감사할 뿐입니다."

호열은 어쩌면 불쾌하게 들렸을지도 모를 자신의 질문에 환한 미소로 화답하는 연정 장문인의 크고도 넓은 아량에 깊숙이 고개를 숙여 보였다.

"임 문주께서 솔직하게 물어주시니, 빈도도 그에 따른 대답을 해야겠군요. 사실 빈도는 임 문주를 만나기 위해 이번 일을 일부러 자청해서 왔습니다."

"일부러요?"

"그렇습니다. 일전에 잠깐 동안의 만남이었지만, 당시 임 문주의 성정이 어떠한지 파악할 수 있었습니다. 그렇기 때문에 다른 사람이 오는 것보다 빈도가 오는 것이 좋을 것 같다는 생각이 들었습니다. 혹시나 이런 상황이 발생할 것을 우려했기 때문입니다."

"흐음……."

호열은 연정 장문인의 설명을 들으면서 무슨 의도를 가지고 말하는 것인지 알 것 같기도 하고 모를 것 같기도 한 미묘한 심정이 되었다. 그러나 아무리 머리를 굴려보아도 도대체 연정 장문인의 의도가 무엇이고, 배후에 깔린 생각이 무엇인지 쉽게 파악할 수가 없었다. 하지만 중요한 것은 호열이 지금처럼 무림맹을 대신해 온 사람에게 대답하기 곤란한 질문을 던질 것을 미리 알고 있었다는 것이다.

"그럼 미약하나마 장로원에서 나왔던 이야기를 종합해서 답변을 해드리겠습니다."

"……?"

"임 문주도 이미 짐작하고 있었을 내용이고 빈도의 입을 통해 확인하는 차원이겠지만, 우선적으로 만약 이번에 임 문주께서 무림맹의 장로 자리를 받아들이실 경우, 무림맹은 향후 현원세가와의 접전을 치르는 데 있어서 큰 도움을 받을 수 있을 것입니다. 철혈검문이 위치해 있는 무한은 마교가 동진(東進)을 한다거나 패혈맹이 배후를 공격할 경우 시간을 벌어줄 수 있는 곳에 위치해 있기 때문입니다."

연정 장문인은 다른 장로들이 알게 된다면 놀라서 까무러칠 일을 아무런 거리낌 없이 하고 있었다. 이 이야기는 호열이 장로 직을 수락한 이후 상황을 보아가면서 진행될 이야기였던 것이다. 하지만 연정 장문인은 자신만의 신념이 있는 듯, 호열에게 감출 것이 없다는 듯이 모든 것을 떳떳하게 이야기하고 있었다.

'역시……'

"이미 어느 정도는 짐작하고 있었습니다. 장로란 자리가 어떤 자리인데 그냥 줄 수 있겠습니까."

"허허… 그러나 그런 이유보다 더 중요하게 작용한 것이 있었는데, 그것이 무엇인지 짐작할 수 있으십니까?"

"예? 더 중요한 것이 있다고요?"

호열은 연정 장문인의 답변을 들으면서 자신의 짐작이 맞았다는 것을 확신했다. 그러나 갑자기 더 중요한 이유가 작용했다는 연정 장문인의 이야기가 나오자 의구심이 들지 않을 수 없었다. 지금까지 고심하며 생각했었던 결론은 이미 나왔는데, 그것보다 더 중요한 이유가 있다는 것에 놀랐기 때문이다.

"아마도 빈도의 이야기를 마저 듣는다면, 혹여 예전처럼 임 문주가 무림맹과 등을 지게 될지도 모르겠습니다."

"하하, 장문인께서 그렇게 말씀하시니 정말 궁금합니다. 그러나 아무리 똑같은 말이라도 말을 하는 사람에 따라 받아들이는 마음도 달라진다고 하지 않습니까. 그러니 이왕 말씀해 주시기로 한 것, 편안하게 말씀해 주시지요."

"허허, 무량수불……."

'역시 환난을 불식시킬 수 있는 영웅이로다. 무량수불…….'

연정 장문인은 호열의 마지막 말에 크게 고개를 끄덕여 보인 후 인자한 미소를 지어 보였다. 마치 이와 같이 될 것을 짐작이라도 한 듯이, 호열의 무덤덤한 반응에 흐뭇함이 베어 있었다.

"빈도의 이야기를 듣기 전에 한 가지 물어볼 것이 있는데, 혹시 이런 말을 들어본 일이 있습니까?"

"무슨……?"

"사람이 몸에 병이 있는 것은 부끄러워할 것이 못 되나, 일생 동안 마음의 걱정이 없는 것이 바로 걱정이다. 마음에 걱정이 없다면 분발하거나 노력할 이유가 없기 때문인데, 이것이 어찌 걱정이지 않겠는가."

연정 장문인은 자신의 말을 다 끝낸 후 자신을 바라보고 있는 호열의 두 눈을 응시했다.

호열은 연정 장문인의 따가운 시선을 느끼면서도 수유의 시간 동안 아무런 말을 할 수가 없었다. 연정 장문인이 말한 것이 알 수 없는 현기가 담겨 있다는 것을 잘 알고 있었기 때문에 고심하지 않을 수 없었던 것이다.

호열은 한참을 고심한 끝에 힘겹게 말문을 열었다. 그러나 의미가 어떤 것인지 대략적으로 느낌만 올 뿐 그것이 정확히 무엇인지 알 수가 없었기에 연정 장문인에게 답을 물을 수밖에 없었다.

"글쎄요, 처음 들어보는 것 같습니다. 무사안일(無事安逸)에 관한 내용 같기도 하고… 무슨 현기가 담겨 있는 것 같은데……."

"허허, 별로 어려운 것도 아닙니다. 임 문주께서 말씀하셨던 내용이 전부입니다."

"……?"

"사실 오백 년 전에 있었던 마교와의 치열한 혈전에서 승리한 후 그 동안 무림은 이와 같은 무사안일주의에 빠져 허덕이고 있었습니다. 그나마 다행이라고 해야 할지 모르겠지만, 백 년에 이르는 원나라의 탄압으로 자성을 하자는 분위기가 일어났으며 나름대로 활기가 감도는 듯했습니다. 그러나 무림이란 곳이 자신이 살려면 다른 사람을 해하여야만 하는 곳인지라 깊고도 깊은 분쟁의 골은 정도(正道)와 흑도(黑道)를 영원히 갈라놓았으며, 무림을 이끌고 있는 구파일방이나 오대세가에서조차 완전히 단합될 수 없는 상황에 이르게 되고 말았습니다."

"흐음……."

"그러나 천만다행으로 패혈맹이 굳건히 자리잡은 후 흑도가 무섭게 성장을 하면서, 정도를 지향하는 문파들이 위협을 느끼게 되자 하나둘씩 자신들의 이익을 버리면서까지 합류를 하게 되었습니다. 비록 그들의 속뜻이 정의를 의해 뭉치고자 하는 것이 아니라, 자파의 이익과 안전을 위해 어쩔 수 없는 선택이었다 할지라도 말입니다."

"……."

호열은 아무런 말도 하지 않고 연정 장문인의 두 눈을 응시하며 경청을 했다. 정작 호열이 듣고자 했던 핵심에서 벗어난 주제였지만, 가만히 생각해 보니 조금씩 핵심적인 주제에 접근하고 있다는 느낌을 받았기 때문이다.

연정 장문인이 호열에게 말하고자 하는 마지막 이유, 그것에 조금씩 접근해 가고 있었던 것이다.

사나운 말도 길들이면 타고 다닐 수 있고, 아무리 단단한 쇠라도 녹여서 틀에 부으면 모양을 이룬다. 힘들고 어려운 일이라 하더라도 부단히 노력하면 결국엔 목적을 성취할 수 있는 것이다. 또한 어떤 일에 적극적으로 나선다면 목적을 이룰 수 있지만, 미온적으로 흐물흐물 대처한 경우는 오히려 일을 그르칠 수밖에 없다는 것을 연정 장문인은 잘 알고 있었다. 그렇기에 장로원에서 결정된 사안에 대해서 정면으로 부딪히기로 한 것이다.

"그럼 묻겠습니다. 문주께선 다른 문파들과 마찬가지로 자파의 이익을 위해 장로 직을 수락하시겠습니까? 아니면 무림의 안위만을 위해 수락하시겠습니까? 만약 그것도 아니라면 무슨 이유를 들어 수락하시겠습니까?"

"글쎄요. 그에 관해선 생각해 보지 않아서 당장 대답하기가 곤란하군요. 하지만 만약 제가 장로 직을 수락한다면 세 번째 이유가 되지 않을까 합니다."

"허허, 세 번째라 하심은?"

"솔직하게 말씀드리자면, 저는 철혈검문을 위하거나 무림을 위하고자 하는 마음은 없습니다. 그렇다고 개인적인 명예를 위해서 수락할 생각도 없습니다."

"그렇다면 군림을 하시려 합니까?"

"으음……."

'군림이라, 어쩌면 황제가 원하는 것이 그런 것일 수도…….'

호열은 연정 장문인의 갑작스러운 질문에 순간 아니라는 말을 해야 한다는 것을 알면서도 입술이 떨어지지 않았다. 황제가 무림의 정복이 아니라 무림인들 위에 우뚝 서서 군림하겠다는 생각에 철혈검문을 창설했다는 것을 잘 알고 있었기 때문이다. 황제가 그것을 원하고 있기에 현재로서는 그것이 호열의 뜻이고 목표이기도 했다.

그러나 정확히 말하자면, 호열은 전혀 군림의 뜻이 없었다. 그저 모든 것이 귀찮을 뿐이다. 다만 진정으로 바라는 것이 있다면, 소호 공주와 오손도손 편안한 가정을 일구며 자식들과 함께 즐거운 하루하루를 보내는 것이었다.

"허, 정녕 임 문주가 원하는 것이 군림이었단 말입니까? 정녕 그렇습니까?"

"그러한 생각은 무림인이라면 누구라도 가지고 있는 꿈이 아닙니까. 그런데 저라고 그런 꿈을 가지지 말란 법이 어디에 있습니까……."

"무량수불……."

'영웅인 줄 알았더니, 호웅(豪雄)이로구나. 휴~ 그러나 난세(亂世)엔 호웅도 영웅인 것을…….'

연정 장문인은 호열의 말에 연신 도호를 외우며 평정심을 찾고자 노력했다. 하지만 좀처럼 평정심을 되찾을 수 없었다. 허황도군(虛皇道君)의 보살핌으로 도탄에 빠진 무림을 구원할 영웅이 세상에 나온 줄 알았는데, 알고 보니 세상 위에 군림하려고 하는 호웅이었기 때문이다.

'어찌하겠는가. 아무리 호웅이라 하더라도 무림을 위해서는 어쩔 수 없는 것을. 무량수불……'

"정히 임 문주께서 군림의 뜻을 세우시겠다면 이번 무림맹의 제의를 수락하는 것이 좋을 듯합니다."

"그것은 무슨 연유입니까?"

"아마도 무림맹은 조만간 현원세가와 정식으로 결전을 치르게 될 듯합니다. 이미 무림맹에서 현원세가를 완전히 멸문(滅門)시킬 동안 패혈맹에서 마교를 견제해 준다는 약조가 체결되었습니다. 그러나 마교와 동맹 관계를 맺고 있는 현원세가가 공격당한다면 마교가 그냥 보고만 있지는 않을 것입니다. 당연히 패혈맹은 무림맹과 한 약조가 있기 때문에 어쩔 수 없이 마교를 맞아 결전을 치르게 될 것이고, 그렇게 되면 자연 전 무림은 혼돈으로 빠져들게 됩니다."

"그렇게 되겠지요."

연정 장문인의 침통한 음성을 들으면서 호열은 크게 그개를 끄덕이며 호응했다. 무림인들이 원하든 원하지 않든, 호열은 연정 장문인의 설명을 들으면서 곧 무림이 큰 혼돈에 휩싸이게 된다는 것에 공감을 했다. 그것이 어떤 이유에서 그렇게 되는 것인지는 중요하지 않았다. 중요한 것은 얼마 지나지 않아서 매서운 혈풍이 무림을 강타한다는 것이었다.

무림맹과 현원세가와의 전면전.

마교와 패혈맹의 혈투.

아무리 불세출의 대영웅이 나선다고 해도 멈출 수 없을 정도로 상황은 급박하게 진행되고 있었으며, 또한 멈추고자 하는 의지를 지닌 영웅도 없었다.

무림은 난세로 향해 점점 걸음을 재촉하고 있을 뿐이었다.

"난세에 영웅과 호웅이 난다고 했습니다. 그러니 임 문주께서 군림을 하고자 한다면 당당하게 무림맹의 장로 직을 수락한 후, 패혈맹과 마교의 결전을 지켜보면서 견제를 해주어야 할 것입니다. 어찌 되었든 무림이 있고 무림인들이 있어야 군림을 하든 정복을 하든 할 것이 아니겠습니까."

"무슨 말씀을 하시고자 하는지 알겠습니다. 그러나 제가 꼭 장로 직에 있어야 하는 것은 아니지 않습니까? 어찌 되었든 무림이 큰 혈난(血亂)에 휩싸이게 되고 마교가 패혈맹과 결전을 벌이게 된다면 힘의 공백이 생기는 것은 자명한 일이 아닙니까. 그런데 굳이 무림맹에 적을 두면서까지 그런 기회를 마다할 필요가 있겠습니까?"

호열은 삼십육계(三十六計) 중 격안관화(隔岸觀火)와 이일대로(以逸待勞) 및 진화타겁(盡火打劫)을 생각하고 있었으며, 그것을 은연중에 연정 장문인에게 알려주었다.

"그것은 하나만 알고 둘은 모르는 것이라 할 수 있습니다."

"어째서 그것이 하나만 아는 것이란 말씀입니까?"

"만약 그러할 경우 가장 큰 걸림돌은 마교가 얼마나 강성하냐에 달려 있습니다. 아무리 패혈맹이 흑도의 총본산이라고 해도 마교를 쉽게 꺾을 수는 없을 것입니다. 아니, 오히려 마교에 패할 수도 있습니다. 그럴 경우 과연 임 문주가 이끄는 철혈검문이 마교를 상대할 수 있습니까? 만약 상대할 수 있다면 다행이고, 거기다 승리를 취할 수 있다면 무림은 임 문주의 앞에 고개를 숙일 것입니다. 하지만 빈도가 보기에 철혈검문은 아직까지 그럴 힘이 없습니다."

"흐으음……."

"그러나 더욱 큰 문제는, 만약 패혈맹이 임 문주의 의중을 알고 중도에서 물러나게 된다면 마교와 대신 접전을 벌이는 곳은 철혈검문이 될 거라는 겁니다. 만약 그런 상황에서 임 문주가 물러서게 될 경우 지금까지 힘들게 쌓아 올린 명예는 물론 임 문주의 뜻도 꺾이게 될 것입니다. 거기다 무림맹이 간신히 기사회생(起死回生)이라도 하게 된다면 임 문주와 철혈검문은 추후 전 무림의 공분을 사게 되어 멸문을 당하는 최악의 상황에 직면하게 될 수도 있습니다."

"그러니 차라리 무림맹에 적을 둔 후 상황을 봐가면서 처신하라, 지금 그 말씀을 하시는 것입니까? 무림맹의 영도자들 중 수장이라 할 수 있는 연정 장문인께서요?"

"허허, 어쩔 수 없는 일이 아니겠습니까. 빈도는 무림의 평화와 안녕을 바랍니다. 또한 비록 쉽지는 않겠지만 그것이 정복이 아닌 군림이라면 받아들일 용의도 있습니다. 어찌 되었든 난세엔 흐웅도 영웅이 아니겠습니까."

"흐웅도 영웅이라……."

호열은 연정 장문인의 마지막 말을 되새겨 보았다. 그러나 쉽게 결정을 내릴 수 없는 사안이었다. 자칫 준비도 되지 않은 상황에서 무림의 분쟁에 정면으로 끼어들게 될 수도 있었기 때문이다. 그러나 어떠한 것이든 결정을 하지 않으면 안 되는 상황이었다.

연정 장문인의 이야기가 끝난 후 이각이 흐르는 동안, 호열은 아무런 대답도 하지 않고 계속해서 마지막 말만을 되풀이할 뿐이었다.

'역시 어쩔 수 없는 일인가? 진인사대천명이라. 무림이 혼돈으로 빠져드는데, 나만 발을 뺄 수 있는 상황은 아닌 것 같구나.'

"휴~"

무엇인가를 결정한 듯 호열은 긴 한숨을 토해낸 후 연정 장문인을 바라보았다.

"결정을 하셨습니까?"

"예, 결정했습니다."

"허허, 임 문주의 안색을 보니 빈도가 원하는 대답을 들을 수 있을 것 같군요."

"결정을 내리는 데 힘들긴 했지만, 그다지 후회할 필요는 없을 것 같습니다. 다만 이것 하나만은 기억을 해주셨으면 합니다."

"무엇을 말입니까?"

"장문인께서 하셨던 말씀, 정복이 아닌 군림이라면 받아들일 용의가 있다는 말씀은 꼭 기억해 주시기 바랍니다. 만약 그렇지 않을 경우, 무림은 또다시 피를 보게 될지도 모르기 때문입니다."

"흠, 무량수불……."

호열은 최악의 경우 황제가 친히 무림을 정복하려 할지도 모른다는 생각에 한 말이었다. 호열이 생각하기에도 이번 혈난은 보는 사람의 시각에 따라 내란으로 비추어질 수도 있는 것이다. 더욱이 무림을 좋게 생각하지 않고 있는 영락제라면 당연한 귀결이었다.

더구나 서로 치열한 혈전을 벌인 후라면, 그것이 마교든 패혈맹이든 간에 백만에 이르는 황군을 상대할 수는 없을 것이다. 그렇다면 그것은 정말 군림이 아니라 정복이 되는 것이었다. 호열은 지친 무림인들이 힘 한번 써보지 못하고 영락제에게 무릎을 꿇는 일이 생길 것 같아 연정 장문인에게 주의를 당부한 것이다.

그러나 듣는 연정 장문인으로서는 호열의 말이 곧이곧대로 들리지 않았다. 마치 최후의 선전포고(宣戰布告)처럼 들린 것이다.

연정 장문인은 철혈검문에 하루 더 머문 후 무림맹으로 돌아갔다. 호열에게서 원하던 대답을 듣고 가는 것이어서 무림맹으로서는 기쁜 일이었지만, 연정 장문인으로서는 호열과의 대담 이후 무림에 영웅이 없다는 것에 비통함을 느꼈다.

호웅만이 들끓는 무림.

연정 장문인의 시각으로 볼 때 호열은 마교의 교주나 대종사, 그리고 패혈맹의 맹주나 무림맹의 다른 사람들과 같은 호웅들 중의 한 명에 불과했다.

아무리 영웅과 호웅이 종이 한 장 차이라 하더라도, 호웅은 호웅일 뿐 영웅이 될 순 없었다. 이러한 것을 너무나도 잘 알고 있기에, 연정 장문인은 비통함을 안고 철혈검문을 나설 수밖에 없었던 것이다.

연정 장문인이 무림맹으로 돌아간 후, 호열은 앞으로 있을 무림혈난에 대비하고자 추 전주에게 문인들의 연무를 종용하도록 일렀다. 또한 문중에 설치되어 있는 기관들을 철저히 재정비하도록 명했으며, 아울러 새로운 기관도 설치하도록 했다. 앞으로 어떻게 될지 알 수 없는 상황이기에 철저하게 준비를 하고자 한 것이다.

유비무환.

되도록 마교와 패혈맹 간의 전투에 끼어들고 싶지 않았지만, 혹시라도 패혈맹이 밀리는 사태가 발생하면 무림맹과의 약조를 지키기 위해서라도 참관해야만 했다. 그것이 원하지 않은 일이고, 또한 쉽지 않은 일이라 해도…….

"추 전주는 진검당을 비롯해서 외전의 모든 문인들에게 철혈무극심법을 전수하도록 하게. 그리고 철혈제왕검법(鐵血帝王劍法)에 뛰어난 재능을 보이는 자가 있다면 철혈단성이나 철혈무변을 비롯해서 철혈진천(鐵血震天)까지 가르치도록 하게. 아마도 삼 개월 안에 연마한다는 것은 무리겠지만, 최대한 지금보다 한 단계 이상 진척을 보여야 할 것이네."

"문주님, 하지만 아직 문인들은 일초식 하나도 완전히 연성을 하지 못한 상황입니다. 그런데 어떻게 이초식과 삼초식을 가르치려고 하시는지……."

"나도 잘 알고 있네. 그러나 그들 중에는 눈에 띄게 빠른 성취를 보이는 자들도 있을 것이네. 나는 그들을 찾고자 함이네."

호열은 새로운 인재를 찾고자 파격적인 방법을 동원할 것을 추 전주에게 명했다.

아직까지 심법을 철혈당이 아닌 다른 문인들에게 전수하지 않고 있었을 뿐만 아니라, 대부분 철혈제왕검법의 일초식인 철혈단성조차 대성한 사람이 없었기에 이초식 이상은 가르쳐 주지 않고 있었다. 더구나 삼초식 철혈진천이나 사초식인 철혈무극(鐵血無極)은 그동안 문인들에게 가르쳐 주지 말 것을 명해 놓았기에 철혈당의 문인들을 제외하고는 아무도 연성한 문인이 없었다.

"그러시다면……?"

"그렇네. 나는 그들을 따로 모아서 새로운 당을 만들 생각이네. 철혈당이 비록 강하기는 하지만 빠르거나 대전 경험이 풍부하진 못하네. 나는 그런 결점을 보완할 수 있는 인재들이 필요하네. 빠르면서 강한! 알겠는가?"

"알겠습니다. 그렇다면 그 인원이 몇 명이 되었든 상관이 없으신지요."

"글쎄, 나는 우선 대략적으로나마 백 명 정도 되었으면 하네. 그래야 그들 중에서 열 명이든 삼십 명이든 선발할 것이 아니겠는가."

"무슨 말씀인지 알겠습니다. 문주님의 명대로 이행하겠습니다."

"무엇보다 시급한 일이니 조속히 처리해 주게."

"예."

호열은 추 전주가 자신의 명을 수행하기 위해 급히 집무실 밖으로 나가자, 자신도 자리에서 일어서서는 조 검주와 호 당주가 함께 머물러 있는 연무전으로 향했다.

조 검주와 호 당주, 그리고 규화와 조향.

연무전 안은 이들 네 명이 무공을 연마하면서 생긴 열기로 인해 후끈 달아올라 있었다. 가히 여름 날씨라고 할 수 있을 정도로 사람의 몸에서 뿜어져 나오는 열기가 겨울의 차가운 공기를 데워주고 있었다.

호열에게서 철혈무극심법을 전수받은 호 당주는 그 안에서 자신에게 부족한 부분을 빠르게 습득하고 있었다. 가히 솜이 물을 빨아들이는 것 같아 보일 정도였다.

또한 조 검주는 그동안 생각하고 있었던 것들을 실천에 옮겨보고 있었다. 스승에게서 배운 사문(師門)의 천도선공(天道仙功)과 호열에게 전수받은 철혈무극심법을 서로 보완하면서 융합할 수 있는 방법을 찾고자 한 것이다. 하지만 그리 쉽지 않은 작업이었다. 워낙 두 개의 심공이 그 맥을 달리하고 있었기에 어쩌면 무모한 시도라 할 수 있겠지만, 황궁에 기거했을 당시 호열을 따라다니며 내승운고(內承運庫)에 비치되어 있던 수많은 비급을 읽었던 것이 많은 도움이 되고 있었다. 그래서 눈에 보이지 않게 그 실마리를 풀어가는 과정에 있었다.

그러나 가장 두드러지게 성장하고 있는 것은 규화와 조향이었다. 무당파의 양의무극신공이 십성에 이르자, 조 검주는 호열이 명했던 대로 공동파(崆峒派)의 혼원일기공(混元一氣功)을 가르쳐 준 것이다. 이미 공동파의 소양신공과 종남파의 태을신공을 수련하면서 양의무극신공을 함께 연마해 음양(陰陽)의 기운을 함께 어우르고 있던 상태라, 음양의 기운을 하나로 융합시켜 힘을 배가시킬 수 있는 혼원일기공은 뛰고자 하는 규화에게 날개를 달아준 양상이 되었다. 가히 내공과 초식 방면에 있어서 절정의 경지를 넘어서고 있었다.

또한 조향은 처음부터 아미파(峨嵋派)의 무상금광신공(無想金光神功)과 화산파(華山派)의 옥녀심공(玉女心功)을 꾸준하게 수련한 덕분에 지금은 아미파나 화산파의 문인들보다 더욱 높은 성취를 보이고 있었다. 이제는 조 검주가 소호 공주의 곁에 없다고 해도 스스로 위기를 모면할 수 있을 정도의 경지에 이른 것이다.

호열은 규화와 조향의 성취를 보면서 크게 만족해했다. 언제나 혈전이 벌어지게 되면 가장 먼저 생각나는 것은 소호 공주의 안위였다. 그렇기 때문에 지금까지 조 검주가 소호 공주의 곁에 붙어 있으면서 호위를 한 것이었다. 그러나 이제는 그럴 필요가 없었다. 호열이 보기에 규화와 조향이 소호 공주의 곁에 있다면 크게 염려할 필요가 없다는 판단이 든 것이다.

이로써 호열은 조 검주와 호 당주를 자유롭게 움직일 수 있게 되었다. 가히 천군만마(千軍萬馬)를 얻은 것이나 진배없었다.

호열은 이제 스스로 자신의 길을 걸을 수 있게 된 규화와 조향을 불렀다. 어찌 되었든 앞으로 스스로의 힘으로 험난하고 힘겨운 무로(武路)를 걷게 된 규화와 조향에게 문주로서 한마디 조언을 해줄 필요가 있다 생각한 것이다.

"부르셨습니까, 문주님."

"그래, 오늘은 너희들에게 해줄 말이 있어서 이렇게 불렀다."

"하명하십시오."

"다른 것이 아니라, 그동안 수련을 통해 너희도 다른 사람들 못지않은 경지에 이르렀음을 잘 알고 있을 것이다. 그동안 수고했다."

"아닙니다, 모두 문주님의 은혜로 비롯된 것입니다."

"내 은혜라고 할 것은 없다. 모두 너희들을 가르친 조 검주와 호 당주의 수고일 뿐이다. 그러나 이제부터는 가르쳐 주는 사람없이 너희들 스스로 알아서 자신의 길을 찾는 일을 시작해야만 하겠기에, 혹시나 안일한 마음을 가질지도 모른다는 우려 때문에 한마디 하지 않을 수 없다."

"문주님의 말씀, 세이경청(洗耳傾聽)하겠습니다."

"죽을 때까지 문주님의 말씀을 잊지 않겠습니다, 하명해 주십시오."

규화와 조향은 호열이 자신들에게 조언을 해주려 한다는 것을 알 수 있었다. 그에 얼른 무릎을 꿇은 후 경건한 마음으로 들을 준비를 했다.

"하하, 너희의 모습을 보니 이제 어른이 다 되었구나. 그동안 내가 너희를 너무 어리게만 보았다는 생각이 드는구나."

"과찬이십니다, 문주님."

"그래, 스스로를 낮추는 일은 중요한 것이다. 오늘 꼭 해주고 싶은 말은, 무엇이든 듣지 않는 것보다 많이 듣는 것이 너희들에게 좋다는 것이다. 그러나 무엇보다 너희에게 해주고 싶은 말은 나는 실천을 중요시한다는 말이다. 견문을 넓히는 것으로 끝나는 것이 아니라, 이를 실천에 옮겼을 때에야 어떤 목적이든 이루어진다고 생각하기 때문이다. 그러니 너희들은 앞으로 살아가는 데 있어서 눈과 귀로만 견문을 쌓지 말고 그것을 실천에 옮길 수 있는 길을 찾아야 할 것이다. 그래야만 너희의 삶에 있어서 후회가 없을 것이다. 무슨 말인지 알겠느냐?"

"각골명심하겠습니다, 문주님!"

"최선을 다해 문주님의 말씀에 따르도록 하겠습니다."

"그래, 그래야지. 너희를 본인의 내자 되는 사람의 수호위(守護衛)로 임명한다. 그러니 너희는 무슨 일이 있어도 그 사람의 곁에서 떨어져서는 안 될 것이다."

"네, 목숨을 바쳐 보필하도록 하겠습니다."

"내일부터 힘든 시간이 이어질 것이니 오늘은 그만 쉬거라."

"예."

규화와 조향은 호열의 미소 섞인 손짓에 예를 올린 후 연무전을 나섰다.

자립(自立).

규화와 조향은 당당하게 호열의 인정을 받은 것이다. 스스로의 삶에 책임이 주어지기는 했지만, 그런 것은 현재 중요하게 다가서지 못했다. 규화와 조향에게 있어서 연무전을 빠져나가는 시점이 바로 새로운 인생의 첫걸음이나 마찬가지였다.

제10장

마교(魔敎)의 동진(東進)

마교(魔敎)의 동진(東進)

원인의 제거.

생각을 한다거나 말을 하는 것은 쉬울지 모르지만, 무슨 일이든 원인을 제거한다는 것은 만만치 않은 일이다.

바람이 불지 않으면 나뭇가지가 흔들리지 않을 것이며, 또한 파도가 일지 않으면 수면은 항상 고요한 법이다. 또한 사람들 마음에 즐거움이 자리를 잡는다면 의당 얼굴에 즐거운 기색이 감돌게 된다. 그러나 다른 사람을 미워한다면 얼굴에 원망과 분노의 빛이 나타나기 마련이다. 따라서 사람들에게 있어 즐거움은 일일이 찾을 길이 없으나, 괴롭고 힘들며 화를 내게 하고 마음을 상하게 하는 일들의 원인을 찾아내 그것을 제거한다면 스스로 즐겁게 될 것은 자명한 일이라 할 수 있다.

하지만 이런 것을 원하고 있으면서도 그렇게 하지 못하는 것이 사람들이었다. 그것은 사람들이 감정과 감성에 치우쳐 살아가기보다는 좀 더 냉철한 이성에 의해 움직여지기 때문이다. 바로 호열과 선혜 공주처럼.

춘삼월.

따스한 봄바람이 불기 시작한 지 오래되었지만, 철혈검문엔 요즘 보기 드문 매서운 한풍이 불고 있는 곳이 있었다. 바로 소호 공주(素昊公主)가 기거하고 있는 후원의 연화전(蓮花殿)이었는데, 그곳에는 얼마 전 황궁에서 온 선혜 공주가 호열의 불같은 눈초리에도 불구하고 함께 머물러 있었기 때문이다.

첫 만남부터 뒤틀려 있었는데, 호열이 따로 머물 만한 곳을 물색해 주어도 선혜 공주가 마다하며 소호 공주의 곁에 붙어 있고자 했던 것이다. 서로 얼굴을 바라보며 만면에 미소를 띠워 화기애애한 분위기를 만들긴 했지만, 그것이 언제 폭풍으로 변할지 아무도 알 수 없는 상황이었다.

호열과 선혜 공주의 심리전을 옆에서 지켜보는 소호 공주와 규화, 그리고 조 검주와 조향은 한시도 마음을 놓을 수 없는 불안감에 하루하루를 보내야만 했다.

"상공, 이제 그만 화 푸세요. 선혜가 저렇게 행동을 하고 있지만, 속은 여리고 착한 아이랍니다."

"여리고 착하다고?"

"예, 그러니 상공께서 이해를 해주심이……."

"난 그렇게 못하겠소. 도대체 내게 무슨 이해를 하란 말이오. 내가 다른 곳을 물색해 주었으면 그곳에 있으면 되는 것이지, 다른 곳도 아니고 왜 하필 이곳에 머문단 말이오."

"조금 소리를 낮추세요. 그러다 선혜가 듣겠어요."

"휴, 나는 도저히 이해할 수가 없소. 이곳보다 더 좋은 곳을 알아봐 주었는데 왜 안 가고 버티는지, 그 이유나 속 시원히 알았으면 답답하지나 않지……."

"아마도 황궁에만 있다가 이곳에 오니 혼자 떨어져 있으면 외롭기도 하고 두렵지 않겠어요? 그러니 그나마 잘 아는 저하고 붙어 있으려고 그러는 것 같아요. 그러니 상공께서 조금만 참으시면……."

"도대체 무엇을 참으라는 것이오? 이것은 나와 당신을 감시하겠다는 것이 아니겠소?"

"꼭 그렇지만은 않을 것이에요. 그러니……."

"그만! 알았으니 그 얘기는 그만 하구려. 더 이상 그 이야기를 들으면 속에서 열불이 나서 참을 수가 없을 것 같구려."

"알았어요, 상공."

"휴~"

처음 선혜 공주가 소호 공주와 함께 머물려고 할 때는 선희 공주의 숨은 의중이 무엇인지 의심의 눈초리를 보냈었다. 황제가 선혜 공주를 통해 철혈검문의 활동을 주시토록 하면서, 한편으로는 소호 공주의 행동을 감시하기 위해서 보냈지 않나 하는 의심이 들었기 때문이다. 그러나 한 달이 지나면서 그런 생각은 완전히 사라졌다. 아무리 의심의 눈초리를 가지고 살펴보아도 선혜 공주의 행동에서 소호 공주를 감시하고자 하는 의식적인 행동을 찾아볼 수 없었기 때문이다. 그렇다고 철혈검문의 행보에 대해서 감시를 하는 것도 아니었다. 그저 하루 종일 소호 공주의 곁에 찰싹 붙어 있으면서 수다를 떠는 것이 하루 일과의 전부였던 것이다.

　상황이 이렇다 보니 호열은 며칠 동안 선혜 공주로부터 생각이 자유로울 수 있었다. 자신과 소호 공주의 신상에 아무런 피해를 주지 않는다는 것을 확신한 다음이었기에 되도록 서로 얼굴을 붉히는 일을 만들지 않으면 된다고 생각했기 때문이다. 어차피 아침에 집무실로 향한 후 저녁 늦게나 되어서야 하루 일과를 마치고 연화전에 들기 때문에 서로의 움직임이 겹치는 일각 정도의 시간만 참으면 더 이상 선혜 공주의 얼굴을 보지 않아도 되었다. 그나마 다행인 것은 선혜 공주의 거처가 연화전 옆에 붙어 있는 조그마한 전각이라는 것이다.

　하지만 호열에게 있어서 가장 심각한 문제가 발생했다. 며칠 전부터 선혜 공주가 자신이 머물러 있는 곳이 환경적으로 너무 열악할 뿐만 아니라 좁다는 핑계로 연화전으로 거처를 옮긴 것이다. 당연히 호열로서는 이를 묵과할 수가 없었다.

　"저예요, 언니."

　"오! 선혜로구나. 어서 들어오너라."

　"예～ 응? 문주께선 아직 나가지 않았네요?"

　"그렇지 않아도 지금 나가려고 하던 참이었소. 흠! 그럼 이만 나가 보리다."

　"오늘 하루도 즐거운 생각하시면서 보내세요."

　"허흐흠……."

　'즐거운 생각하면서 보내라고? 도대체 즐거운 생각을 할 수가 있어야 그렇게 보내든지 말든 하지. 에이～'

　호열은 소호 공주의 인사에 아무런 말도 하지 않은 채 연화전 문을 나섰다. 더 이상 있어보았자 득이 되지 않는다는 것을 알고 있기에 걸음을 재촉한 것이다.

집무실에 도착하자마자 호열은 시녀에게 추 전주와 양 군사를 불러 오도록 시켰다. 사적인 일 때문에 공적인 일까지 미루고 있을 수는 없었기 때문이다. 울화가 치밀어 도저히 업무를 볼 수가 없는 상황이었지만, 그렇다고 모든 일을 나 몰라라 할 수가 없는 상황이라 꾹 눌러 참아야만 했다. 더 이상 급박하게 변화하는 무림의 정세를 좌시할 수가 없었기 때문이다.

"부르셨습니까, 문주님."

"어서들 오게. 오늘은 내가 며칠 전에 추 전주에게 알아보라고 했었던 것에 관하여 물어보고자 이렇게 불렀네."

"아, 그렇지 않아도 오늘 중에 보고를 드리려 했습니다. 잠시만 계십시오. 그에 관한 사항을 기록한 것이 있는데, 지금 당장 가지고 오겠습니다."

"그런가? 그럼 그렇게 하게."

추 전주는 호열을 오래 기다리게 하지 않기 위해서 최대한 신형을 빠르게 움직였다. 문중에서는 되도록 신법을 시전하지 않으나, 요즘 선혜 공주의 일로 인해 호열의 심기가 불편하다는 것을 잘 알고 있기에 다소나마 무리를 한 것이다.

"하하, 빨리도 왔구먼. 그래, 이리 줘보게."

"예, 여기 있습니다."

"어디, 으음……."

호열은 추 전주가 건네준 서책을 천천히 살펴보기 시작했다. 평소와는 달리 한 장 한 장씩 자세히 읽으며 넘겼는데, 한 권의 서책을 모두 읽는 데 반 시진이 소요될 정도였다.

추 전주와 양 군사는 호열이 서책의 내용을 모두 읽고서 탁자에 내려놓을 때까지 조용히 지켜보고 있었다. 서로 문중의 일들에 관해 한마디라도 의견을 나눌 수 있는 상황인데도 불구하고, 두 사람은 호열이 다른 것에 신경 쓰지 않도록 조용히 앉아 있었다.

"흐음… 추 전주와 양 군사가 예상한 대로 일이 추진된다면 강호에 피가 마를 날이 없겠구먼. 그런데 과연 이 서책에 적혀 있는 대로 일이 추진될 확률이 얼마나 된다고 생각하는가?"

"거의 칠 할 이상으로 보고 있습니다."

"칠 할?"

"예, 우선 무림맹이 이번 기회를 빌어 현원세가를 공격할 것이 분명합니다. 그러나 그 시기가 정로대장군이 북벌을 단행할 시기 전인지 후인지는 예측할 수가 없었습니다. 그렇기에 두 가지의 경우를 모두 생각해서 기록한 것입니다."

"그렇겠지. 아무래도 그것은 극비일 것이니……."

"그렇습니다. 하지만 문제는 무림맹이 현원세가를 공격할 때 마교가 어떻게 나오느냐에 관한 것입니다. 이 상황만 놓고 보아도 세 가지의 경우로 나누어지는데, 소인과 양 군사의 생각으로는 동진을 감행한다는 결론을 내렸습니다. 그 자세한 이유는 서책에 기록되어진 그대로입니다. 하지만 마교의 동진이 패혈맹을 움직일 수 있을지는 아직 미지수입니다. 지금까지 패혈맹의 행동을 보아서는 무림맹과의 약조대로 마교를 맞아 공세를 취할 것이 분명하지만, 만약 수세에 몰릴 경우 무림맹이 현원세가를 완전히 멸문시키거나 쉽게 일어설 수 없는 피해를 줄 동안 견제를 하면서 시간을 버는 방향으로 전략을 바꿀 수도 있습니다. 마교와 대치 상태를 유지하면서 시간만 벌어주어도 패혈맹은 무림맹과의 약조를 지키는 것이 되기 때문입니다."

"그렇겠지……."

호열은 추 전주의 조리있는 설명에 고개를 끄덕이며 동조했다. 자신 역시 일전에 연정 장문인을 통해 그와 같은 비슷한 상황에 대해 들었던 기억이 있었기 때문이다.

"그러나 문제는 아까도 말씀드린 것처럼 무림맹의 공격이 북벌 전인지 후인지에 따라 달라진다는 것입니다. 만약 북벌 전이라면 황제께서는 강호에 큰 혈난이 발생했기 때문에 북벌을 멈추는 한이 있더라도 황궁의 경계를 강화할 것입니다. 또한 그렇게 되면 무림인들에 의해서 상황이 종결지어질 동안 혈전이 계속 이어질 것입니다."

"흐음……."

"하지만 북벌보다 늦게 무림맹이 움직인다면 상황은 최악의 경우를 생각하지 않으면 안 됩니다. 황제 폐하께서 이미 시행된 북벌을 계속해서 단행함과 동시에 후군도독부와 좌군도독부를 동원하게 될 것이고, 그렇게 되면 최소한 오십만 대군이 이번 혈전에 투입될 확률이 상당히 높기 때문입니다."

"오십만? 그렇게 되면 강호엔 피가 마를 날이 없게 되겠군."

"그렇습니다. 더구나 그렇게 되면 황군을 비롯해 무림인들만 희생되는 것이 아니라 일반 백성들도 상당한 피해를 입게 될 것입니다. 그런 일만은 없어야 하는데, 정말 큰일입니다."

"휴~ 그나저나 전자도 그렇지만 후자도 우리에겐 피할 수 없는 상황이겠구먼. 어찌 되었든 우리도 그 소용돌이에 휩싸이게 되지 않겠는가. 강호에 불어닥칠 혈풍을 피하고자 했는데, 피할 수 없다면 정면으로 뚫고 앞으로 나아갈 수밖에."

"그렇습니다. 전자의 경우 패혈맹과 함께 마교를 상대로 혈전을 벌여야 하며, 후자의 경우 전 무림을 상대로 검을 겨루게 될 것입니다. 그러니 후자의 경우엔 믿을 수 있는 것은 철혈당뿐입니다. 저희로서는 상당히 힘든 상황에 놓이게 될 것입니다."

"아마도 그렇게 되겠지. 처음에는 몰라서 함께하겠지만, 자신들의 손으로 무림을 무너뜨리고 있다는 생각이 들기 시작하면, 그와는 반대로 우리를 향해 검을 들게 될 것이네. 어차피 그들도 무림인들이 아닌가."

"그렇습니다."

"알겠네. 우선은 지금과 마찬가지로 돌아가는 상황을 예의 주시하게. 앞으로 한 달, 한 달 후면 북벌이 먼저인지 무림맹의 공격이 먼저인지 결론이 나겠지."

"예, 하지만 무슨 일이 있더라도 황제 폐하께서 황군을 동원하는 일이 있어서는 안 될 것입니다."

"그렇지만 그것이 어디 추 전주나 내 뜻대로 되는 일인가. 어차피 모든 결정권은 황제에게 있지 않은가."

호열은 추 전주의 이야기를 들으면서 황제의 힘을 새삼 확인할 수 있었다. 수십만의 무고한 목숨이 단 한 사람의 의사에 의해 좌지우지된다는 것을 실감할 수 있었기 때문이다.

"저……."

"응? 내게 더 할 말이 있는가?"

"실은 양 군사와 제가 한 가지 생각한 것이 있는데, 그것이 문주님께서 쉽게 결정하시기 힘든 일이라 말씀드리기가……."

"그냥 말하게. 어차피 이런 상황에서 힘들고 힘들지 않고가 뭐가 다르겠는가. 두 사람이 생각한 것이 있다면 서슴없이 말해 보게."

"그럼 말씀드리겠습니다. 이번 일에 있어서 가장 중요한 것은 황제 폐하께서 황군을 동원하지 않게끔 하는 것입니다. 그런데 그 일은 문주님밖에 할 수 없다는 생각을 하게 되었습니다."

"응? 내가?"

호열은 무슨 뚱딴지 같은 소리를 하냐는 듯이 추 전주와 양 군사의 얼굴을 번갈아 쳐다보았다. 그러나 추 전주와 양 군사는 자신들의 생각에 추호의 변화도 없다는 듯이 호열의 눈빛을 정면으로 바라보며 미미하지만 천천히 고개를 끄덕여 보였다.

"이거 참, 도대체 무슨 말을 하고자 하는지 원…… 여하튼 계속해 보게."

"예, 문주님께서 이번에 황제 폐하께 직접 장계를 올리시는 것입니다."

"장계? 뭐라고?"

"장계에 쓰여질 내용에는 될 수 있으면 황제 폐하의 경계심을 주지 시키는 것이어야 할 것입니다. 이를테면 아무리 상황이 급박하게 돌아가더라도 황군을 투입할 경우 더 큰 피해를 가져올 수 있을 뿐만 아니라, 어쩌면 이 기회를 틈타 반역도들이 들고일어날 수 있으니 황군을 무림에 투입하는 대신 황궁의 경계를 더욱 강화하는 것이 좋다는 내용 정도면 가능할 수도 있을 것 같습니다. 황제 폐하께선 아직 폐위된 혜제의 행방을 찾고 계십니다. 그러니 혹시라도 이와 같은 문구가 적혀 있다면 황궁 밖의 상황보다 황궁 주변의 경계에 신경 쓰게 되시지 않을까 하는데, 문주님께선 어떻게 생각하시는지……."

"흐으음……."

'어쩌면 추 전주의 말에 가능성이 있는 것 같구나. 아무리 생각해 보아도 황군이 무림을 휘젓고 다니기 시작하면 최악의 피해를 보는 것은 내가 될 것이다. 지금까지 힘들게 철혈검문을 일으켰는데, 그것이 한순간에 허물어질 것이 아닌가. 차라리 그렇게 되느니 추 전주의 말대로 황제의 경계심을 자극하는 것이 현명한 처사일지도……."

호열은 추 전주의 설명을 되새기면서 나름대로 추리를 해보았다. 딱히 추리라고 하기보다는 고심했다는 표현이 맞겠지만, 호열에게는 하나의 가능성도 소홀히 할 수 없는 상황이기에 지금까지 추 전주가 한 말들을 꼼꼼히 따져 볼 수밖에 없었다. 정말 최악의 경우 소호 공주와 새외로 도피를 하거나 황궁으로 복귀해야 하는 상황이 벌어질 수도 있었기 때문이다.

호열로서는 상황이 그렇게 진행되게끔 가만히 지켜보고 있을 수가 없었다. 어떻게 해서 빠져나온 황궁인데, 어떻게 해서 소호 공주와 백년가약(百年佳約)을 맺게 되었는데…….

호열로서는 그 모든 것을 한순간에 포기할 수가 없었다. 아니, 포기하고 싶지 않았다. 어떻게 하든 지켜내고 싶었던 것이다.

"좋네. 그렇게 하지. 추 전주와 양 군사는 황제에게 보낼 서한의 초안(草案)을 잡아서 내게 가져오도록 하게. 아까 추 전주가 말했던 것처럼, 황제의 경계심을 자극할 수 있는 내용은 빠뜨리지 않게 하고. 알겠는가?"

"그렇게 하겠습니다, 문주님."

"좋네. 되도록 이면 오늘이나 내일 중으로 서신이 황제에게 보내질 수 있도록 하게."

호열은 추 전주와 양 군사가 집무실을 나서자 한차례 한숨을 쉬고서는 창문 밖에 보이는 하늘을 응시했다. 춘삼월의 하늘은 봄의 기운을 듬뿍 담고 있어서 그런지 따스하고 향기로웠다. 그러나 호열의 시야에 들어온 하늘은 붉은 빛깔이 감도는 하늘이었다. 슬픔과 고뇌가 짙게 깔린 하늘⋯⋯.

*   *   *

난주(蘭州).

예로부터 감숙성(甘肅省) 하면 대부분의 사람들은 구파일방 중의 공동파를 떠올렸다. 그러나 마교의 지부가 감숙성 중부에 위치한 난주에 자리를 잡은 후로는 공동파를 떠올리는 사람들이 조금씩 사라져 갔다. 더 이상 감숙성에는 공동파가 자리했던 곳을 찾아볼 수 없게 되었기 때문이다.

그동안 오지(奧地)나 다름없는 청해성(靑海省) 기련산(祁連山)에 머물러 있던 마교에서 가장 먼저 처리해야 할 시급한 사안은 바로 생필품 구입에 관한 것이었다. 따라서 교통이 발달하고 상업이 번성한 난주에 지부를 세울 수밖에 없었다. 서북(西北)의 노도(路道)라 불려지고 있는 난주는 교통의 요충지로 서역과 교역을 하는 지역으로 상업이 크게 번성을 하고 있었기 때문이다. 더구나 난주는 고란산(皐蘭山)과 접해 있어 외부의 공격에 대해서 방어하기에 유리한 위치였을 뿐만 아니라, 황하 유역에 위치하고 있어서 수로(水路)를 이용할 수도 있다는 장점이 많은 곳이었다.

"교주님, 정말로 이번에 동진을 강행할 생각이십니까?"

"그럼 흑마단주(黑魔團主)는 내가 어떻게 하기를 바라는가?"

"비록 기회가 좋기는 하지만, 왠지 이번엔 쉽게 마음이 동하지 않습니다."

"허허, 어찌 흑마단주만 그렇겠는가. 현원세가에 좋지 않은 감정을 가지고 있는 우리들로서는 당연한 결과겠지. 그러나 이 기회를 놓치게 된다면 동진은 요원하게 될 것이다."

천마호령(天魔昊鈴) 매천호(梅闡豪).

전대의 교주였던 천마황(天魔皇) 혁무량(赫武亮)으로부터 교주의 직위를 물려받은 후로 지금까지 대종사 천마사후(天魔嗣后) 혁매영(赫莓榮)과 함께 마교를 이끌고 있는 인물이었다.

"그러나 현원세가에서 보내온 서신의 내용대로라면, 우리가 상대할 곳은 무림맹이 아니라 패혈맹입니다."

"아마도 그렇게 되겠지."

"교주님, 무림맹이라면 상관없겠지만 우리가 상대해야 할 곳이 패혈맹이라면 반대를 하는 문인들이 상당수 있을 것입니다. 저 또한 그 대열에 포함됩니다."

"허……."

"패혈맹은 전대 교주셨던 천마황님의 의동생 혈마황(血魔皇) 독고신검(獨孤神劍)께서 일으킨 곳이 아닙니까! 그런데 후손인 우리가 패혈맹을 친다는 것이 좀…… 다시 한 번 생각해 보심이 어떠신지…….”

“갈! 무슨 그런 나약한 말을 하고 있느냐!”

“하지만…….”

“어허! 엄밀히 따진다면 네가 생각해야 할 곳은 패혈맹이 아니라 패왕성이다. 하지만 그것은 이미 오래전 일이 되어버렸다. 또한 그것을 생각하고 있는 것은 우리들뿐이다. 패왕성에서 전대에 맺어졌던 관계를 생각한다면 지금과 같은 상황에서 사신 한 명 왔다 가는 일이 없었겠느냐!”

“그러나 만약 그렇지 않다면 어떻게 하시렵니까? 무슨 사정이 있어서 지금과 같은 상황이 되었다면 말입니다.”

“그런 것을 어떻게 생각한다는 말이냐! 지금은 어느 한쪽이 쓰러지지 않으면 우리가 쓰러지게 되어 있는 상황이다. 그런데 그런 나약함을 지니고 있다니. 휴…….”

“…….”

흑마단주 일검무영(一劍無影) 천화명(天驊鳴)은 교주의 일갈에 고개를 들 수가 없었다. 아무리 자신의 생각이 옳다고 해도 마교 전체를 생각했을 때는 자신의 생각보다 교주의 말이 백 번 옳았기 때문이다.

“흑마단주, 만약 이번에 패혈맹에서 우리의 동진을 가로막지 않는다면 전대 교주이신 천마황의 의제로 인정을 할 것이되, 그렇지 않으면 우리의 적으로 생각하라. 만약 그때에도 지금과 같은 말을 되풀이할 경우, 나는 흑마단주를 반역으로 다스릴 생각이다. 심하다고 생각할 수도 있겠지만, 적을 비호하고 문인들을 선동하는 것은 반역보다 더 큰

죄라 할 수 있으니 대종사도 내 뜻에 따를 것이다. 내가 하는 말이 무슨 뜻인지 알겠는가?'

"무슨 말씀이신지 알겠습니다. 그렇게 하겠습니다."

'흠, 이번에 패혈맹이 어떤 행동을 취하느냐에 따라 우리의 행보가 결정되겠군. 제발 그들이 선대의 관계를 인정해 주었으면 좋겠구나.'

흑마단주 천화명은 교주가 강경함에서 한발 물러서자 얼른 한쪽 무릎을 꿇으며 고개를 깊숙이 숙여서 존장에 대한 예를 취했다. 중대한 사안임에도 불구하고 자신의 생각을 존중해 준 교주에 대한 고마움의 표시였다.

"휴~ 어찌 되었든 간에 그렇기에 이번의 출전이 중요한 것이다. 그것이 전투를 하게 되든 그렇지 않든 확실한 적을 알기 위해서는 꼭 필요한 일이지. 그러니 흑마단주는 이번 패혈맹과의 일을 신속하게 추진해야 할 것이다. 패혈맹이 우리를 가로막는다면 공격을 하되, 가로막더라도 적극적으로 공세를 취하지 않는다면 우리도 그들을 적극적으로 몰아붙일 필요가 없느니라. 어차피 그들도 무림맹과의 약조 때문에 움직이는 것이지, 그들이 우리를 적으로 간주하고 있다고는 판단할 수 없기 때문이다."

"명심하겠습니다. 하지만 저는 그들을 믿습니다. 아니, 혈마황 독고신검을 믿기에 이번의 전투에서 얻어지는 소득이 많을 것을 확신합니다."

"글쎄…… 그것은 차후의 문제고, 만약 패혈맹의 공세가 생각보다 심각하지 않다고 생각되면 흑마단주는 바로 무림맹의 본거지가 있는 회남으로 향하도록 하라. 주력 부대가 현원세가로 빠져 버린 이상 본거지를 장악함과 동시에 양면 공격으로 일거에 몰아붙여야 할 것이다."

"믿어주십시오. 최선을 다하겠습니다."

"그래, 내 흑마단주를 믿고 있겠다. 우리 마교를 위해 꼭 성공하고 돌아오도록 하라!"

"옛!"

우렁찬 목소리로 대답한 흑마단주는 자리에서 일어선 후 전각 밖으로 힘차게 걸음을 옮겼다.

전각 밖에는 자신의 명을 기다리고 있는 수천의 마교전사들이 도열해 있었다. 바로 마교의 주력 부대 중 하나인 흑마단(黑魔團)이었다.

비록 육천 명에 불과하지만, 한 명 한 명이 모두 일류고수의 수준을 뛰어넘고 있었다. 흑마단 한 곳만으로도 구파일방이나 오대세가 중 한 곳과 겨루어도 승리를 장담할 수 있을 정도였다.

혈전의 시간이 얼마 남지 않은 지금, 마교의 동진은 무림맹이 움직이기 전부터 시작되려 하고 있었다.

서서히…….

강호엔 무한혈투를 시작으로 피의 회오리가 몰아치려 하고 있었다. 피의 폭풍(暴風)! 혈난의 그림자가 무림 전역을 자욱하게 덮어가기 시작한 것이다. 그 어떠한 곳도 피할 수 없었으며, 그 누구도 피해갈 수 없는 혈풍(血風)이…….

『호열지도』 11권으로…